·现当代经典散文品读·

岁月摇曳诗情

SUIYUE YAOYE SHIQING

徐宏杰◎主编

安徽师范大学出版社
ANHUI NORMAL UNIVERSITY PRESS

丛书策划:汪鹏生
责任编辑:吴　琼
装帧设计:丁奕奕

图书在版编目(CIP)数据

岁月摇曳诗情/徐宏杰主编.— 芜湖:安徽师范大学出版社,2018.7(2020.6重印)
(现当代经典散文品读)

ISBN 978 − 7 − 5676 − 2841 − 0

Ⅰ.①岁… Ⅱ.①徐… Ⅲ.①散文集−中国−当代 Ⅳ.①I267

中国版本图书馆CIP数据核字(2017)第102696号

岁月摇曳诗情

SUIYUE YAOYE SHIQING　　　　徐宏杰　主编

出版发行:安徽师范大学出版社

　　　　芜湖市九华南路189号安徽师范大学花津校区　　　邮政编码:241002

网　　址:http://www.ahnupress.com/

发 行 部:0553-3883578　5910327　5910310(传真)

印　　刷:香河利华文化发展有限公司

版　　次:2018年7月第1版

印　　次:2020年6月第2次印刷

规　　格:700 mm×1000 mm　1/16

印　　张:17.5

字　　数:240千字

书　　号:ISBN 978 − 7 − 5676 − 2841 − 0

定　　价:54.00元

写在《现当代经典散文品读》出版之际

　　《现当代经典散文品读》丛书，按照内容分为 10 册，选入的近三百篇散文，是现当代中外优秀散文名篇，几乎可视为百年散文史的缩影。编选者视野开阔，粹取拣择中，可见出其独特的眼光。选入的文章，篇篇可读，文字优美，有发人深省的内涵。既有文学大家的名篇佳什，又有一些年轻作家的感人至深的新作，甚至包括当代一些网络作者的好文章。作者中有学养丰厚的著名人文学者，也有研究自然科学的科学家、发明家。编选者立意在知识的丰富、美好人生的发掘、伟大智慧的分享。在知识性、思想性和欣赏性等多方面，丛书都有较高的价值。读起来使人时而低徊欲泣，时而激扬蹈厉，时而心入浩茫辽阔中，时而意落清澈碧溪前。这套书可以作为在校学生课外阅读的材料，也可以作为一般读者经典阅读的进阶。

　　每篇散文后所附"品读"文字，也是值得"品味"的，对帮助欣赏、理解所选文章极有帮助。篇幅一般都不短，内容丰富，不是泛泛的作者介绍，也不是说一些写作背景和特点的话，而是意在"品读"所选文章背后的价值世界。不少品读文字，更像是一篇研究作品。如《诗意的栖居》一册中所选建筑学家梁思成的《千篇一律与千变万化——音乐、绘画、建筑之间的通感》，是建筑学中的名作。它涉及艺术哲学中的一个重要原理。艺术要追求变化，这个道理很多人讲过，但这篇文字则谈重复在艺术创造中不可忽缺的价值。人们常常将重复当作一种缺点,但梁先生认为,没有重复就没有艺术。重复是音乐的灵魂。《诗经》在一定程度上也是重复的艺术,那回环往复的沓唱是《诗经》的命脉。重复也是建筑的基本语言,颐和园七百多米的长廊,人民大会堂的廊柱,因重复而体现出特别的魅力。编选者在细腻的分析中,发掘此文深长的意味,给读者以重要启发。由趣味学习,到专业学习,这套书有不可忽视的价值。

散文的重要特点之一,是用优美的语言,自由而较少拘束的形式,表达当下直接的生命感受,散文也可以说是当下生命体验的记录。因此,好的散文家,一定是对人生、自然、生命、宇宙、理想等有感觉的人,一定是对世界有"温情"的人。那种整天沉浸在琐屑利益竞逐中、对生活持漠然态度的人,不会有通灵清澈的觉悟,不会有朗然明快的理想,也写不出有感染力的文字。好的散文不是"写"出的,而是从清澈、真实的心灵中"泻"出的。我通读这套书所选的文章,仔细品味编选者的点评,丛书中无处不在的清新气息,给我极深的印象。就像本丛书所选美学家宗白华先生的《美从何处寻》中所说的,世界充满了美,我们要有一双发现美的眼睛。美不光在外在的形式,更在那生命的潜流中。正因此,散文,不是美的文字,而在传递一种美丽的精神。人,不在于有光鲜的外表,而在于有一种光明的情怀。外在的"容"可以"整",内在精神世界是无法通过技术性的劳作"整"好的。这套书在知识获取的同时,对提升人的精神境界、护持人的生命真性、分享生命的美好等方面,都具有独特的价值。

这套宏大的散文名篇选读丛书,是由徐宏杰先生花近十年时间独立完成的。他是当代闻名的语文特级教师,是语文教学和研究方面的权威学者,他在教学之余,投入如此心力,来完成这样的作品,为他深爱的学生,更为全国广大读者。这样的精神尤令人感佩。这套书中凝结着他三十余年教学经验和研究所得。他曾经跟我说，他是以充满敬意的心来做这项工作的。从我阅读的感受，他的确是这样做的：从选文到解说，他以敬心体会所选文章背后的温情和智慧；又以敬心斟酌自己的品读文字，力求给读者，尤其是青少年读者留下真正有价值的信息。

朱良志

2018年4月10日于北京大学

岁月，少不了诗情的点缀；生活中有了诗，柴米油盐也会增色。无论时间的车轮如何旋转，跻身漩涡中心的我们仍需要诗意来为这平庸的生活增添亮丽的色彩，也无论我们如何平淡无奇，只要心中蕴藏着美好，终究我们合上时代的节拍……岁月是一条长长的河流，荡涤着历史的尘埃；岁月是一盏雪亮的路灯，照耀着来时的路。当等待新年钟声敲响的时候，当突然忆起过去某个瞬间的时候，当推开一扇吱呀作响的门的时候，当走在一条残缺不全的石板路上的时候，那突然涌上心头的滋味，就是岁月酿成的酒。岁月悠悠发酵出情思，情思为悠悠岁月注入精神。情思是河流边的芦苇；情思是路灯下的光晕；岁月摇曳情思，袅袅娜娜，风姿绰约。

目
录

请

客

◇ 王力

中国人是最喜欢请客的一个民族。从抢付车费，抢会钞，以至于大宴客，没有一件事不足以表示中国是一个礼让之邦。我的钱就是你的钱，你的钱也就是我的钱，大家不分彼此；你可以吃我的，用我的，因为咱们是一家人。这种情形，西洋人觉得很奇怪。请恕我浅陋，我没有见过西洋人抢付过车费，或抢会过钞。我们在欧洲做学生的时代，因为穷，大家也主张"西化"，饭馆里吃饭，各自付各自的钱，相约不抢着会钞。西洋人宴客是有的，但是极不轻易有一次，最普通的只是来一个茶会，并不像中国人这样常常请朋友吃饭。这些事情，都显得中国人比西洋人更慷慨更会应酬。

本文选自王力《龙虫并雕斋琐语》（中国社会科学出版社1993年版）。王力（1900—1986），广西博白人，字了一。中国现代语言学奠基人之一。著名语言学家，教育家，翻译家，散文家和诗人，曾兼任国家语言文字工作委员会顾问，中国语言学会名誉会长，中国音韵学研究会名誉会长，《中国大百科全书》总编辑委员会委员。王力在语言学方面的专著有40多种,论文近200篇,共1000余万字,内容涉及语言学各领域,在许多方面具有开创性,汇编为《王力文集》20卷。王力捐献了该文集的稿费,设立了"北京大学王力语言学奖学金"。

其实,中国人这种应酬是利用人们喜欢占便宜的心理。不花钱可以白坐车,白吃饭,白看戏,等等,受惠的人应该是高兴的。一高兴,再高兴,三高兴,高兴的次数越多,被请的人对于请客的人就越有好印象。如果被请的人比我的地位高,他可以"有求必应",助我升官发财;如果被请的人比我的地位低,他也可以到处吹嘘,逢人说项,增加我的声誉,间接地于我有益。中国人向来主张"受人钱财,与人消灾"的,不花钱而可以白坐车,白吃饭,白看戏,也就等于受人钱财,若不与人消灾,就该为人造福。由此看来,请客乃是一种"小往大来"的政策,请客的钱不是白花的。知道了这一个道理,我们就明白为什么对于亲弟兄计较锱铢,甚至对于结发夫妻不肯"共产"的人,为请客而挥霍千金,毫无吝色;又明白为什么家无儋石,对泣牛衣的人偏有请客的闲钱。原来大多数人的请客不是目的,而是手段;不是慷慨,而是权谋!

青蚨在荷包里飞出去是令人心痛的,而"小往大来"的远景却是诱惑人的,在这极端矛盾的心情之下,可就苦了那些一毛不拔的悭吝者。当在抢付车费,抢会钞,或抢买戏票的时候,为了面子关系,不好意思不"抢",为了荷包关系,却又不敢坚持要"抢",结果是得收手且收手,面子顾全了,荷包仍旧不空。最糟糕的是遇着了同道的人,你一抢他就放松,结果虽是"求仁得仁",却变了哑子吃黄连,心里有说不出的苦。不过,悭吝的人也未尝不请客;有时候,他们请客的次数要比普通人更多，因为吝者心贪，贪者毕竟抵不住那"小往大来"的远景的诱惑。于是他们想拿最低的代价去博取最大的利益：每次请客吃饭，东西拣最便宜的吃，分量越少越好，最好是使客人容易饱，容易腻，而主人所费又不多。甚至连请几天，昨晚剩的菜今天还可以吃，虽然让客人吃别人的余唾颇为不恭，然而请客毕竟是请客，余唾吃了之后，仍旧不怕他不说一声"谢谢"。这是手段之中有手段，权谋之外有权谋！

话又说回来了，请客真的是一种好风气吗？真的能联络感情吗？我曾经亲耳听见抢会了钞的人背面骂那让步不坚持要抢的人，说他小气，说他卑鄙。我又曾经亲耳听见吃了人家的酒饭的人一出大门就批评主人：五溜鱼只有半边，清炖鸡只有半只，烟臭如莸，酒淡如水，厨子烹调无术，主人招待不周！可见中国既有了抢付钱的习俗，不抢付钱竟像是私德有亏，友谊有损；又有了滥请客的风尚，不请客的固然被认为不善交际，请客如果请得不痛快，那钱也只等于白花。勿谓郇厨既扰，即尽衔恩；须防金碗虽倾，终难饱德。老饕未餍，微禄半销！"小往大来"的请客哲学真是害人不浅！

被请的人有时候也很苦：明知受人钱财就得与人消灾，但是又没有拒绝的勇气，于是计划"还席"或"回客"。受了人家的好处，再奉还若干好处给人家，这样就算两相抵销，不再负报答的责任。其实这样设想是自寻烦恼。最干脆的办法是既不请人，也不怕被人请。如果有人抢着代我付车费或会钞，我就一声不响地，让我的青蚨"回龙"。如果有人请我吃大菜我就两肩承一口，去吃了就走，不耐烦道一声谢，更不理会什么是一饭之恩。假使人人如此，中国可以归真返璞，社会可以少了许多虚伪的行为，而政府也不再需要提倡俭约和禁止宴会了。

简评

　　《龙虫并雕斋琐语》是王力先生在西南联大时期经费孝通先生介绍，为《生活导报》开设的小品文专栏。当时，闻一多先生曾直言相劝，著名的语言学家不应该写那些低级趣味的文章，消磨斗志。尽管当时生活上非常窘迫，但王力先生并不认为轻松有趣的小品文是无聊乃至堕落。"龙虫并雕斋"是说在他的书斋，既雕龙也雕虫，"龙"指的是他的学术著作，"虫"指非学术性的文学作品和普及性的文章，如本文一类的《辣椒》《西餐》《战时的物价》《劝菜》等。王力先生的作品题材广泛，日常生活中的种种琐事、细节均可见于笔下，旁敲侧击社会的弊端，毫无牵强附会之感。如本文就是一篇针对性很强的杂文，作者在不长的篇幅中有力地抨击了生活中有人借请客来谋取私利的不良社会风气，希望人与人之间坦诚相待，杜绝虚伪的"请客"之类的事情，提倡节约，使社会归于淳朴。

　　请客送礼，可以说是在中国社会见怪不怪、沿袭数千年的人情礼仪。本文却以之为题材，独具只眼地描绘了一幅妙趣横生的世态人情相，并从中透视出了具有民族特色的人情民俗，不仅令人会心一笑，更启迪人思考。当然，文章给予读者的不仅仅是轻松一笑的愉悦，更是由对那种畸形心态与阴暗心理的揭露而带来的心灵顿悟，让那些"醉翁之意不在酒"的虚伪做作者汗颜。生活中难免有人采取以"请客"作为"小往大来"的策略，作者则信手拈来地将它作为以小见大的抓手，窥饭桌上之"一斑"而见社会、生活之"全豹"，读之让人拍案！因为作者是著名的语言学家，文章的语言更见犀利深刻，如"原来大多数人的请客不是目的，而是手段；不是慷慨，而是权谋！"之类的剖析，遣词行文，凝练而精警，掷地有声；笔锋所指，入木三分、一针见血！

文章集中讽刺了"请客"的虚伪行径。一方面揭露有人请客的动机，往往是怀有"小往大来"的功利意义，目的在于纠正人们不良的请客风气；另一方面为的是提倡节俭，以形成一种良好的社会风气。读《请客》的时候往往会有一个突出的感受——虽说是大学者写小文章，可真是举轻若重，在文章的结构安排上毫不含糊：观点突出，论据充分，论证有力。我们在读到作者对请客这一不良风气揶揄讽刺的同时，也能充分地感受到文章的艺术效果。

一下笔就直奔主题，在中国人和西洋人的比较中，明确指出了中国人是最喜欢请客的一个民族："中国人是最喜欢请客的一个民族。从抢付车费，抢会钞，以至于大宴客，没有一件事不足以表示中国是一个礼让之邦。我的钱就是你的钱，你的钱也就是我的钱，大家不分彼此；你可以吃我的，用我的，因为咱们是一家人。"接着毫不客气地指出，中国人请客是利用人们喜欢占便宜的心理，以达到"小往大来"目的。"由此看来，请客乃是一种'小往大来'的政策，请客的钱不是白花的。知道了这一个道理，我们就明白为什么对于亲弟兄计较锱铢，甚至对于结发夫妻不肯'共产'的人，为请客而挥霍千金，毫无吝色；又明白为什么家无儋石，对泣牛衣的人偏有请客的闲钱。原来大多数人的请客不是目的，而是手段；不是慷慨，而是权谋！"作者意犹未尽，紧接着刻画了吝惜者请客时的矛盾心理和虚伪的行为："不过，悭吝的人也未尝不请客；有时候，他们请客的次数要比普通人更多，因为吝者心贪，贪者毕竟抵不住那'小往大来'的远景的诱惑。于是他们想拿最低的代价去博取最大的利益：每次请客吃饭，东西拣最便宜的吃，分量越少越好，最好是使客人容易饱，容易腻，而主人所费又不多。"然后正面表明自己的观点，请客不是一种好风气，未必联络感情，反而害人不浅："话又说回来了，请客真的是一种好风气吗？真的能联络感情吗？我曾经亲耳听见抢会钞的人背面骂那让步不坚持要抢的人，说他小气，说他卑鄙。我又曾经亲耳听见吃了人家的酒饭的人一出大门就批评主人：五溜鱼只有半边，清炖鸡只有半只，烟臭如莸，酒淡如水，厨子烹调无术，主人招待不周！""'小往大来'的请客哲学真是害人不浅！"真是猥琐不能登大雅之堂。既然如此，作者马上表明自己的态度，最后提出对付请客之风的办法。

《请客》这篇文章，谈的是请客这样的生活中再平常不过的现象，但谈出了深度，谈出了文化味。文章中涉及的大量知识，引用的诸多名言典故，足以证明王力先生学识之丰赡。对中国人请客心理分析得细致入微，又见出作者对人之常情的深刻把握。尽管在人情世故的现实中难以做到，但作者的名士做派是难能可贵并值得赞赏的。

同样是关于请客，梁实秋先生的认识可谓别具一格："'若要一天不得安，请客；若要一年不得安，盖房；若要一辈子不得安，娶姨太太。'请客只有一天不得安，为害不算太大，所以人人都觉得不妨偶一为之。"以梁实秋先生所谓请客之苦，来遏制请客之不良习气，或许能对不良的请客之风起到釜底抽薪的效果，当然，这还得看请客的人和被请的人是否能联起手来从根本上改造请客的环境。

永远的校园

◇ 谢冕

一棵蒲公英小小的种子，被草地上那个小女孩轻轻一吹，神奇地落在这里便不再动了——这也许竟是夙缘。已经变得十分遥远的那个八月末的午夜，车在黑幽幽的校园里林丛中旋转终于停住的时候，我认定那是一生中最神圣的夜晚：命运安排我选择了燕园一片土。

燕园的美丽是大家都这么说的，湖光塔影和青春的憧憬联系在一起，越发充满了诗意的情趣。每个北大学生都会有和这个校园相联系的梦和记忆。尽管它因人而异，而且也并非会一味的欢愉幸福，会有辛酸烦苦，也许有无可补偿的遗憾和愧疚。

我的校园是永远的。因偶然的机缘而落脚于

本文选自《中国当代散文检阅（学者卷）》（陕西人民出版社1997年版）。谢冕，福建福州人，1932年生。文艺评论家、诗人、作家，北京作家协会副主席，中国当代文学研究会副会长，中国作家协会全国委员会名誉委员，《诗探索》杂志主编。他先后主持了《二十世纪中国文学丛书》（10卷），《百年中国文学总系》（11卷），并主编了《中国百年文学经典文库》(10卷)，《百年中国文学经典》(8卷)等。先后出版了《文学的绿色革命》《中国现代诗人论》《新世纪的太阳》《论二十世纪中国文学》《1898：百年忧患》等专著十余种，另有散文随笔《世纪留言》《流向远方的水》《永远的校园》等多种。

此，终于造成决定一生的契机。青年时代未免有点虚幻和夸张的抱负，由于那个开始显得美丽，后来愈来愈显得严峻的时代，而变得实际起来。热情受到冷却，幻想落于地面，一个激情而有些漂浮的青年人，终于在这里开始了实在的人生。

匆匆五个寒暑的学生生活，如今确实变得遥远了，但师长那些各具风采但又同样严格的治学精神影响下的学业精进，那些由包括不同民族和不同国籍同学组成的存在着差异又充满了友爱精神的班级集体，以及在战火消失后渴望和平建设的要求促使下向科学进军的总体时代氛围，给当日的校园镀上一层光环。友谊的真醇、知识的切磋、严肃的思考、轻松的郊游，甚至失魂落魄的考试，均因它的不曾虚度而始终留下充实的记忆。

燕园其实并不大，未名湖不过一勺水。水边一塔，并不可登；水中一岛，绕岛仅可百步余；另有楼台百十座，仅此而已。但这小小校园却让所有在这里住过的人终生梦绕魂牵。其实北大人说到校园，潜意识中并不单指眼下的西郊燕园，他们大都无意间扩展了北大特有的校园观念：从未名湖到红楼，从蔡元培先生的铜像到民主广场。或者说，北大人的校园观念既是现实的存在，也是历史的和精神的存在。在北大人的心目中，校园既具体又抽象，他们似乎更乐于承认象征性的校园的精魂。

我同样拥有精神上的一座校园。我的校园回忆包蕴了一段不平常的记忆。时代曾给予我们那一代青年以特殊的机遇，及今思来，可说是痛苦多于欢娱。我们曾有个充满期待也充满困惑的春天。一个预示着解放的早春降临了，万物因严冬的解冻而萌动。北大校园内传染着悄悄的激动，年轻的心预感于富有历史性转折时期的可能到来而不安和兴奋。白天连着夜晚，关于中国前途和命运、关于人民的民主和自由的辩论，在课堂、在宿舍、在湖滨，也在大小膳厅、广场上激烈地进行。

这里有向着习惯思维和因袭势力的勇敢抗争。那些富有历史预见和进取的思想，在那个迷蒙的时刻发出了动人的微光。作为时代的骄傲，它体现了北大师生最敏感、也最有锐气的品质。与此同时，观念的束缚、疑惧的心态、处于矛盾的两难境地的彷徨，更有年轻的心因沉重的负荷而暗中流血。随后而来的狂热的夏季，多雨而湿闷。轰然而至的雷电袭击着这座校园，花木为风雨所摧折。激烈的呼喊静寂以后，蒙难的血泪默默唤醒沉睡的灵魂。他们在静默中迎接肃杀的秋季和苍白而漫长的冬日。

那颗偶然落下的种子不会长成树木，但因特殊的条件被催化而成熟。都过去了，湖畔走不到头的花荫曲径；都过去了，宿舍水房灯下午夜不眠的沉思，还有轻率的许诺，天真的轻信。告别青春，告别单纯，从此心甘情愿地跋涉于泥泞的长途而不怨尤。也许即在此时，忧患与我们同在，我们背上了沉重的人生十字架。曼妙的幻想，节日的狂欢，天真的虔诚，随着无可弥补的缺憾而远逝。我们有自己的青春祭。从这个意义上说，这校园与我们青春的希望与失望相连，它永远。

燕园的魅力在于它的不单纯。就我们每个人说，我们把青春时代的痛苦和欢乐、追求和幻灭，投入并消融于燕园，它是我们永远的记忆。未名湖秀丽的波光与长鸣的钟声，民主广场上悲壮的呐喊，混成了一代人又一代人的校园记忆。一种眼前的柔美与历史的雄健的合成；一种朝朝夕夕的弦诵之声与岁岁年年的奋斗呐喊的合成，一种勤奋的充实自身与热情的参与意识的合成；这校园的魅力多半产生于上述那些复合丰富的精神气质的合成。

燕园有一种特殊的气氛：总是少有闲暇的急匆匆的脚步，总是思考着的皱着的眉宇，总是这样没完没了的严肃和沉郁。当然也不尽然，广告牌上那些花花绿绿的招贴，间或也露出某些诙谐和轻松，时不时地出现一些令人震惊的举动，更体现出北大自由灵魂的机智和聪慧。北大又是洒脱的和充满了活力的。

这真是一块圣地。数十年来成长着中国几代最优秀的学者。丰博的学识，闪光的才智，庄严无畏的独立思想，这一切又与先于天下的严峻思考，耿介不阿的人格操守以及勇锐的抗争精神相结合。这更是一种精神合成的魅力。科学与民主是未经确认却是事实上的北大校训。二者作为刚柔结合的象征，构成了北大的精神支柱。把这座校园作为一种文化和精神现象加以考察，便可发现科学民主作为北大精神支柱无所不在的影响。正是它，生发了北大恒久长存的对于人类自由境界和社会民主的渴望与追求。

这里是我的永远的校园，从未名湖曲折向西，有荷塘垂柳、江南烟景，从镜春园进入朗润园。从成府小街东迤，入燕东园林荫曲径，以燕园为中心向四面放射性扩张，那里有诸多这样的道路。年复一年，日复一日，那里行进着一些衣饰朴素的人。从青年到老年，他们步履稳健、仪态从容，一切都如这座北方古城那样质朴平常。但此刻与你默默交臂而过的，很可能就是科学和学术上的巨人。当然，跟随着他们身后的，有更多他们的学生，作为自由思想的继承者，他们默默地接受并奔涌着前辈学者身上的血液——作为精神品质不可见却实际拥有的伟力。

这圣地绵延着不会熄灭的火种。它不同于父母的繁衍后代，但却较那种繁衍更为神妙，更为不朽。它不是一种物质的遗传，而是灵魂的塑造和远播。生活在燕园里的人都会把握到这种恒远同时又是不具形的巨大的存在。那是一种北大特有的精神现象。这种存在超越时间和空间成为北大永存的灵魂。

北大学生以最高分录取，往往带来了优越感和才子气。与表层现象的骄傲和自负相联系的，往往是北大学生心理上潜在的社会精英意识：一旦佩上北大校徽，每个人顿时便具有被选择的庄严感。北大人具有一种外界人很难把握的共同气质，他们为一种深沉的使命感所笼罩。今日的精英与明日的栋梁,今日的思考与明日的奉献,被无形的力量维系在一起。青春曼妙的青年男女一旦进入这座校园,便因这种献身精神和使命感而变得沉稳起来。

这是一片自由的乡土。从上个世纪末叶到如今,近百年间中国社会的痛苦和追求,都在这里得到积聚和呈现。沉沉暗夜中的古大陆,这校园中青春的精魂曾为之点燃昭示理想的火炬。一代又一代的中国学者,从这里眺望世界,用批判的目光审度漫漫的封建长夜,以坚毅的、顽强的、几乎是前仆后继的精神,在这片落后的国土上传播文明的种子。近百年来这种奋斗无一例外地受到阻扼。这里生生不息地爆发抗争。北大人的呐喊举世闻名。这呐喊代表了民众的心声。阻扼使北大人遗传了沉重的忧患。于是,你可以看到一代又一代人的沉思的面孔总有一种悲壮和忧愤。北大魂——中国魂在这里生长,这校园是永远的。

怀着神圣的皈依感,一颗偶然吹落的种子终于不再移动。它期待并期许一种奉献,以补偿青春的遗憾,并至诚期望冥冥之中不朽的中国魂永远绵延。

简 评

谢冕先生1955年考入北京大学中文系。北京大学"诗歌中心"成立后,谢冕被任命为该中心副主任,并就任北京大学中国新诗研究所所长,《新诗评论》主编、研究员。在新诗的园地里,谢冕先生做了大量的工作。谢冕先生还参与了北京大学中国当代文学的学科建设,在他的影响下,北京大学建立了中国当代文学的第一个博士点,他也就成为该校第一位指导当代文学的博士生导师。在教学、科研、人才培养等方面,谢冕先生均作出了巨大的贡献。

英国著名哲学家、数学家怀特海在《想象力：大学存在的理由》一文中说："大学存在的理由在于，它联合青年人和老年人共同对学问进行富有想象的研究，以保持知识和火热的生活之间的联系。大学传授知识，但它是富有想象力地传授知识。至少，这就是大学对社会应履行的职责。一所大学若做不到这一点，它就没有理由存在下去。"充满活力的气氛产生于富有想象的思考和知识的改造中。在《永远的校园》的字里行间，一个事实将不再是纯粹的事实，因为它被赋予了全部的可能性。记忆不再是一种负担，因为它如同我们梦境中的诗人和我们的目标设计师一样富有生机。北京大学大概是所有正在求学的学子梦寐以求的学府，因为这里是知识的殿堂，灵魂的寓所，迸发的青春，时代的良知，理想的延续……这也是谢冕先生的理想，不过所有的高等学府都是承载知识的桥梁，都是时代的圣土，播撒的是同样的希望种子。谢冕先生回忆，早在中学时代，希望的种子已经播撒在他的心中："那里有一座钟楼，钟定时敲响。那声音是温馨的、安详的，既抚慰我们，又召唤我们。不高的钟楼在那时的我看来，却是无比的巍峨。那感觉就像是50年后我在泰晤士河上看伦敦的'大笨钟'一样。"（谢冕《我的中学时代》）

《永远的校园》一书，收集了谢冕先生的多篇散文，其中就有本文，并作为本书的书名。阅读《永远的校园》一书，我们能感受到谢冕先生身上时刻散发出的热情，更能体会到他作为一个青年的精神导师积极向上的人格魅力。尤其在20世纪后半期，谢冕先生不仅目睹而且经历了一个非常漫长的诗歌噩梦，给他个人也带来了一定的心理上的伤害。当时的诗歌之所以给中国的诗人一个痛苦的噩梦，一个愚蠢的动机，是因为在当时的诗歌园地里，建立了一种统一的诗歌模式，造成了当代诗歌数十年的灾难，中国诗歌从里到外都是创伤，是很多诗人心灵深处一个难忘的记忆。在20世纪谢冕先生说过一句实话："中国的诗歌主要是大陆的诗歌走了一条越来越窄的路。"可是在这之后，斗转星移,已经过去了20多年了,依然还受到不少人的纠缠。谢冕先生认为:比心灵更自由的是诗歌,要是诗歌一旦失去了自由,那就是灾难,是灭绝,那就是绝路一条。可是有的时候,这种浅薄的动机却在不断地营造这种所谓统一的诗歌:一个主义,一种手法,最后带来的必然是个性的灭绝,所有的诗人都变成了一个统一的面孔。然而,诗歌的内容应该是形形色色的,诗歌的形式应该具有不同风格,如果用一种强制的或非强制的手段来进行某种统一的时候,这就只能是灾难。不管我们用什么样日常生活中的、思想上的手段来对待"圣洁的缪斯",统一诗歌,取消诗人的个性,无疑,这都是诗歌的没落。这就是20世纪后半期留给谢冕先生的最为沉痛的记忆。让人欣慰的是,一元复始,除旧布新,谢冕先生终于获得了拓荒于北京大学"诗歌中心",并主政北京大学中国新诗研究所,开辟《新诗评论》园地的机会,我们相信,这将会留给谢冕先生完全不一样的记忆。"幸好,历史终于翻开了新的一页。1976年的10月,如同当年胡风写《时间开始了》的那个时刻,中国人民终于拥有了一个重新开始的时间。"(谢冕《一个世纪的背影——中国新诗1977—2000》)"诗是什么呢? 马一浮先生有四句话说得好:诗其实就是人的生命'如迷忽觉,如梦忽醒,如仆者之起,如病者之苏'。后来叶嘉莹教授说,这是关于诗的最精彩的一句定义了。诗就是人心的苏醒,是离我们心灵本身最近的事,是从平庸、浮华与困顿中,醒过来见到自己的真身。"(胡晓明《唐诗与中国文化精神》)谢冕先生一定在心中有同感:诗的"时间开始了"。

作者在北大的经历是刻骨铭心的,同时也代表着每一个北大学子终其一生也难以忘怀的北大情结。谢冕先生说过:"我的校园回忆包蕴了一段不平常的记忆。时代曾给予我们那一代青年以特殊的际遇,及今思来,可说是痛苦多于欢愉,我们曾有个充满期待也充满困惑的春天。"所以,有了一段这样的经历,无论对于谁来说,尤其是对向着习惯思维和因袭势力作勇敢抗争的如同作者一样的北大学子来说，真是一笔不可估量的精神财富。无论走到哪里，都会脚踏实地地开始自己的人生。一步一个脚印，选择成为自己的可能性，抉择出最适合自己的路，然后向着理想慢慢挺进，有时候即使经历挫折也并不可怕，受过挫折的人生是最闪亮的。

　　读谢冕先生的《永远的校园》，真正让人羡慕的是燕园能够给人的"神圣的皈依感"，这不是所有的大学的人都能获得的幸运。"这真是一块圣地，数十年来这里成长着中国几代最优秀的学者。广博的学识，闪亮的才智，庄严无畏的独立思想，这一切又与先于天下的严峻思考，耿介不阿的人格操守以及勇锐的抗争精神相结合。"关键是"这圣地绵延着不息的火种"！弦歌声声，传自历史深处！应该说，这是发自一个从灵魂到血液都浸润着北大精神的学子的心声。大学的魅力就在于此，因为它给你的不只是一张文凭，而是对整个人的陶冶。当代著名学者张博树先生在谈到"大学深层温度"时说：21世纪的中国大学应是中国现代早期伟大的高等教育传统的继承者。可喜的是，虽然中间有过一段历史曲折，但目前中国的公民社会正在重构、整合、崛起之中，它必然会伴随着中国制度现代化进程的前行而日益成熟起来。中国大学之"理念"不再稀缺、中国大学成为社会良知维护者与代言人的那一天到来的时候，中国制度现代化的成功就不远了。作者至诚期望的"冥冥之中不朽的中国魂永远绵延"也一定会翩然而至。

敬告青年

◇陈独秀

本文选自《独秀文存·第一卷》（安徽人民出版社1987年版）原载《青年杂志》I卷I号，1915年9月15日。陈独秀（1879—1942），原名庆同，官名乾生，字仲甫，号实庵，安徽怀宁（今安庆）人。新文化运动的倡导者之一，中共早期主要领导人。其主要著作收入《独秀文存》《陈独秀文章选编》《陈独秀思想论稿》《陈独秀著作选

窃以少年老成，中国称人之语也；年长而勿衰（Keep young while growing old），英美人相勖之辞也；此亦东西民族涉想不同现象趋异之一端欤？青年如初春，如朝日，如百卉之萌动，如利刃之新发于硎，人生最可宝贵之时期也。青年之于社会，犹新鲜活泼细胞之在人身。新陈代谢，陈腐朽败者无时不在天然淘汰之途，与新鲜活泼者以空间之位置及时间之生命。人身遵新陈代谢之道则健康，陈腐朽败之细胞充塞人身则人身死；社会遵新陈代谢之道则隆盛，陈腐朽败之分子充塞社会则社会亡。

准斯以谈，吾国之社会，其隆盛耶？抑将亡耶？非予之所忍言者。彼陈腐朽败之分子，一听其天然

之淘汰，雅不愿以如流之岁月，与之说短道长，希冀其脱胎换骨也。予所欲涕泣陈词者，惟属望于新鲜活泼之青年，有以自觉而奋斗耳！

自觉者何？自觉其新鲜活泼之价值与责任，而自视不可卑也。奋斗者何？奋其智能，力排陈腐朽败者以去，视之若仇敌，若洪水猛兽，而不可与为邻，而不为其菌毒所传染也。

呜呼！吾国之青年，其果能语于此乎！吾见夫青年其年龄，而老年其身体者十之五焉；青年其年龄或身体，而老年其脑神经者十之九焉。华其发，泽其容，直其腰，广其膈，非不俨然青年也；及叩其头脑中所涉想所怀抱，无一不与彼陈腐朽败者为一丘之貉。其始也未尝不新鲜活泼，寝假而为陈腐朽败分子所同化者有之；浸假而畏陈腐朽败分子势力之庞大，瞻顾依回，不敢明目张胆，作顽狠之抗斗者有之。充塞社会之空气，无往而非陈腐朽败焉，求些少之新鲜活泼者，以慰吾人窒息之绝望，亦杳不可得。

循斯现象，于人身则必死，于社会则必亡。欲救此病，非太息咨嗟之所能济，是在一二敏于自觉勇于奋斗之青年，发挥人间固有之智能，抉择人间种种之思想，——孰为新鲜活泼而适于今世之争存，孰为陈腐朽败而不容留置于脑里，——利刃断铁，快刀理麻，决不作牵就依违之想，自度度人，社会庶几其有清宁之日也。青年乎！其有以此自任者乎？若夫明其是非，以供抉择，谨陈六义，幸平心察之。

编》等。1932年在狱中写了：《荀子韵表及考释》《实庵字说》《老子考略》《中国古代语音有复声母说》《古音阴阳入互用例表》《连语类编》《屈宋韵表及考释》《晋吕静韵集目》《干支为字母说》等音韵训诂学著作。

（一）自主的而非奴隶的

等一人也，各有自主之权，绝无奴隶他人之权利，亦绝无以奴自处之义务。奴隶云者，古之昏弱对于强暴之横夺，而失其自由权利者之称也。自人权平等之说兴，奴隶之名，非血气所忍受。世称近世欧洲历史为"解放历史"——破坏君权，求政治之解放也；否认教权，求宗教之解放也；均产说兴，求经济之解放也；女子参政运动，求男权之解放也。

解放云者，脱离夫奴隶之羁绊，以完其自主自由之人格之谓也。我有手足，自谋温饱；我有口舌，自陈好恶；我有心思，自崇所信；决不认他人之越俎，亦不应主我而奴他人；盖自认为独立自主之人格以上，一切操行，一切权利，一切信仰，唯有听命各自固有之智能，断无盲从隶属他人之理。非然者，忠孝节义，奴隶之道德也；德国大哲尼采（Nietzsche）别道德为二类：有独立心而勇敢者曰贵族道德（Morality of Noble），谦逊而服从者曰奴隶道德（Morality of Slave）。轻刑薄赋，奴隶之幸福也；称颂功德，奴隶之文章也；拜爵赐第，奴隶之光荣也；丰碑高墓，奴隶之纪念物也；以其是非荣辱，听命他人，不以自身为本位，则个人独立平等之人格，消灭无存，其一切善恶行为，势不能诉之自身意志而课以功过；谓之奴隶，谁曰不宜？立德立功，首当辨此。

（二）进步的而非保守的

人生如逆水行舟，不进则退，中国之恒言也。自宇宙之根本大法言之，森罗万象，无日不在演进之途，万无保守现状之理；特以俗见拘牵，谓有二境，此法兰西当代大哲柏格森（H. Borgson）之"创造进化论"（L'Evolution Creatrice）所以风靡一世也。以人事之进化言之，笃古不变之族，日就衰亡；日新求进之民，方兴未已；存亡之数，可以逆睹。矧在吾国，大梦未觉，故步自封，精之政教文章，粗之布帛水火，无一不相形丑拙，而可与当世争衡？

举凡残民害理之妖言，率能征之故训，而不可谓诬，谬种流传，岂自今始！固有之伦理、法律、学术、礼俗，无一非封建制度之遗，持较皙种之所为，以并世之人，而思想差迟，几及千载；尊重廿四朝之历史性，而不作改进之图，则驱吾民于二十世纪之世界以外，纳之奴隶牛马黑暗沟中而已，复何说哉！于此而言保守，诚不知为何项制度文物，可以适用生存于今世。吾宁忍过去国粹之消亡，而不忍现在及将来之民族，不适世界之生存而归消灭也。

呜呼！巴比伦人往矣，其文明尚有何等之效用耶？"皮之不存，毛将焉附？"世界进化，骎骎未有已焉。其不能善变而与之俱进者，将见其不适环境之争存，而退归天然淘汰已耳，保守云乎哉！

（三）进取的而非退隐的

当此恶流奔进之时，得一二自好之士，洁身引退，岂非希世懿德。然欲以化民成俗，请于百尺竿头，再进一步。夫生存竞争，势所不免，一息尚存，即无守退安隐之余地。排万难而前行，乃人生之天职。以善意解之，退隐为高人出世之行；以恶意解之，退隐为弱者不适竞争之现象。欧俗以横厉无前为上德，亚洲以闲逸恬淡为美风，东西民族强弱之原因，斯其一矣。此退隐主义之根本缺点也。

若夫吾国之俗，习为委靡，苟取利禄者，不在论列之数；自好之士，希声隐沦，食粟衣帛，无益于世，世以雅人名士目之，实与游惰无择也。人心秽浊，不以此辈而有所补救，而国民抗往之风，植产之习，于焉以斩。人之生也，应战胜恶社会，而不可为恶社会所征服；应超出恶社会，进冒险苦斗之兵，而不可逃遁恶社会，作退避安闲之想。呜呼！欧罗巴铁骑，入汝室矣，将高卧白云何处也？吾愿青年之为孔、墨，而不愿其为巢、由；吾愿青年之为托尔斯泰与达噶尔（R.Tagore 印度隐遁诗人），不若其为哥伦布与安重根！

（四）世界的而非锁国的

并吾国而存立于大地者，大小凡四十余国，强半与吾有通商往来之谊。加之海陆交通，朝夕千里，古之所谓绝国,今视之若在户庭。举凡一国之经济政治状态有所变更,其影响率被于世界,不啻牵一发而动全身也。立国于今之世,其兴废存亡,视其国之内政者半,影响于国外者恒亦半焉。以吾国近事证之:日本勃兴,以促吾革命维新之局;欧洲战起,日本乃有对我之要求;此非其彰彰者耶?投一国于世界潮流之中,笃旧者固速其危亡,善变者反因以竞进。

吾国自通海以来,自悲观者言之,失地偿金,国力索矣;自乐观者言之,倘无甲午庚子两次之福音,至今犹在八股垂发时代。居今日而言锁国闭关之策,匪独力所不能,亦且势所不利。万邦并立,动辄相关,无论其国若何富强,亦不能漠视外情,自为风气。各国之制度文物,形式虽不必尽同,但不思驱其国于危亡者,其遵循共同原则之精神,渐趋一致,潮流所及,莫之能违。于此而执特别历史国情之说,以冀抗此潮流,是犹有锁国之精神,而无世界之智识。国民而无世界智识,其国将何以图存于世界之中?语云:"闭户造车,出门未必合辙。"今之造车者,不但闭户,且欲以《周礼·考工》之制,行之欧、美康庄,其患将不止不合辙已也!

(五)实利的而非虚文的

自约翰·弥尔(J. S. Mill)"实用主义"唱道于英,孔特(Comte)之"实验哲学"唱道于法,欧洲社会之制度,人心之思想,为之一变。最近德意志科学大兴,物质文明,造乎其极,制度人心,为之再变。举凡政治之所营，教育之所期，文学技术之所风尚，万马奔驰，无不齐集于厚生利用之一途。一切虚文空想之无裨于现实生活者，吐弃殆尽。当代大哲，若德意志之倭根（R. Eucken），若法兰西之柏格森，虽不以现时物质文明为美备，咸揭橥生活（英文曰 Life，德文曰 Leben，法文曰 La vie）问题，为立言之的。生活神圣，正以此次战争，血染其鲜明之旗帜。欧人空想虚文之梦，势将觉悟无遗。

夫利用厚生，崇实际而薄虚玄，本吾国初民之俗；而今日之社会制度，人心思想，悉自周、汉两代而来，——周礼崇尚虚文，汉则罢黜百家而尊儒重道。——名教之所昭垂，人心之所祈向，无一不与社会现实生活背道而驰。倘不改弦而更张之，则国力将莫由昭苏，社会永无宁日。祀天神而拯水旱，诵"孝经"以退黄巾，人非童昏，知其妄也。物之不切于实用者，虽金玉圭璋，不如布粟粪土。若事之无利于个人或社会现实生活者，皆虚文也，诳人之事也。诳人之事，虽祖宗之所遗留，圣贤之所垂数，政府之所提倡，社会之所崇尚，皆一文不值也！

（六）科学的而非想象的

科学者何？吾人对于事物之概念，综合客观之现象，诉之主观之理性，而不矛盾之谓也。想象者何？既超脱客观之现象，复抛弃主观之理性，恁空构造，有假定而无实证，不可以人间已有之智灵，明其理由，道其法则者也。在昔蒙昧之世，当今浅化之民,有想象而无科学。宗教美文,皆想象时代之产物。近代欧洲之所以优越他族者,科学之兴,其功不在人权说下,若舟车之有两轮焉。今且日新月异,举凡一事之兴,一物之细,罔不诉之科学法则,以定其得失从违;其效将使人间之思想云为,一遵理性,而迷信斩焉,而无知妄作之风息焉。

国人而欲脱蒙昧时代,羞为浅化之民也,则急起直追,当以科学与人权并重。士不知科学,故袭阴阳家符瑞五行之说,惑世诬民,地气风水之谈,乞灵枯骨。农不知科学,故无择种去虫之术。工不知科学,故货弃于地,战斗生事之所需,一一仰给于异国。商不知科学,故惟识罔取近利,未来之胜算,无容心焉。医不知科学,既不解人身之构造,复不事药性之分析,菌毒传染,更无闻焉;惟知附会五行生克寒热阴阳之说,袭古方以投药饵,其术殆与矢人同科;其想象之最神奇者,莫如"气"之一说,其说且通于力士羽流之术,试遍索宇宙间,诚不知此"气"之果为何物也!

凡此无常识之思惟,无理由之信仰,欲根治之,厥维科学。夫以科学说明真理,事事求诸证实,较之想象武断之所为,其步度诚缓,然其步步皆踏实地,不若幻想突飞者之终无寸进也。宇宙间之事理无穷,科学领土内之膏腴待辟者,正自广阔。青年勉乎哉!

简评

　　陈独秀先生于1897年入杭州中西求是书院（浙江大学前身）学习，开始接受近代西方思想文化。1899年因有反清言论被书院开除。1901年因为进行反清宣传活动，又受到清政府通缉，从安庆逃亡日本，进入东京高等师范学校速成科学习。1904年初在芜湖创办《安徽俗话报》，宣传反清革命思想。1905年组织成立反清秘密革命组织"岳王会"，任总会长。1918年和李大钊创办《每周评论》，提倡新文化，宣传马克思主义，俗称"南陈北李"。陈独秀先生是"五四"新文化运动的主要领导人之一。1920年初在上海成立共产党早期组织，并发起成立中国共产党。1921年7月在中共一大上被选为中央局书记。

　　陈独秀先生是杰出的政论家，其政论文章汪洋恣肆、尖锐犀利；《敬告青年》等很多篇章是中国近现代历史上杰出的代表作。广义的"五四"运动，就是指1915年9月5日，陈独秀先生在上海创办《青年》杂志（次年改称《新青年》）反对旧礼教，提倡"民主"与"科学"的新文化运动。对迫切要求现代化，赶上世界先进潮流的"五四"先贤来说，就是要引进作为专制主义对立面的"民主"与作为蒙昧主义对立面的"科学"，亦即风靡一时的"德先生"和"赛先生"。陈独秀先生在其创办的《青年》（创刊号）上发表了他亲笔撰写的创刊词《敬告青年》一文，对当时的青年提出了六点殷切的期望，文章一经刊出，即引起强烈的社会反响，唤醒与鼓舞了无数有志青年，至今读来仍能令人警醒。历史上，这六点期望如同黄钟大吕曾经响彻古老的中华大地。"自由的而非奴隶的、进步的而非保守的、进取的而非退隐的、世界的而非锁国的、实利的而非虚文的、科学的而非想象的。"并指出："国人而欲脱蒙昧时代，羞为浅化之民也，则急起直追，当以科学与人权并重。"提出了民主与科学的思想，吹响了思想启蒙的号角。"启蒙运动就是人类脱离自己所加之于自己的不成熟状态。"（康德语）《敬告青年》发表于"五四"运动前夕，当时的中国，社会腐败，民众暮气沉沉。觉醒的有志之士，眼见青年人未老先衰，无不忧心忡忡，唤醒青年一代觉悟是为当务之急。新文化运动是一次前所未有的思想解放运动，它高举民主和科学的大旗，猛烈批判封建旧文化、旧思想、旧礼教，大力倡导新文化、新思想和新道德，打破了传统的精神枷锁，极大地鼓舞了人们，特别是广大青年探求真理的热情，也为马克思主义在中国的传播奠定了基础。新文化运动主张利用西方的民主科学思想彻底改造中国社会。《新青年》杂志是新文化运动开始的标志。陈独秀是新文化运动的领袖，正如郑振铎先生所说："他是这样的具有着烈火般的熊熊的热诚，在做着打先锋的事业。他是不动摇，不退缩的！革命事业乃在这样的彻头彻尾的不妥协的态度里告了成功。"

陈独秀先生曾在同样是唤醒青年的《偶像破坏论》一文中呐喊："破坏！破坏偶像！破坏虚伪的偶像！吾人信仰，当以真实的合理的为标准；宗教上，政治上，道德上，自古相传的虚荣，欺人不合理的信仰，都算是偶像，都应该破坏！此等虚伪的偶像不破坏，宇宙间实在的真理和吾人心坎儿里彻底的信仰永远不能合一！"证据呢？从文章中看出壮举。《敬告青年》表达了他反对封建礼教，追求民主与科学的强烈愿望。他满怀激情地讴歌"青年如初春，如朝日，如百卉之萌动，如利刃之新发于硎，人生最可宝贵之时期也"。他以进化论的观点，论证"青年之于社会，犹如新鲜活泼细胞之在人身。新陈代谢，陈腐朽败者无时不在天然淘汰之途，与新鲜活泼者以空间之位置及时间之生命。……社会遵新陈代谢之道则隆盛，陈腐朽败之分子充塞社会则社会亡"。陈独秀"涕泣陈辞"，寄希望于活泼之青年，呼唤青年"自觉其新鲜活泼之价值与责任"，号召青年"奋其智能，力排陈腐朽败者以去"。但怎样判断"孰为新鲜活泼而适于今巨之争存，孰为陈腐朽败而不容留置于脑里"呢？陈独秀在本文提出的"六项标准"，毫无疑问，在当时具有振聋发聩的力量，直接唤醒了古老的国度中千千万万年轻人，在解放民族首先必须解放自己的道路上迅跑。

《敬告青年》一文是陈独秀发动新文化运动的宣言书，贯穿于六项标准中的一条红线就是科学与民主。科学与民主是检验一切政治、法律、伦理、学术以及社会风俗、人们日常生活一言一行是否得当的唯一准绳，凡违反科学与民主的，哪怕是"祖宗之所遗留，圣贤之所垂教，政府之所提倡，社会之所崇尚，皆一文不值也"。

《敬告青年》充分表达了"五四"时期的启蒙主义知识分子改造国民性的思想主张、体现出他们瞩望于青年但又必须改造青年国民性的深刻意识。宣扬新思想、新潮流，在"五四"运动中发挥了巨大的舆论导向作用，影响了整整一代青年人，吹响了新文化运动的号角，唱出了时代的强音。"赛先生"和"德先生"成为引领新文化运动方向的两面大旗，启迪了广大青年的智慧，激起了爱国青年探索救国自强道路的热情，影响了整整一代青年。毛泽东后来尊称陈独秀是"五四运动的总司令"，"我们这一代人都是他的学生"。恽代英更是在给《新青年》的信中写到，自从看了《敬告青年》后，"渐渐的醒悟过来，真是像在黑暗的地方见了曙光一样。我们对于《新青年》的诸位先生，实在是表不尽的感谢了。"可以说，《敬告青年》的伟大意义，在于它在"五四"运动和中国现代思想文化史上均有重要的地位和影响。就是今天，当我们在回顾昨天的时候，读《敬告青年》滚烫的文字，依然会感到热血沸腾。

看

蒙娜丽莎看

◇ 熊秉明

一

面对一幅画，我们说"看画"。

画是客体，挂在那里。我们背了手凑近、退远、审视、端详、联想、冥想、玩味、评价。大自然的山水、鸟兽、草木，人间的英雄与圣徒、好女与孩童、爱情与劳动、战争与游戏、欢喜与悲痛，都定影在那里，化为我们"看"的对象。连上想象里的鬼怪与神祇、天堂与地狱、创世纪和最后审判；连上非想象里的抽象的形、纯粹的色、理性摆布的结构、潜意识底层泛起的幻觉，这一切都不再对我们有什么实际的威胁或蛊

本文选自《看蒙娜丽莎看》（百花文艺出版社1997年版）。熊秉明（1922—2002），祖籍云南，1922年出生于南京，著名法籍华人艺术家、哲学家，中国著名数学家熊庆来之子。熊秉明集哲学、文学、绘画、雕塑、书法之修养于一身，旅居法国50年，无论对人生哲学

的体悟还是对艺术创作的实践，都贯穿东西，融合了中国的人文精神。早期主要制作大型写实雕塑。20世纪60年代起，以水牛为主题制作铜塑。著有《张旭与草书》(法文)、《中国书法理论体系》《关于罗丹日记译抄》《诗三篇》《展览会观念或者观念的展览会》《回归的雕塑》《看蒙娜丽莎看》等书，多次在世界各地举办大规模雕塑、绘画展，许多作品被国际国内学术机构及博物馆收藏陈列。

惑。无论它们怎样神奇诡谲，终是以"画"的身份显示在那里，作为"欣赏"的对象，听凭我们下"好"或者"不好"的评语。

欣赏者——欣赏对象。

这是我们和画的关系。我们处于一种安全而优越的地位，享受着观赏之全体的愉快、骄傲和踌躇满志。

然而走到蒙娜丽莎之前，情形有些不同了。我们的静观受到意外的干扰。画中的主题并不是安安稳稳地在那里"被看"，"被欣赏"、"被品鉴"。相反，她也在"看"，在凝眸谛视、在探测。侧了头，从眼角上射过来的目光，比我们的更专注、更锋锐、更持久、更具密度、更蕴深意。她争取着主体的地位，她简直要把我们看成一幅画、一幅静物，任她的眼光去分析、去解剖、而且评价。她简直动摇了我们作为"欣赏者"的存在的权利和自信。

二

也并非没有在画里向我们注视的人物。

像安格尔(Ingres,1780—1867)的那些贵妇与绅士，端坐着，像制成标本的兽，眼窝里嵌着瓷球，晶亮、发光、很能乱真，定定地瞅过来，然而终于只是冰冷的晶亮的瓷球。这样的空虚失神的凝视当然不给我们什么威胁。

像提香(Titian,1490—1576)的威尼斯贵族男子肖像，眼瞳里闪烁着文艺复兴时代贵族们的阴鸷和狡诈,目光像浸了毒鸩的剑锋,向你挑战。他们娴于幕前和幕后的争权夺利,明枪暗箭,在瞥视你的顷间,已估计了你的身世、才智、毅力、野心以及成败的机会率。

像林布兰特(Rembrandt,1606—1669)的人物,无论是老人、妇人、壮者以及孩子,他们往往也是看向观赏者的。他们的眼光象壁炉里的烈焰,要照红观者的手、面庞、眼睛、胸膛,照出观者腑脏里的潜藏着的悲苦与欢喜。把辛酸燃烧起来,把欢乐燃烧起来,把观者的苍白烘照成赤金色……

这样的画和我们的关系,也不仅只是"欣赏者——欣赏对象"的关系。它们也有意要把我们驱逐到欣赏领域以外去,强迫我们退到存在的层次,在那里被摆布、被究诘、被拷问、被裁判、被怜悯,被扶持、被拥抱。

三

而蒙娜丽莎的眼光是另一样的,在存在的层次,对我们作另一种要求。

她看向你,她注视你,她的注视要诱导出你的注视。那眼光像迷路后,在暮色苍茫里,远远地闪起的一粒火光,耀熠着,在叫唤你,引诱你向她去。而你也猝然具有了鸥枭的视力,野猫子的轻步,老水手观测晚云的敏觉。

四

有少女的诱惑和少妇的诱惑。

少女的。在她的机体发育到一定的时刻，便泛起饱和的滋润和鲜美。皮肤的色泽，匀净纯一之至，从红红到白白之间的转化，自然而微妙，你找不到分界的迹象。肢胴的圆浑匀净纯一之至。你不能判定哪是弧线，哪是直线，辨不出哪里是颈的开始，哪里是肩的消失。你想努力去辨析，而终不能，而你终于在这努力里技穷，瞠然、哑然、被征服。少女自己未必自觉吧。一旦自觉，也要为这奇异的诱惑力感到吃惊，而羞涩、不安、含着歉意，但每一颗细胞，每一条发光的青丝并不顾虑这些，直放射无忌惮的芬香。

有少妇的诱惑。她在心灵成熟到一定的时刻，便孕怀着爱和智慧，宽容与认真，温柔与刚毅，对生命的洞识和执著。她的躯体仍有美，然而锋芒已稍稍收敛了。活力仍然充沛饱满，然而表面的波纹已稍稍平静了。皮下的脂肪已经聚集，肌肤水分已经储备，到处的曲线模拟果实的浑满。她懂得爱了，而且爱过，曾经因爱快乐过也痛苦过，血流过，腹部战栗过，腰酸痛过。她如果诱惑，她能意识到那诱惑的强度，和所可能导致的风险。她是那诱惑的主人。她是谨慎的，她得掌握住自己的命运，以及这个世界的命运。虽然诱惑，她的生命不轻易交付出来，她也不许你把生命轻易拿来交换。如果她看向你，她的眼睛里有着探测和估量。

蒙娜丽莎的眼睛是少妇的。

五

她知道她在做什么。她向你睇视，守候着。她在观察。像那一双优美的叠合的手，耐心地期待。

她睇向你，等你看向她。她诱惑你的诱惑，等待你的诱惑。

假使你不敢回答，她也只有缄默。假使你轻率地回答，她将莞尔报以轻蔑的微笑。假使你不能毅然走向她，她决不会来迎向你。她在探测你的存在的广度、高度、深度、密度，她在探测你的存在的决心和信心。

她的眼睛里果有什么秘密么？你想窥探进去，寻觅，然而没有。欠身临视那里，像一眼井，你看见自己的影子。那里只有为她所观测，所剖析你自己的形象。像一面忠实的明镜，她的眼光不否定，也不肯定。可能否定，也可能肯定，但看我们自己的抉择和态度。她的眼光像一束透射线，要把我们内部存在的样式映在毛玻璃上，使骨骼内脏都历历在目。她的眼光是一口陷阱，将我们的过去，现在和未来都一并活活地捕获。如果那眼光里有秘密可寻，那就正是我们的彷徨、惶悚、紧张、狼狈。爱么？不爱么？To be or not to be?

她终不置可否，只静待你的声音。她似乎已经料到你的回答，似乎已经猜透你的浮夸、轻薄、怯懦，似乎已觉察你的不安、觉醒，以及奋起，以及隐秘暗藏的抱负——于是嘴角上隐然泛起微笑。

六

神秘的笑。因为是一种未确定的两可的笑。并无暗示，也非拒绝。不含情也非严峻的矜持。她似关切，而又淡然。在一段模棱不定的距离里，冷眼窥测你的行止。

她超然于有情和无情之上，然而她也并未能超然于有情无情之上。她的命运也正是你的决定所造就。她的凝视，正是凝视她自己命运的形成。她看自己命运似乎看得十分真切，以致她可以完全平静地，泰然地去接受。而此刻，她在有情与无情之上，将有情，而却尚未有情。

尚未有情的眼光是最苛求的。如果真是爱了，那爱的顾盼有宽容、溺爱。它将容忍我们的缺陷，慰藉我们的尚未坚强，扎裹我们的创伤。而尚未有爱的顾盼则毫无纵容的余地，它瞄准我们，对我们的要求绝对严、无限大。它在无穷远的距离，向我们盯视、召唤，我们只能是一个无穷极的追求，无休止的奔驰。

七

芬奇是置身这可怕的眼光中的第一个。而他就是创造这眼光的人。他在这可怕的眼光中一点一点塑造这眼光的可怕。

世界上的一切，对芬奇来说，都一样是吸引，激起他的惊异，挑起他的探索，是对他的能力的测验、挑战。

向高空飞升，自高空而降的陨落；水的浮、水的流；火的燃烧、火的爆炸力跨过齿轮，穿过杠杆，变大、缩小，栖在强弩的弦上。他制造了飞翼、飞厢、潜水衣、踩水履。他已恍然感到凌空凭虚的晕眩，听长风在翼缘上吹哨，预感到翼底大气的阻力系数。像描绘波状的柔发，他描绘奇妙的流体力学的图式。他使水爬过山脊到山的那一边；他使水在理想都市的下水道里听从地流泻。他制造的火花飞到夜空的星丛之间；他用凹面镜收聚太阳的光线；他计算从地球到月球的路程……

云的形状，山峰的形状，迷路在山顶的海贝，野花瓣萼的编制，兽体的比例，从狮子的吼声到苍蝇翅膀的嗡嗡……都引起他的讶异、探问、试验。他从此刻的山、云、海的性质样态，幻想造山时代巉岩怪石的迸飞，世界末日的气、水、火、风的大旋舞。他剖开人体，看血管密网的蛛式分布，白骨的黄金分割，头颅脑床的凹形，心脏的密室。他画过婴孩的圆润，老人的棱角嶙峋，少男少女的的俊秀，从千变万化的面貌中演绎出对圣者智者以及臃肿憨蠢的丑怪。从面貌的千变万化中捕捉心灵的阴晴风雨，幸福与悲剧。生的微笑，死的恐怖，犹大的凶险惶惑，其余十一个门徒的惊骇、悲伤、无助、绝望，人之子大爱的坦然，圣母的温慈，圣母之母的安详。

他画过尚在子宫里沉睡的胎儿,画过浑圆的孕妇的躯体,画过被吊毙的囚犯,在酣战中号叫的斗士。他守候过生命在百龄老人的躯体如何渐渐撤退。他买回笼鸟,为了放生,却又精心地设计屠杀的武器。而冷钢的白刃却又具有最优美的线条,一如少女的乳峰。设计刺穿一切胸膛以及一切盾的矛,并设计抵御一切暴力和一切矛的盾……真正是矛盾的人物。神与魔、光与影、美和丑、物和心都给他同等研究、探索、描绘的欲求和兴致,不仅没有神,也没有魔鬼。没有恐惧,也没有崇拜。一切都必须看个明白、透彻。浮士德式的人物。

他的宇宙论里没有神,只有神秘;没有恶魔,然而充满诱惑。

八

但是,女人,这一切诱惑中的诱惑,他平生没有接近过。他不但不曾结婚,而且似乎没有恋爱过。翻完那许多手搞几乎找不到一点关于女人在他真实生活里的记录。他不是没有召见于当时的绝色而富有才华的伊莎伯代思特,受到其他贵族奇女子的赏识和宠遇,他何尝不动心于异性的妩媚和风采?他不是精微地描绘过女子的容貌的么?他不是一再画过神话里的丽达的裸体的么?但是他的智慧要他冷眼观察这诱惑的性质、作用。

像一个冷静的科学家,他对于那诱惑进行带着距离的观测。他要从自己激动的心理状态中蝉蜕出来,把自己化为两个个体,精神分裂开来,反观自己,认识诱惑现象。

他像一个炼金术的法师,企图把"诱惑"这元素从这个世界里提炼出来,变成一小撮金粉,储藏在曲颈瓶底给人看。

又像一个羞涩,畏怯的男孩,他只窃窃地躲在窗子后面,远望街转角上她的身影。不吻、不抱。他满足于观察她的傲然、矜持,而又脉脉的善意的流盼。他一生就逗留在这青春的年纪,少年维特的危险的年纪。

芬奇和蒙娜丽莎,也就是芬奇和女性的关系。而芬奇和女性的关系,也就是芬奇和这个世界一切事物的关系。一切事物都刺激他的好奇、追问,一切事物于他都是一种诱惑。而女性的诱惑是一切的集中、公约数、象征。

这纯诱惑与追求之间有一形而上学的距离,如果诱惑者和被诱惑者一旦相接触了,就像两个磁极同时毁灭。没有了诱惑,也没有了追求。这微笑的顾盼是一永远达不到的极限,先验地不可能接近的绝对。于是追求永在进行,诱惑也永在进行,无穷尽地趋近。

九

芬奇不是一个作形而上学玄思的哲学家。他的兴趣是具体世界的形形色色,和中世纪追求理念世界的哲学是相背道而驰的。他的问题在形形色色之中，也只在形形色色之中。他的哲学是这可见，可度量，可捉摸的世界的意义，这意义及其神秘也就是形色光影所构成。他的哲学可以看得见，画得出，他要画出这世界的秩序、法则，以图画解说这世界，以图画作为分析这世界，认知这世界，征服这世界，改造这世界的工具。他要画出最初的因，最终的果。他要画出生命的起源，神秘的诞生。他要画出诱惑的本质，知性的觉醒。

十

而有一天，一切神秘，一切鬼睒眼的诱惑的总和，他恍然在这一个女人的面庞上分明地看见了，像镭元素从几十吨矿砂中离析出来，闪起离奇的光。那是一对眼波，少妇的，含激烈的、必然的、命令性的诱惑，而尚未含情，冷然侧睒。那眼光后面隐藏着一切可能的课题，埋伏着一切鬼睒眼的闪熠，一切形形色色都置根在其中。又似乎一无所有，只是猜不透。

然而他必须把这眼光捕捉到，捕捉这不可捕捉的。即使芬奇毕生不曾遇到这一个叫作卓孔达夫人的蒙娜丽莎，总有一天，他终要创造出这眼光来的。他画的圣母，圣约翰洗礼者不都早就酷似这一面型，这一笑容么？

卓孔达夫人的笑容究竟是怎样的？由另一个画家画来，会是什么样？是芬奇心目里的女人的神秘的笑酷似卓孔达夫人的笑呢？还是卓孔达夫人的笑酷似芬奇心目里的女人的神秘的笑呢？两个笑容互相回映、叠影、交融，不再能分得开。

十一

这或者是一件平常，甚至凡俗不足道的事——画家和模特儿的故事。哥雅（Goya,1746—1828）曾画了裸体的玛亚，玛亚的丈夫突然想看画像进行得怎样了，哥雅连夜赶出了《着衣的玛亚》。

富商卓孔达先生聘请芬奇为他的爱妻作肖像，画家一见这面貌便倾倒了。那面貌似曾相识，给他以说不出的无比的吸引。但画家不愿走近模特儿一步，这一面貌是对他的天才的挑战。他用了世间罕有的智慧和绝艺刻画她的诱能，并且画出他所跨不过去，不愿跨过去的他和她之间的距离。

这或者是一件平常、很可解释而并不足为怪的事——精神分析学家的一个病例。他不能真地去拥抱女人，恋母情结牵引起来的变态心理，他只能把女性放在远处去观照。他不肯把歌赞、爱慕兑换为肉体的接触；但是他把他的追求的心捧出来给人看，不，把她的诱素隔离出来给人看。他所画的已不是她，不是诱惑者，他直要画出"诱惑"本身，把诱惑提炼了，结晶了，冷藏在画框中。诱惑已经和性别分离开来而成为"纯诱惑"。有人甚至疑心到蒙娜丽莎是少男乔装的女人。芬奇的圣约翰洗礼者正有这样离奇地微笑着的柔和的面孔。但是蒙娜丽莎的那一双手难道也能乔装么？而且便退一百步说，那真是乔装的少年，那么依然是冒充了女性的诱惑，依然是

"女性的"诱惑了。

十二

没有发饰,没有一颗珍珠,一粒宝石,没有一枚指环,衣服上没有丝微绣花,她素淡到失去社会性、人间性。只要比较一下文艺复兴时代女子的肖像,就立刻可以发现这一点。她的诱惑不依赖珠宝的光泽、锦绣的绮丽。只伴以背后的溪流,一段北意大利阿尔卑斯山嶙峋峥嵘的峰峦,蜿蜒而远去的山路,谷底的桥。她在室内么? 在外么? 她在两者之间的露台上。浅绿的天光像破晓又像傍晚,像早春,又像晚秋,似乎在将放花的季节,又似乎空气里浮荡着正浓的葡萄酒的醇香。模棱两可的时刻,模棱两可的空间。没有田园,没有房舍,在这寂寥的道路上,没有驻足的可能。人只能从这峡谷匆匆穿过。而路那么曲折,使旅人惆怅而踟蹰。而此时没有人影。

曦色,或者夕色,抹在她的额上,颊上,袒着的前胸上,手背上。没有太阳,没有月,没有星辰。她混入无定的苍茫的大自然之中。汇合了一切视力,这一对眼睛闪烁着,灿然、盼然、皎然如一自然的奇景,宇宙的奇象。

引起另一双眼睛无穷极的注视。

十三

对于具有无穷之诱惑,绝对之诱惑的眼光,只能以无穷追求的心,绝对追求的心去捕捉、去刻画,在生存层次具有无穷诱惑的魅力的东西,那形象本身也必定有无穷尽的造形性的诡谲微妙。敢于从事无穷的追求的人,能感到无穷寻觅的大满足,永远画不完的大欢喜。像驰骋在大草原上的骏马酣欢,因为它跑不完这辽阔的草和天。他必须画出那画不出;他必须画出那画不出之所以画不出。他要一点一点趋近那画不完。而他要画不完那画不完。芬奇曾经把生命消耗在那么多各种各样的作业上,而一无所成,因为都有个止境;而他不愿意有止境,他只得放弃。

而这一桩工作本身是不可能完成的。不可能的作业,非时间之内的作业。

一年、两年、三年、四年……大诱惑的,而淡若无的笑渐渐在画布上显现,得到恍惚的定影,得到恍惚的定义。然而既是永劫的诱惑和永劫的追求的角逐,绝对的零是没有的。总保留着稀微的恍惚、浮动、模棱,总剩余那么一个极限的数字,那一小段不断缩短的遥远,总还有那么一成未完成。而在这残酷、美妙而遥远的眼光下,画家老了。潇洒的长髯,浓密的长眉,透出白丝,渐渐花白,进而化为一片银光、银雾。银雾时的眼睛、炯炯的鹰隼类的目光也渐渐黯淡了,花了,雾了。在她的凝眸里画家临终时,可能还曾在那最后一段不可测度的距离上走上前一步吧,在微妙的面庞的光影之间添上一笔吧,而画家终于闭上衰竭的两眼,让三尺见方的画布上遗下他曾经无穷追求的痕迹。

十四

而此刻，我们，立在芬奇坐着工作了多少晨昏的位置上，我们看蒙娜丽莎的看。在蒙娜丽莎目光的焦点上，她不给我们欣赏者以安适、宁静，她要从我们的眼窍里摄出谛视和好奇，搜出惊惶与不安，掘出存在的信念和抉择的矫勇，诱惑出爱的炽燃，和爱之上的追问的大欲求，要把我们有限的存在扯长，变成无穷极的恋者、追求者、奔驰者，像落在太空里的人造星，在星际，在星云之际，永远飞行，而死在尚未触到她的时分，在她的裙裾之前三步的距离里。

一九七〇年

简 评

本文作者熊秉明先生集哲学、文学、绘画、雕塑、书法之多种艺术于一身，旅居法国50年，无论是对人生哲学的体悟还是对艺术创作的实践，都贯穿东西，融合了中外人文精神。熊秉明以深厚的中国传统文化作基础，吸收西方文化精华，创造出具有独特风格的艺术作品，其思想和论著对于建设现代中国的新文化意义重大。《看蒙娜丽莎看》，未读正文之前，标题就会让我们感到十分惊奇。它形成一种互动，一种循环。看，看什么？看蒙娜丽莎。看蒙娜丽莎什么？看蒙娜丽莎的看。蒙娜丽莎在看什么？蒙娜丽莎在看那些看蒙娜丽莎的人。标题中的两个"看"形成了一种循环，我们在看蒙娜丽莎，而蒙娜丽莎也在看着我们。著名美学家叶朗先生说，这篇文章的神妙之处至少有两点：第一，写出了蒙娜丽莎的"看";第二,蒙娜丽莎不仅在"看"观众,而且在"看"画家（达·芬奇),第一个就是"看"画家。可是这个"看"是画家画出来的,画家正是在蒙娜丽莎"看"他的眼光中一点一点画出这个"看"的眼光。而这个"看"的眼光(微笑的顾盼)是无法穷尽的。这样一种相互的转换,令我们更想去看看到底蒙娜丽莎是怎样个看法。看者成了被看者。作者别具一格的题目的玄妙之处也正在这里,它不是看者与被看者又被第三者摄入风景,它是看者与被看者的互动,不断转换摄入与被摄入的角色,形成一种连环套,好像用镜子照镜子,层层叠叠纵深地照进去,以至于无穷。这使我们想起了卞之琳先生的著名诗章《断章》:"你站在桥上看风景,看风景的人在楼上看你。明月装饰了你的窗子,你装饰了别人的梦。"张若虚《春江花月夜》:"江畔何人初见月,江月何年初照人",诗中所表现的抽象而又复杂的审美理念,以及深沉而又遥远的哲学追问,和"蒙娜丽莎的看"应该有共同的地方。

画是客体,我们是主体,所以我们说"看画"。画是欣赏对象,我们是欣赏者,所以我们说欣赏一幅画。但是,在蒙娜丽莎面前,关系被颠覆了,看画者成了被看者,欣赏者一不小心就成了被探测、被解剖者。这一切是怎么发生的？作者似乎并不急于回答这个问题,他只是描述现象,并不解答原因,这就是我们作为读者为作者感到无比惊奇的地方,他写出了蒙娜丽莎那摄人心魄的"看",更奇妙的是,他居然能写出达·芬奇是如何画出蒙娜丽莎的微笑中那神奇的一"看"？这和"你站在桥上看风景,看风景的人在楼上看你,明月装饰了你的窗子,你装饰了别人的梦"有异曲同工之妙。为了强调蒙娜丽莎的神奇,作者甚至不惜把同样是艺术大师的安格尔、提香、林布兰特贬斥得那么厉害:

"像安格尔的那些贵妇与绅士,端坐着,像制成标本的兽,眼窝里嵌着瓷球,晶亮、发光,很能乱真,定定地瞅过来,然而终于只是冰冷的晶亮的瓷球。这样的空虚失神的凝视当然不给我们什么威胁。""像提香的威尼斯贵族男子肖像，眼瞳里闪烁着文艺复兴时代贵族们的阴鸷和狡诈，目光像浸了毒鸩的剑锋，向你挑战。他们娴于幕前和幕后的争权夺利，明枪暗箭，在瞥视你的顷间，已估计了你的身世、才智、毅力、野心以及成败的机会率。"

在第一章中就提出了欣赏对象之间的关系，用一幅普通的画与蒙娜丽莎作出了对比。他用一种新的视点来推翻我们旧时对"蒙娜丽莎"的欣赏方法，让我们从他的角度看到蒙娜丽莎是多么的特别，她眼角射过来的光，比我们这些欣赏者更专注、更锋锐、更持久、更具密度、更蕴深意。这样一种角色互换，使我们原本欣赏者的主体地位动摇了，一瞬间"她"变成了欣赏者，而我们这些欣赏者变成了欣赏对象。当我们理解到这一层面，开始疑惑，很想知道这一切是怎么发生的？但是作者并不急于解答读者，只是继续描绘着这一奇特的现象。

文章的四、五、六章节都是对蒙娜丽莎的描绘，他说蒙娜丽莎有少女的诱惑和少妇的诱惑，但无论是哪一种诱惑，她的眼光是一口陷阱，将我们的过去、现在和未来都一并活活地捕获。也是在这里，作者解答了我们的疑问，他说："如果那眼光里有秘密可寻，那就正是我们的彷徨、惶悚、紧张、狼狈。"这或许会使读者眼前一亮，似乎在这一刹那，我们都踏入了蒙娜丽莎的陷阱，将自己的心灵展示在画中人面前。还有她那神秘的笑，我们捉摸不住她的笑里究竟蕴涵了什么，本文并没有对这笑下个完整的定义，却给了我们和她一个飘忽不定的距离，似乎我们在这段距离里窥视到自己的一举一动。

文章从第七章开始一直到最后，都在阐述着达·芬奇、蒙娜丽莎还有我们这些看画人的微妙关系。正因为达·芬奇的世界是一个充满诱惑的世界，他的蒙娜丽莎才会是这样震撼人心。可见，作者的眼睛是带着智慧去思考去看的，他用他细腻的心思，还有独特的艺术敏锐造就了我们对"蒙娜丽莎"这一世界名画的另类解读。

文章的第十四章节，一个平淡而又意味深长的结尾，作者带着我们立在达·芬奇坐着工作了多少晨昏的位置上，看蒙娜丽莎的看，在蒙娜丽莎的眼神中我们追寻着自己的存在。也只有他将蒙娜丽莎看得那么透彻，也使蒙娜丽莎将我们看得滴水不漏。作者写画中人，极简单，点到即止。画中人身份："富商卓孔达先生聘请达·芬奇为他的爱妻作肖像"。画中人肖像："没有发饰，没有一颗珍珠，一粒宝石，没有一枚指环，衣服上没有些微绣花，她素淡到失去社会性、人间性。"任何找得到资料的描写都比这要详细些。相比之下是对于蒙娜丽莎的"看"的不吝笔墨的详写。作者希望我们也能像达·芬奇那样，进入一种形而上的爱和美的永恒追求。熊秉明先生在《书法和中国文化》一文中作了进一步的挖掘，为我们看蒙娜丽莎看作了进一步的指引："造型艺术是一个好的研究对象。西方近代哲学家讨论塞尚、梵·高的画，精神分析家讨论达·芬奇的《蒙娜丽莎》、米开朗琪罗的《摩西》……进而借之解剖西方人的灵魂。"达·芬奇创作了蒙娜丽莎的眼神，而蒙娜丽莎的眼神又直视着达·芬奇，看与被看，艺术家自己创造了主客观世界的统一。

看与被看成了灵魂的交流，这种交流是起于达·芬奇，还是起于本文的作者，这或许是美学问题的又一个层面。

九

年的家乡教育

◇ 胡适

本文选自《胡适自传》（江苏文艺出版社1995年版）。胡适（1891—1962），字适之，徽州绩溪人。1918年加入《新青年》编辑部，大力提倡白话文，宣扬个性解放、思想自由。他以其博士论文《先秦名学史》为基础，编写了《中国哲学史大纲》，仅写到先秦，但一

一

我生在光绪十七年十一月十七日（一八九一年十二月十七），那时候我家寄住在上海大东门外。我生后两个月，我父亲被台湾巡抚邵友濂调往台湾；江苏巡抚奏请免调，没有效果。我父亲于十八年二月底到台湾，我母亲和我搬到川沙住了一年。十九年（一八九三）二月二十六日我们一家（我母，四叔介如，二哥嗣秬，三哥嗣秠）也从上海到台湾。我们在台南住了十个月。十九年六月，我父亲做台东直隶州知州，兼统镇海后军各营。台东是新设的州，一切

草创，故我父不能带家眷去。到十九年十二月十四日，我们才到台东。我们在台东住了整一年。

甲午（一八九四）中日战争开始，台湾也在备战的区域，恰好介如四叔来台湾，我父亲便托他把家眷送回徽州故乡，只留二哥嗣秬跟着他在台东。我们于乙未年（一八九五）正月离开台湾，二月初十日从上海起程回绩溪故乡。

那年四月，中日和议成，把台湾割让给日本。台湾绅民反对割台，要求巡抚唐景崧坚守。唐景崧请西洋各国出来干涉，各国不允。台人公请唐为台湾民主国大总统，帮办军务刘永福为主军大总统。我父亲在台东办后山的防务，电报已不通，饷源已断绝。那时他已经得脚气病，左脚已不能行动。他守到闰五月初三日，始离开后山。到安平时，刘永福苦苦留他帮忙，不肯放行。到六月廿五日，他双脚都不能动了，刘永福始放他行。七月初三日他死在厦门，成为东亚第一个民主国的第一个牺牲者！

这时候我只有三岁零八个月。我仿佛记得我父亲死信到家时，我母亲正在家中老屋的前堂，她坐在房门口的椅子上。她听见读信人读到我父亲的死信，身子往后一倒，连椅子倒在房门槛上。东边房门口坐的珍伯母也放声大哭起来，一时满屋都是哭声，我只觉得天地都翻覆了！我只仿佛记得这一点悽惨的情状，其余都不记得了。

生也没有写下卷，被讥是善著上卷书。另外，胡适在古典小说《红楼梦》《水浒传》《西游记》《三国演义》《三侠五义》《海上花列传》《儿女英雄传》《官场现形记》《老残游记》等十二部小说的研究上皆卓然有成，著述六十万言，结集为《中国旧小说考证》出版。其他在禅宗研究、水经注研究诸领域均取得了一定的成就。著有《白话文学史》《胡适文存》《尝试集》《中国哲学史大纲》等书。

二

我父亲死时，我母亲只有二十三岁。我父初娶冯氏，结婚不久便遭太平天国之乱，同治二年（一八六三）死在兵乱里。次娶曹氏，生了三个儿子，三个女儿，死于光绪四年（一八七八）。我父亲因家贫，又有志远游，故久不续娶。到光绪十五年（一八八九），他在江苏候补，生活稍稍安定，才续娶我的母亲。我母亲结婚后三天，我的大哥嗣稼也娶亲了。那时我的大姊已出嫁生了儿子。大姊比我母亲大七岁。大哥比她大两岁。二姊是从小抱给人家的。三姊比我母亲小三岁，二哥、三哥（孪生的）比她小四岁。这样一个家庭里忽然来了一个十七岁的后母，她的地位自然十分困难，她的生活自然免不了苦痛。

结婚后不久，我父亲把她接到了上海同住。她脱离了大家庭的痛苦，我父又很爱她，每日在百忙中教她认字读书，这几年的生活是很快乐的。我小时也很得我父亲钟爱，不满三岁时，他就把教我母亲的红纸方字教我认。父亲作教师，母亲便在旁作助教。我认的是生字，她便借此温她的熟字。他太忙时，她就是代理教师。我们离开台湾时，她认得了近千字，我也认得了七百多字。这些方字都是我父亲亲手写的楷字，我母亲终身保存着，因为这些方块红笺上都是我们三个人的最神圣的团居生活的纪念。

我母亲二十三岁就做了寡妇，从此以后，又过了二十三年。这二十三年的生活真是十分苦痛的生活,只因为还有我这一点骨血,她含辛茹苦,把全副希望寄托在我的渺茫不可知的将来,这一点希望居然使她挣扎着活了二十三年。

我父亲在临死之前两个多月,写了几张遗嘱,我母亲和四个儿子每人各有一张,每张只有几句话。给我母亲的遗嘱上说穈儿(我的名字叫嗣穈,穈字音门)天资颇聪明,应该令他读书。给我的遗嘱也教我努力读书上进。这寥寥几句话在我的一生很有重大的影响。我十一岁的时候,二哥和三哥都在家,有一天我母亲向他们道:"穈今年十一岁了。你老子叫他念书。你们看看他念书念得出吗?"二哥不曾开口,三哥冷笑道:"哼,念书!"二哥始终没有说什么。我母亲忍气坐了一会,回到了房里才敢掉眼泪。她不敢得罪他们,因为一家的财政权全在二哥的手里,我若出门求学是要靠他供给学费的。所以她只能掉眼泪,终不敢哭。

但父亲的遗嘱究竟是父亲的遗嘱,我是应该念书的。况且我小时候很聪明,四乡的人都知道三先生的小儿子是能够念书的。所以隔了两年,三哥往上海医肺病,我就跟他出门求学了。

三

我在台湾时,大病了半年,故身体很弱。回家乡时,我号称五岁了,还不能跨一个七八寸高的门槛。但我母亲望我念书的心很切,故到家的时候,我才满三岁零几个月,就在我四叔父介如先生(名玠)的学堂里读书了。我的身体太小，他们抱我坐在一只高凳子上面。我坐上了就爬不下来，还要别人抱下来。但我在学堂并不算最低级的学生，因为我进学堂之前已认得近一千字了。

因为我的程度不算"破蒙"的学生，故我不须念《三字经》《千字文》《百家姓》《神童诗》一类的书。我念的第一部书是我父亲自己编的一部四言韵文，叫做《学为人诗》，他亲笔抄写了给我的。这部书说的是做人的道理。我把开头几行抄在这里：

> 为人之道，在率其性。
>
> 子臣弟友，循理之正；
>
> 谨乎庸言，勉乎庸行；
>
> 以学为人，以期作圣。
>
> ……

以下分说五伦。最后三节，因为可以代表我父亲的思想，我也抄在这里：

> 五常之中，不幸有变，
>
> 名分攸关，不容稍紊。
>
> 义之所在，身可以殉。
>
> 求仁得仁，无所尤怨。
>
> 古之学者，察于人伦，
>
> 因亲及亲，九族克敦；

因爱推爱，万物同仁，

能尽其性，斯为圣人。

经籍所载，师儒所述，

为人之道，非有他术：

穷理致知，返躬践实，

亹勉于学，守道勿失。

　　我念的第二部书也是我父亲编的一部四言韵
文，名叫《原学》，是一部略述哲理的书。这两部书虽
是韵文，先生仍讲不了，我也懂不了。

　　我念的第三部书叫做《律诗六钞》，我不记是谁
选的了。三十多年来，我不曾重见这部书，故没有机
会考出此书的编者；依我的猜测，似是姚鼐的选本，
但我不敢坚持此说。这一册诗全是律诗，我读了虽
不懂得，却背的很熟。至今回忆，却完全不记得了。

　　我虽不曾读《三字经》等书，却因为听惯了别的
小孩子高声诵读，我也能背这些书的一部分，尤其是
那五七言的《神童诗》，我差不多能从头背到底。这
本书后面的七言名句，如：

人心曲曲湾湾水，

世事重重叠叠山。

　　我当时虽不懂得其中的意义，却常常嘴上爱念
着玩，大概也是因为喜欢那些重字双声的缘故。

我念的第四部书以下,除了《诗经》,就都是散文的了。我依诵读的次序,把这些书名写在下面:

(4)《孝经》。

(5)朱子的《小学》,江永集注本。

(6)《论语》。以下四书皆用朱子注本。

(7)《孟子》。

(8)《大学》与《中庸》(《四书》皆连注文读)。

(9)《诗经》,朱子《集传》本(注文读一部分)。

(10)《书经》,蔡沈注本(以下三书不读注文)。

(11)《易经》,朱子《本义》本。

(12)《礼记》,陈澔注本。

读到了《论语》的下半部,我的四叔父介如先生选了颍州府阜阳县的训导,要上任去了,就把家塾移交给族兄禹臣先生(名观象)。四叔是个绅董,常常被本族或外村请出去议事或和案子;他又喜欢打纸牌(徽州纸牌,每副一百五十五张),常常被明达叔公,映基叔,祝封叔,茂张叔等人邀出去打牌。所以我们的功课很松,四叔往往在出门之前,给我们"上一进书",叫我们自己念;他到天将黑时,回来一趟,把我们的习字纸加了圈,放了学,才又出门去。

四叔的学堂里只有两个学生,一个是我,一个是四叔的儿子嗣秋,比我大几岁。嗣秋承继给瑜婶(星五伯公的二子,珍伯瑜叔,皆无子,我家三哥承继珍伯,秝哥承继瑜婶)她很溺爱他,不肯管束他,故四叔一走开，秌哥就溜到灶下或后堂去玩了（他们和四叔住一屋，学堂在这屋的东边小屋内）。我的母亲管的严厉，我又不大觉得念书是苦事，故我一个人坐在学堂里温书念书，到天黑才回家。

禹臣先生接受家塾后，学生就增多了。先是五个，后来添到十多个，四叔家的小屋不够用了，就移到一所大屋——名叫来新书屋——里去。最初添的三个学生，有两个是守瓒叔的儿子，嗣昭，嗣逵。嗣昭比我大两三岁，天资不算笨，却不爱读书，最爱"逃学"，我们土话叫做"赖学"。他逃出去，往往躲在麦田或稻田里，宁可睡在田里挨饿，却不愿念书。先生往往差嗣秌去捉；有时候，嗣昭被捉回来了，总得挨一顿毒打；有时候，连嗣秌也不回来了，——乐得不回来了，因为这是"奉命差遣"，不算是逃学！

我常觉得奇怪，为什么嗣昭要逃学？为什么一个人情愿挨饿，挨打，挨大家笑骂，而不情愿念书？后来我稍懂得世事，才明白了。瓒叔自小在江西做生意，后来在九江开布店，才娶妻生子；一家人都说江西话，回家乡时，嗣昭弟兄都不容易改口音；说话改了，而嗣昭念书常带江西音，常常因此吃戒方或吃"作瘤栗"。（钩起五指，打在头上，常打起瘤子，故叫做"作瘤栗"）这是先生不原谅，难怪他不愿念书。

还有一个原因。我们家乡的蒙馆学金太轻，每个学生每年只送两块银元。先生对于这一类学生，自然不肯耐心教书，每天只教他们念死书，背死书，从来不肯为他们"讲书"。小学生初念有韵的书，也还不十分叫苦。后来念《幼学琼林》，《四书》一类的散文，他们自然毫不觉得有趣味，因为全不懂得书中说的是什么。因为这个缘故，许多学生常常赖学；先有嗣昭，后来有个士祥，都是有名的"赖学胚"。他们都属于这每年两元钱的阶级。因为逃学，先生生了气，打的更利害。越打的利害，他们越要逃学。

我一个人不属于这"两元"的阶级。我母亲渴望我读书，故学金特别优厚，第一年就送六块钱，以后每年增加，最后一年加到十二元。这样的学金，在家乡要算"打破纪录"的了。我母亲大概是受了我父亲的叮嘱，她嘱托四叔和禹臣先生为我"讲书"：每读一字，须讲一字的意思；每读一句，须讲一句的意思。我先已认得了近千个"方字"，每个字都经过父母的讲解，故进学堂之后，不觉得很苦。念的几本书虽然有许多是乡里先生讲不明白的，但每天总遇着几句可懂的话。我最喜欢朱子《小学》里的记述古人行事的部分，因为那些部分最容易懂得，所以比较最有趣味。同学之中有念《幼学琼林》的，我常常帮他们的忙，教他们不认得的生字，因此常常借这些书看；他们念大字，我却最爱看《幼学琼林》的小注，因为注文中有许多神话和故事，比《四书》《五经》有趣味多了。

有一天，一件小事使我忽然明白我母亲增加学金的大恩惠。一个同学的母亲来请禹臣先生代写家信给她的丈夫；信写成了，先生交她的儿子带回家去。一会儿，先生出门去了，这位同学把家信抽出来偷看。他忽然过来问我道："糜，这信上第一句'父亲大人膝下'是什么意思?"他比我只小一岁,也念过《四书》,却不懂"父亲大人膝下"是什么!这时候,我才明白我是一个受特别待遇的人,因为别人每年出两块线,我去年却送十块线。我一生最得力的是讲书:父亲母亲为我讲方字,两位先生为我讲书。念古文而不讲解,等于念"揭谛揭谛,波罗揭谛",全无用处。

四

当我九岁时,有一天我在四叔家东边小屋里玩耍。这小屋前面是我们的学堂,后边有一间卧房,有客便住在这里。这一天没有课,我偶然走进那卧房里去,偶然看见桌子下一只美孚煤油板箱里的废纸堆中露出一本破书。我偶然捡起了这本书,两头都被老鼠咬坏了,书面也扯破了。但这一本破书忽然为我开辟了一个新天地,忽然在我的儿童生活史上打开了一个新鲜的世界!

这本破书原来是一本小字木板的《第五才子》,我记得很清楚,开始便是"李逵打死殷天锡"一回。我在戏台上早已认得李逵是谁了,便站在那只美孚破板箱边,把这本《水浒传》残本一口气看完了。不看尚可,看了之后,我的心里很不好过:这一本的前面是些什么?后面是些什么?这两个问题,我都不能回答,却最急要一个回答。

我拿了这本书去寻我的五叔,因为他最会"说笑话"("说笑话"就是"讲故事",小说书叫做"笑话书"),应该有这种笑话书。不料五叔竟没有这书,他叫我去寻守焕哥。守焕哥说,"我没有《第五才子》,我替你去借一部;我家中有部《第一才子》,你先拿去看,好吧?"《第一才子》便是《三国演义》,他很郑重的捧出来,我很高兴的捧回去。

后来我居然得着《水浒传》全部。《三国演义》也看完了。从此以后,我到处去借小说看。五叔,守焕哥,都帮了我不少的忙。三姊夫(周绍瑾)在上海乡间周浦开店,他吸鸦片烟,最爱看小说书,带了不少回家乡;他每到我家来,总带些《正德皇帝下江南》,《七剑十三侠》一类的书来送给我。这是我自己收藏小说的起点。我的大哥(嗣稼)最不长进,也是吃鸦片烟的,但鸦片烟灯是和小说书常作伴的,——五叔,守焕哥,三姊夫都是吸鸦片烟的,——所以他也有一些小说书。大嫂认得一些字,嫁妆里带来了好几种弹词小说,如《双珠凤》之类。这些书不久都成了我的藏书的一部分。

三哥在家乡时多;他同二哥都进过梅溪书院,都做过南洋公学的师范生,旧学都有根底,故三哥看小说很有选择。我在他书架上只寻得三部小说:一部《红楼梦》,一部《儒林外史》,一部《聊斋志异》。二哥有一次回家,带了一部新译出的《经国美谈》,讲的是希腊的爱国志士的故事,是日本人做的。这是我读外国小说的第一步。

帮助我借小说最出力的是族叔近仁,就是民国十二年和顾颉刚先生讨论古史的胡堇人。他比我大几岁,已"开笔"做文章了,十几岁就考取了秀才。我同他不同学堂,但常常相见,成了最要好的朋友。他天才很高,也肯用功,读书比我多,家中也颇有藏书。他看过的小说,常借给我看。我借到的小说,也常借给他看。我们两人各有一个小手折,把看过的小说都记在上面,时时交换比较,看谁看的书多。这两个折子后来都不见了,但我记得离开家乡时,我的折子上好像已有了三十多部小说了。

这里所谓"小说",包括弹词,传奇,以及笔记小说在内。《双珠凤》在内,《琵琶记》也在内;《聊斋》,《夜雨秋灯录》,《夜谭随笔》,《兰苕馆外史》,《寄园寄所寄》,《虞初新志》等等也在内。从《薛仁贵征东》,《薛丁山征西》,《五虎平西》,《粉妆楼》一类最无意义的小说,到《红楼梦》和《儒林外史》一类的第一流作品,这里面的程度已是天悬地隔了。我到离开家乡时,还不能了解《红楼梦》和《儒林外史》的好处。但这一大类都是白话小说,我在不知不觉之中得了不少的白话散文的训练,在十几年后于我很有用处。

看小说还有一桩绝大的好处,就是帮助我把文字弄通顺了。那时正是废八股时文的时代,科举制度本身也动摇了。二哥三哥在上海受了时代思潮的影响,所以不要我"开笔"做八股文,也不要我学做策论经义。他们只要先生给我讲书,教我读书。但学堂里念的书,越到后来,越不好懂了。《诗经》起初还好懂,读到《大雅》,就难懂了;读到《周颂》,更不可懂了。《书经》有几篇,如"五子之歌",我读的很起劲;但

"盘庚"三篇,我总读不熟。我在学堂九年,只有"盘庚"害我挨了一次打。后来隔了十多年,我才知道《尚书》有今文和古文两大类,向来学者都说古文诸篇是假的,今文是真的;"盘庚"属于今文一类,应该是真的。但我研究"盘庚"用的代名词最杂乱不成条理,故我总疑心这三篇书是后人假造的。有时候,我自己想,我的怀疑"盘庚",也许暗中含有报那一个"作瘤栗"的仇恨的意味罢?

《周颂》,《尚书》,《周易》等书都是不能帮助我作通顺文字的。但小说书却给了我绝大的帮助。从《三国演义》读到《聊斋志异》和《虞初新志》,这一跳虽然跳的太远,但因为书中的故事实在有趣味,所以我能细细读下去。石印本的《聊斋志异》有圈点,所以更容易读。到我十二三岁时,已能对本家姊妹们讲说《聊斋》故事了。那时候,四叔的女儿巧菊,禹臣先生的妹子广菊、多菊,祝封叔的女儿杏仙,和本家侄女翠苹、定娇等,都在十五六岁之间;她们常常邀我去,请我讲故事。我们平常请五叔讲故事时,忙着替他点火,装旱烟,替他捶背。现在轮到我受人巴结了。我不用人装烟捶背,她们听我说完故事,总去泡炒米,或做蛋炒饭来请我吃。她们绣花做鞋,我讲《凤仙》《莲香》《张鸿渐》《江城》。这样的讲书,逼我把古文的故事翻译成绩溪土话,使我更了解古文的文理。所以我到十四岁来上海开始作古文时,就能做很像样的文字了。

五

我小时身体弱,不能跟着野蛮的孩子们一块儿玩。我母亲也不准我和他们乱跑乱跳。小时不曾养成活泼游戏的习惯,无论在什么地方,我总是文绉绉的。所以家乡老辈都说我"像个先生样子",遂叫我做"穈先生"。这个绰号叫出去之后,人都知道三先生的小儿子叫做穈先生了。既有"先生"之名,我不能不装出点"先生"样子,更不能跟着顽童们"野"了。有一天,我在我家八字门口和一班孩子"掷铜钱",一位老辈走过,见了我,笑道:"穈先生也掷铜钱吗?"我听了羞愧的面红耳热,觉得大失了"先生"的身份!

大人们鼓励我装先生样子,我也没有嬉戏的能力和习惯,又因为我确是喜欢看书,所以我一生可算是不曾享过儿童游戏的生活。每年秋天,我的庶祖母同我到田里去"监割"(顶好的田,水旱无忧,收成最好,佃户每约田主来监割,打下谷子,两家平分),我总是坐在小树下看小说。十一二岁时,我稍活泼一点,居然和一群同学组织了一个戏剧班,做了一些木刀竹枪,借得了几副假胡须,就在村田里做戏。我做的往往是诸葛亮、刘备一类的文角儿;只有一次我做史文恭,被花荣一箭从椅子上射倒下去,这算是我最活泼的玩艺儿了。

我在这九年(1895—1904)之中,只学得了读书写字两件事。在文字和思想(看下章)的方面,不能不算是打了一点底子。但别的方面都没有发展的机会。有一次我们村里"当朋"(八都凡五村,称为"五朋",每年一村轮着做太子会,名为"当朋")。筹备太子会,有人提议要派我加入前村的昆腔队里学习吹笙或吹笛。族里长辈反对,说我年纪太小,不能跟着太子会走遍五朋。于是我失掉了这学习音乐的唯一机会。三十年来,我不曾拿过乐器,也全不懂音乐;究竟我有没有一点学音乐的天资,我至今还不知道。至于学图画,更是不可能的事。我常常用竹纸蒙在小说书的石印绘像上,摹画书上的英雄美人。有一天,被先生看见了,挨了一顿大骂,抽屉里的图画都被搜出撕毁了。于是我又失掉了学做画家的机会。

但这九年的生活,除了读书看书之外,究竟给了我一点做人的训练。在这一点上,我的恩师就是我的慈母。

每天天刚亮时,我母亲就把我喊醒,叫我披衣坐起。我从不知道她醒来坐了多久了。她看我清醒了,才对我说昨天我做错了什么事,说错了什么话,要我认错,要我用功读书。有时候她对我说父亲的种种好处,她说:"你总要踏上你老子的脚步。我一生只晓得这一个完全的人,你要学他,不要跌他的股。"(跌股便是丢脸,出丑)她说到伤心处,往往掉下泪来。到天大明时,她才把我的衣服穿好,催我去上早学。学堂门上的锁匙放在先生家里;我先到学堂门口一望,便跑到先生家里去敲门。先生家里有人把锁匙从门缝里递出来,我拿了跑回去,开了门,坐下念生书。十天之中,总有八九天我是第一个去开学堂门的。等到先生来了,我背了生书,才回家吃早饭。

我母亲管束我最严,她是慈母兼任严父。但她从来不在别人面前骂我一句,打我一下。我做错了事,她只对我一望,我看见了她的严厉眼光,就吓住了。犯的事小,她等到第二天早晨我眼醒时才教训我。犯的事大,她等到晚上人静时,关了房门,先责备我,然后行罚,或跪罚,或拧我的肉。无论怎样重罚,总不许我哭出声音来。她教训儿子不是借此出气叫别人听的。

有一个初秋的傍晚,我吃了晚饭,在门口玩,身上只穿着一件单背心。这时候我母亲的妹子玉英姨母在我家住,她怕我冷了,拿了一件小衫出来叫我穿上。我不肯穿,她说:"穿上吧,凉了。"我随口回答:"娘(凉)什么!老子都不老子啊。"我刚说了这句话,一抬头,看见母亲从家里走出,我赶快把小衫穿上。但她已听见这句轻薄的话了。晚上人静后,她罚我跪下,重重的责罚了一顿。她说:"你没了老子,是多么得意的事!好用来说嘴!"她气的坐着发抖,也不许我上床去睡。我跪着哭,用手擦眼泪,不知擦进了什么微菌,后来足足害了一年多的眼翳病。医来医去,总医不好。我母亲心里又悔又急,听说眼翳可以用舌头舔去,有一夜她把我叫醒,她真用舌头舔我的病眼。这是我的严师,我的慈母。

我母亲二十三岁做了寡妇，又是当家的后母。这种生活的痛苦，我的笨笔写不出一万分之一二。家中财政本不宽裕，全靠二哥在上海经营调度。大哥从小就是败子，吸鸦片烟，赌博，钱到手就光，光了就回家打主意，见了香炉就拿出去卖，捞着锡茶壶就拿出去押。我母亲几次邀了本家长辈来，给他定下每月用费的数目。但他总不够用，到处都欠下烟债赌债。每年除夕我家中总有一大群讨债的，每人一盏灯笼，坐在大厅上不肯去。大哥早已避出去了。大厅的两排椅子上满满的都是灯笼和债主。我母亲走进走出，料理年夜饭，谢灶神，压岁钱等事，只当做不曾看见这一群人。到了近半夜，快要"封门"了，我母亲才走后门出去，央一位邻舍本家到我家来，每一家债户开发一点钱。做好做歹的，这一群讨债的才一个一个提着灯笼走出去。一会儿，大哥敲门回来了。我母亲从不骂他一句。并且因为是新年，她脸上从不露出一点怒色。这样的过年，我过了六七次。

大嫂是个最无能而又最不懂事的人，二嫂是个很能干而气量很窄小的人。她们常常闹意见，只因为我母亲的和气榜样，她们还不曾有公然相骂相打的事。她们闹气时，只是不说话，不答话，把脸放下来，叫人难看；二嫂生气时，脸色变青，更是怕人。她们对我母亲闹气时，也是如此。我起初全不懂得这一套，后来也渐渐懂得看人的脸色了。我渐渐明白，世间最可厌恶的事莫如一张生气的脸；世间最下流的事莫如把生气的脸摆给旁人看。这比打骂还难受。

我母亲的气量大，性子好，又因为做了后母后婆，她更事事留心，事事格外容忍。大哥的女儿比我只小一岁，她的饮食衣料总是和我的一样。我和她有小争执，总是我吃亏，母亲总是责备我，要我事事让她。后来大嫂二嫂都生了儿子了，她们生气时便打骂孩子来出气，一面打，一面用尖刻有刺的话骂给别人听。我母亲只装做不听见。有时候，她实在忍不住了，便悄悄走出门去，或到左邻立大嫂家去坐一会，或走后门到后邻度嫂家去闲谈。她从不和两个嫂子吵一句嘴。

每个嫂子一生气，往往十天半个月不歇，天天走进走出，板着脸，咬着嘴，打骂小孩子出气。我母亲只忍耐着，忍到实在不可再忍的一天，她也有她的法子。这一天的天明时，她就不起床，轻轻的哭一场。她不骂一个人，只哭她的丈夫，哭她自己苦命，留不住她丈夫来照管她。她先哭时，声音很低，渐渐哭出声来。我醒了起来劝她，她不肯住。这时候，我总听见前堂（二嫂住前堂东房）或后堂（大嫂住后堂西房）有一扇房门开了，一个嫂子走出房向厨房走去。不多一会，那位嫂子来敲我们的房门了。我开了房门，她走进来，捧着一碗热茶，送到我母亲床前，劝她止哭，请她喝口热茶。我母亲慢慢停住哭声，伸手接了茶碗。那位嫂子站着劝一会，才退出去。没有一句话提到什么人，也没有一个字提到这十天半个月来的气脸，然而各人心里明白，泡茶进来的嫂子总是那十天半个月来闹气的人。奇怪的很,这一哭之后,至少有一两个月的太平清静日子。

我母亲待人最仁慈,最温和,从来没有一句伤人感情的话。但她有时候也很有刚气,不受一点人格上的侮辱。我家五叔是个无正业的浪人,有一天在烟馆里发牢骚,说我母亲家中有事总请某人帮忙,大概总有什么好处给他。这句话传到了我母亲耳朵里,她气的大哭,请了几位本家来,把五叔喊来,她当面质问他她给了某人什么好处。直到五叔当众认错赔罪,她才罢休。

我在我母亲的教训之下住了九年,受了她的极大极深的影响。我十四岁(其实只有12岁零两三个月)就离开她了,在这广漠的人海里独自混了二十多年,没有一个人管束过我。如果我学得了一丝一毫的好脾气,如果我学得了一点点待人接物的和气,如果我能宽恕人,体谅人,——我都得感谢我的慈母。

一九二〇,十一,廿一夜。

简评

胡适先生5岁开蒙,在绩溪老家私塾受过9年旧式教育,打下一定的旧学基础。早年在上海的梅溪学堂、澄衷学堂求学,初步接触了西方的思想文化,受到梁启超、严复思想的影响较大。自1904年到上海进新式学校,接受《天演论》等新思潮之后,开始在《竞业旬报》上发表白话文章。1906年考入中国公学,1910年考中"庚子赔款"留学生,赴美后先入康乃尔大学农学院,后转文学院学哲学。1915年入哥伦比亚大学研究院,师从唯心主义哲学家杜威,接受了杜威的实用主义哲学,并一生信奉、追随。由于胡适先生从小就爱学习,家乡又有各种促使他一心向学的条件，在少年时代即打下了厚实的基础和培养了良好的习惯。自己有兴趣，并也尝到了甜头，良好的启蒙教育在胡适先生的身上养成了他受用一生的文化素质。胡适先生因提倡文学改良而成为新文化运动的领袖之一，是第一位提倡白话文、新诗的学者，致力于推翻两千多年的旧文，产生了广泛的社会影响；政治思想上虽与陈独秀政见不合，但与其同为五四运动的核心人物，对中国近代史产生了较为深远的影响。胡适兴趣广泛，著述丰富，在文学、哲学、史学、考据学、教育学、伦理学、红学等诸多领域都有深入的研究。在中国现代学术方面，胡适是较早引入西方方法来研究中国学术的人。

九年的家乡教育，使胡先生终身受益，我们今天重温大师启蒙教育的回忆，似乎也应该从中感受到很多有用的东西。

胡适先生出生于中日甲午之战前三年，幼年生活是在甲午之战后度过的，而这个时期的清政府更加腐败；帝国主义进一步入侵，使中国陷入了半封建半殖民地的社会。国家多难，民不聊生；但是，知识分子已开始觉醒，要求改良政治以挽救国家之灭亡。因而1898年出现了在康有为、梁启超等人领导下的资产阶级维新变法运动。这次运动很快被清政府镇压下去了，但康梁的思想在社会上仍有很大的影响力。胡适在青年求学时代就喜欢读梁启超主办的《时务报》，因此受梁启超改良主义思想的影响是很大的。

胡适出生两个月后，他父亲就被调往台湾任职去了，上海只留下他与母亲，但不久他们母子也到了台湾，家人团聚共叙天伦之乐。从此胡适在父亲的教育下开始成长，4岁时已认得方块汉字七百多个。然而，由于形势遽变，1894年中日战争爆发，他又随母亲回到绩溪上庄村。胡适回到家乡后，开始进私塾。胡适9岁时开始看小说，这是课外读物。但在那读经的时代，老师是不让读的，因此只得偷偷看。他前后共读了30多部，眼界大开，脑子里故事越来越多，家族中的姊妹们常聚在一起，要他讲书给她们听。胡适说,这样讲书,逼使他把古文翻译成绩溪本地话,使他进一步了解了古文的文理,所以他14岁到上海读书时,就能做很像样的文章了。看小说还有一个好处,使他在不知不觉中得了不少的白话散文的训练,把文字弄通顺了。这对他后来的教育事业很有用,所以他说:教育家要读小说。

经过9年私塾的学习,胡适受到了良好的启蒙教育;读书成人这是每一个中国家庭都比较看重的,做人方面的训练如何呢?胡适说:"在这一点上,我的恩师就是我的母亲。"他母亲望子成龙,教子极严。每天天刚亮,就把他叫醒,披上衣服坐着,然后训诫他说:昨天做错了什么事,说了什么错话,要他认错改正,并且要他用心学习。有时向他讲述他父亲的种种好处,并说:"你总要踏上你老子的脚步,我一生只晓得这一个完全的人,你要学他,不要丢他的脸出丑。"有时说着说着流下了眼泪,母子默然相对到天亮,她才把衣服给儿子穿好,催他快上学去。胡适常常是最早一个到学堂的。因为学堂门上的锁匙放在老师家里,所以他总是到老师家里去取,而这时老师家里人都还未起。他轻轻地敲敲门,里面就有人把锁匙从门缝里递出来,他接到手,然后跑到学堂把门打开,坐下读书。这也成习惯了。平时胡适在家做错了事,他母亲从不在人前责备他,只用严厉的眼光一瞅,胡适就吓住了。到了夜深人静的时候,他母亲才关起房门教训他;有时罚跪,或者是拧他身上的肉,无论怎么重,都不许他哭出声音来。胡适说,"她教训儿子,不是借此出气叫别人听的。"有一次秋天夜晚,为穿一件衣服,胡适说了一句调皮的话,"娘(凉)什么!老子不老子呀!"她母亲听了,当时没说什么,到晚上重重地处罚他。胡适跪在地下,他母亲在一旁气得发抖,说你没了老子是多么得意的事,好用来说嘴。胡适跪着直哭,不住地用手去擦眼睛。不知擦入了什么细菌,后来竟害了一年多的眼病,左医右医也医不好。有人说可以用舌头去舔,她母亲真用舌头去舔他的眼病。胡适长大成人后,思念此景此情,称赞他妈妈是慈母兼严父。当胡适先生回首童年时,他深刻地记着:"出自她对我伟大的爱忱,她送我出门,分时没有洒过一滴眼泪就让我在这广大的世界中,独自求我自己的教育和发展,所带着的,只是一个母亲的爱,一个读书的习惯,和一点点怀疑的倾向。"

胡适11岁时就能自己读古文了,老师教他读《纲鉴易知录》和《御批通鉴辑览》,前者有句读,他还不感觉吃力,后者没有,这就需要他用红笔来断句了,所以读得慢一些。后来在他二哥的建议下,改点读《资治通鉴》,为了便于记忆,他又动手编了一部《历代帝王年号歌诀》。后来他说这是他"整理国故"的破土工作。由于胡适努力学习,再加上天资聪明,到12岁以后,他的学问差不多赶上老师了。塾师胡观象也感觉到自己没有能力再教他的书了,长此下去,怕贻误学生,于是他决定向胡母提出辞职,让她另请高明。胡母再三央求,结果也未得其首肯,最后胡适只得停学,跟着舅父在泾县学生意。1904年春,他二哥绍之由上海回家,与其母商议,认为胡适聪明伶俐,送去做学徒,实在可惜,况且父有遗命,不可违抗,于是他对胡母说:"婶,我想带穈弟到上海读书,未知你放心吗?"胡母说:"好,哥哥带弟弟外出读书,我哪有不放心的道理呢。"胡适就这样从泾县被招回来,准备行装,跟他二哥到上海去读书了。这是胡适人生道路上的一个关键性的转变。胡适后来念念不忘,说二哥是他的恩人之一。

胡适先生是学识渊博的学者,这其中九年的家乡启蒙教育的奠基作用不应低估,我们看到的是,幼年时代的启蒙教育对胡先生后来的成长起到了良好的作用,甚至对今天的早期教育也多有启发。当然,胡适先生所受的教育在今天没有必要也不可能复制,但是,"九年的家乡教育"正好吻合今天的"九年义务教育",比较之下,我们应该从中学习一点东西。

我

的母亲

◇邹韬奋

本文选自王自立、陈子善主编的《韬奋文集》(生活·读书·新知三联书店1955年版)。邹韬奋(1895—1944),新闻记者、政治家和出版家。名恩润,祖籍江西余江,生于福建永安。著作编有《韬奋全集》《韬奋文集》等。作为一名散文家,著有:《韬奋漫笔》《萍踪寄语》《萍踪忆语》《坦白集》《漫笔》《再厉集》《抗战以来》《患难余生

说起我的母亲,我只知道她是"浙江海宁查氏",至今不知道她有什么名字!这件小事也可表示今昔时代的不同。现在的女子未出嫁的固然很"勇敢"地公开着她的名字,就是出嫁了的,也一样地公开着她的名字。不久以前,出嫁后的女子还大多数要在自己的姓上面加上丈夫的姓;通常人们的姓名只有三个字,嫁后女子的姓名往往有四个字。在我年幼的时候,知道担任商务印书馆出版的《妇女杂志》笔政的朱胡彬夏,在当时算是有革命性的"前进的"女子了,她反抗了家里替她订的旧式婚姻,以致她的顽固的叔父宣言要用手枪打死她,但是她却仍在"胡"字上面加着一个"朱"字!近来的女子就有很多在嫁后仍只由自己的姓名,不加不减。这意义表示女子渐

渐地有着她们自己的独立的地位，不是属于任何人所有的了。但是在我的母亲的时代，不但不能学"朱胡彬夏"的用法，简直根本就好像没有名字！我说"好像"，因为那时的女子也未尝没有名字，但在实际上似乎就用不着。像我的母亲，我听见她的娘家的人们叫她做"十六小姐"，男家大家族里的人们叫她做"十四少奶"，后来我的父亲做了官，人们便叫做"太太"，始终没有用她自己名字的机会！我觉得这种情形也可以暗示妇女在封建社会里所处的地位。

我的母亲在我十三岁的时候就去世了。我生的那一年是在九月里生的，她死的那一年是在五月里死的，所以我们母子两人在实际上相聚的时候只有十一年零九个月。我在这篇文里对于母亲的零星追忆，只是这十一年里的前尘影事。

我现在所能记得的最初对于母亲的印象，大约在两三岁的时候。我记得有一天夜里，我独自一人睡在床上，由梦里醒来，朦胧中睁开眼睛，模糊中看见由垂着的帐门射进来的微微的灯光。在这微微的灯光里瞥见一个青年妇人拉开帐门，微笑着把我抱起来。她嘴里叫我什么，并对我说了什么，现在都记不清了，只记得她把我负在她的背上，跑到一个灯光灿烂人影憧憧往来的大客厅里，走来走去"巡阅"着。大概是元宵吧，这大客厅里除有不少成人谈笑着外，有二三十个孩童提着各色各样的纸灯，里面燃着蜡烛，三五成群地跑着玩。我此时伏在母亲的背上，半醒半睡似的微张着眼看这个，望那个。那时我

记》《我的母亲》《爱与人生》《办私室》《丢脸》《个人自由与国家自由》《集中的精力》《坚毅之酬报》《久仰得很》《敏捷准确》等。其中《我的母亲》编入苏教版语文八年级上册第十四课。2009年邹韬奋被评为"100位为新中国成立作出突出贡献的英雄模范"之一。

的父亲还在和祖父同住，过着"少爷"的生活；父亲有十来个弟兄，有好几个都结了婚，所以这大家族里有着这么多的孩子。母亲也做了这大家族里的一分子。她十五岁就出嫁，十六岁那年养我，这个时候才十七八岁。我由现在追想当时伏在她的背上睡眼惺忪所见着的她的容态，还感觉到她的活泼的、欢悦的、柔和的、青春的美。我生平所见过的女子中，我的母亲是最美的一个，就是当时伏在母亲背上的我，也能觉到在那个大客厅里许多妇女里面，没有一个及得到母亲的可爱。我现在想来，大概在我睡在房里的时候，母亲看见许多孩子玩灯热闹，便想起了我，也许蹑手蹑脚到我床前看了好几次，见我醒了，便负我出去一饱眼福。这是我对母亲最初的感觉，虽则在当时的幼稚脑袋里当然不知道什么叫做母爱。

后来祖父年老告退，父亲自己带着家眷在福州做候补官。我当时大概有了五六岁，比我小两岁的二弟已生了。家里除父亲、母亲和这个小弟弟外，只有母亲由娘家带来的一个青年女仆，名叫妹仔。"做官"似乎怪好听，但是当时父亲赤手空拳出来做官，家里一贫如洗。我还记得，父亲一天到晚不在家里，大概是到"官场"里"应酬"去了，家里没有米下锅；妹仔替我们到附近施米给穷人的一个大庙里去领"仓米"，要先在庙前人山人海里面拥挤着领到竹签，然后拿着竹签再从挤得水泄不通的人群中，带着粗布袋挤到里面去领米；母亲在家里横抱着哭涕着的二弟踱来踱去，我在旁坐在一只小椅上呆呆地望着母亲，当时不知道这就是穷的景象，只诧异着母亲的脸何以那样苍白，她那样静寂无语地好像有着满腔无处诉的心事。妹仔和母亲非常亲热，她们竟好像母女，共患难，直到母亲病得将死的时候，她还是不肯离开她，以孝女自居，寝食俱废地照顾着母亲。

母亲喜欢看小说，那些旧小说，她常常把所看的内容讲给妹仔听。她讲得娓娓动听，妹仔听着忽而笑容满面，忽而愁眉双锁。章回的长篇小说一下讲不完，妹仔就很不耐地等着母亲再看下去，看后再讲给她听。往往讲到孤女患难，或义妇含冤的凄惨的情形，她两人便都热泪盈眶，泪珠尽往颊上涌流着。那时的我立在旁边瞧着，莫名其妙，心里不明白她们为什么那样无缘无故地挥泪痛哭一顿，和在上面看到穷的景象一样地不明白其所以然。现在想来，才感觉到母亲的情感的丰富，并觉得她的讲故事能那样地感动着妹仔。如果母亲生在现在，有机会把自己造成一个教员，必可成为一个循循善诱的良师。

我六岁的时候，由父亲自己为我"发蒙"，读的是《三字经》，第一天上的课是"人之初，性本善；性相近，习相远。"一点儿莫名其妙！一个人坐在一个小客厅的炕床上"朗诵"了半天，苦不堪言！母亲觉得非请一位"西席"老夫子，总教不好，所以家里虽一贫如洗，情愿节衣缩食，把省下的钱请一位老夫子。说来可笑第一个请来的这位老夫子，每月束修只须四块大洋（当然供膳宿），虽则这四块大洋，在母亲已是一件很费筹措的事情。我到十岁的时候，读的是"孟子见梁惠王"，教师的每月束修已加到十二元，算增加了三倍。到年底的时候，父亲要"清算"我平日的功课，在夜里亲自听我背书，很严厉，桌上放着一根两指阔的竹板。我的背向着他立着背书，背不出的时候，他提一个字，就叫我回转身来把手掌展放在桌上，他拿起这根竹板很重地打下来。我吃了这一下苦头，痛是血肉的身体所无法避免的感觉，当然失声地哭了，但是还要忍住哭，回过身去再背。不幸又有一处中断，背不下去，经他再提一字，再打一下。呜呜咽咽地背着那位前世冤家的"见梁惠王"的"孟子"！我自己呜咽着背，同时听得见坐在旁边缝纫着的母亲也唏唏嘘嘘地泪如泉涌地哭着。我心里知道她见我被打，她也觉得好像刺心的痛苦，和我表着十二分的同情，但她却时时从呜咽着的断断续续的声音里勉强说着"打得好"！她的饮泣吞声，为的是爱她的儿子；勉强硬着头皮说声"打得好"，为的是希望她的儿子上进。由现在看来，这样的教育方法真是野蛮之至！但于我不敢怪我的母亲，因为那个时候就只有这样野蛮的教育法；如今想起母亲见我被打，陪着我一同哭，那样的母爱，仍然使我感念着我的慈爱的母亲。背完了半本"梁惠王"，右手掌打得发肿有半寸高，偷向灯光中一照，通亮，好像满肚子装着已成熟的丝的蚕身一样。母亲含着泪抱我上床，轻轻把被窝盖上，向我额上吻了几吻。

当我八岁的时候，二弟六岁，还有一个妹妹三岁。三个人的衣服鞋袜，没有一件不是母亲自己做的。她还时常收到一些外面的女红来做，所以很忙。我在七八岁时，看见母亲那样辛苦，心里已知道感觉不安。记得有一个夏天的深夜，我忽然从睡梦中醒了起来，因为我的床背就紧接着母亲的床背，所以从帐里望得见母亲独自一人在灯下做鞋底，我心里又想起母亲的劳苦，辗转反侧睡不着，很想起来陪陪母亲。但是小孩子深夜不好好的睡，是要受到大人的责备的，就说是要起来陪陪母亲，一定也要被申斥几句，万不会被准许的（这至少是当时我的心理），于是想出一个借口来试试看，便叫声母亲，说太热睡不着，要起来坐一会儿。出乎我意料之外的，母亲居然许我起来坐在她的身边。我眼巴巴地望着她额上的汗珠往下流，手上一针不停地做着布鞋——做给我穿的。这时万籁俱寂，只听到滴搭的钟声，和可以微闻得到的母亲的呼吸。我心里暗自想念着，为着我要穿鞋，累母亲深夜工作不休，心上感到说不出的歉疚，又感到坐着陪陪母亲，似乎可以减轻些心里的不安成分。当时一肚子里充满着这些心事，却不敢对母亲说出一句。才坐了一会儿，又被母亲赶上床去睡觉，她说小孩子不好好的睡，起来干什么！现在我的母亲不在了，她始终不知道她这个小儿子心里有过这样的一段不敢说出的心理状态。

母亲死的时候才二十九岁，留下了三男三女。在临终的那一夜，她神志非常清楚，忍泪叫着一个一个子女嘱咐一番。她临去最舍不得的就是她这一群的子女。

我的母亲只是一个平凡的母亲，但是我觉得她的可爱的性格，她的努力的精神，她的能干的才具，都埋没在封建社会的一个家族里，都葬送在没有什么意义的事务上，否则她一定可以成为社会上一个更有贡献的分子。我也觉得，像我的母亲这样被埋没葬送掉的女子不知有多少！

一九三六，一，十日深夜

简评

自 1926 年在上海主编《生活》周刊起，邹韬奋先生毕生从事新闻出版工作，尤其是 1932 年创办生活书店，为中国现代文化事业的发展，为传播东西方文化作出重要贡献，成果辉煌。"九·一八事变"后，邹韬奋先生坚决反对国民党政府的不抵抗政策，他在上海主编的《生活》周刊以反内战和团结抗敌御侮为根本目标，成为国内媒体抗日救国的一面旗帜。1937 年，他为黑暗中的中国奔走呼喊，这也使他因"抗日罪"，被关进了大牢。在牢里，他奋笔疾书，完成了他的自传体文本《经历》。出狱后，在繁忙的工作、生活之余他时常想起母亲，母亲早逝，生前吃了很多苦，29 岁就离开人世，留下的三男二女依依难舍。这时候的邹韬奋已经四十岁了，而她的母亲早就与他阴阳两隔，想到他所有的一切都是他母亲给予的，母亲在心中的记忆历历在目、挥之不去。于是他写下了这篇非常感人的散文《我的母亲》。在这篇文章收入《经历》的时候，他在《经历》这本书的扉页上写下了这样一句话："推母爱以爱我民族与人群。"抒发了对母亲的感激与怀念之情，由对母亲生活的回忆，表达了对旧社会被压抑和被埋没的劳动妇女不幸命运的深切同情和深刻思考。

有人说过："父母对子女的爱，尤其是母爱，是人类最高尚纯洁的、美好的感情。"同样是至爱亲情,母爱和父爱是有区别的,人们常说:母爱似水,父爱如山。朱自清的《背影》是写父爱的,邹韬奋的《我的母亲》写的是母爱,两篇文章同样真挚感人。让我们在阅读中,欣赏邹韬奋先生是如何写母亲的:

　　首先写了母亲的姓氏和早逝。只知道她是"浙江海宁查氏",连一个准确的名字都没有,在那个时代作为女人的母亲,普通的像路边的一棵野草。但是,就是这样一个母亲,令作者难忘的、令我们感动的是:"我由现在追想当时伏在她的背上睡眼惺忪所见着她的容态,还感觉到她的活泼的、欢悦的、柔和的、青春的美。"这是从幼儿的感觉中写出母亲可爱的形象,笔墨不多,但母亲的形象栩栩如生。接着,作者回忆了母亲和青年女仆妹仔之间的故事,名义上虽为主仆,实际上情似姐妹。母亲喜欢看小说,常常把看来的故事讲得娓娓动听,其实这里面更多的是和妹仔的姐妹之情。最感人的细节是:"往往讲到孤女患难,或义妇含冤的凄惨的情形,她两人便都热泪盈眶,泪珠尽往颊上涌流着。"这个细节真实而传神,表现了母亲感情丰富,对患难女性有着深切的同情心。接下来是作者六岁的时候由自己的父亲"发蒙",旧式的教育对启蒙的孩子要求是很严厉的,有时甚至是很残酷的。父亲在孩子背书不流畅的时候,自然施以"两指的竹板",打在儿子的身上,疼在母亲的心里,但深明大义的母亲是不会偏袒的。"她却时时从呜咽着的断断续续的声音里勉强说着'打得好'"。让人读过之后难以忘怀的是:"我自己呜咽着,同时听得见坐在旁边缝纫着的母亲也唏唏嘘嘘地泪如泉涌地哭着。"这个细节描写表现出母亲对子女无限怜惜和疼爱之情。前面说过,父亲当时来做候补官,说起来似乎冠冕堂皇,实际上赤手空拳的父亲,家里一贫如洗。母亲的辛劳自然免不了,穷人的孩子早懂事,八岁那年的夏夜,幼小的心灵中不可磨灭的是母亲的彻夜劳作。文中最感人的地方是:"我眼巴巴地望着她额上的汗珠往下流,手上一针不停地做着布鞋——做给我穿的。这时万籁俱寂,只听得嘀嗒的钟声和可以微闻得到的母亲的呼吸。"这段文字有人物的外貌、动作描写,也有环境描写,以寂静的环境衬托母亲的劳苦。母亲的形象是从我的视觉、听觉、感觉中写出来的,十分真挚动人。

邹韬奋成长的家庭是一个封建家庭,妇女在家庭里没有地位,母亲连自己的姓名都没有。母亲29岁早逝也说明他家当时生活条件和医疗条件的低下。家庭是社会的缩影,半封建半殖民地的旧中国,不可能有一个完美的家庭。不同的是邹韬奋成长的这个家庭环境重教育,重文化,对子女要求严格,这是好的;有母爱的温暖,有母亲努力劳作的榜样,有文学熏陶,这些也是好的,但是,体罚明显地带有那个时代家庭教育的印迹。文章关于母亲的回忆,表现了母亲的慈爱、善良、能干和奉献精神。尤其是作者以无限哀痛的心情回忆了母亲去世时还很年轻,"母亲死的时候才29岁,留下了三男三女。"可谓是肝肠寸断,足以让人潸然泪下!台湾"文坛常青树"苏雪林先生在散文《母亲》中这样抒发她失去母爱的感受:"自从慈母弃我去后,我这颗心,就悬挂起来,无所依傍。幸而我实际上虽然没有母亲,我精神还有一位母亲。这位母亲究竟在哪里,我说不明白,但她的存在,却是无可疑的。她的精灵弥漫整个宇宙里,白云是她的衣衫,蓝天是她的裙幅,窈窕秋星有如她的妙目,弯弯新月便似她的秀眉,夏夜沉黑长空里一闪一闪的电光是她美靥边绽出来的笑。这笑像春日之花,一朵接着一朵,永远开不完。"失去母爱的孩子,在心里都会渴求精神的寄托。

我们今天在读邹韬奋先生《我的母亲》的时候,忘不了作者笔下的永恒母爱是伟大的、是超时空的。坚信,母爱地老天荒、绵绵无绝期!

四

位先生

◇ 老舍

吴组缃先生的猪

从青木关到歌乐山一带,在我所认识的交友中要算吴组缃先生最为阔绰。他养着一口小花猪。据说,这小动物的身价,值六百元。

每次我去访组缃先生,必附带地向小花猪致敬,因为我与组缃先生核计过了:假若他与我共同登广告卖身,大概也不会有人出六百元来买!

有一天,我又到吴宅去。给小江——组缃先生的少爷——买了几个比醋还酸的桃子。拿着点东西,好搭讪着骗顿饭吃。否则就太不好意思了。一

本文选自《老舍小说精汇:幽默小品集》(文汇出版社2009年版),(原载1942年6月22、23、24、25《新民报晚刊》)。老舍(1899—1966),原名舒庆春。中国现代小说家、著名作家,杰出的语言大师、人民艺术家,新中国第一位获得"人民艺术家"称号的作家。

1923年，在《南开季刊》发表第一篇短篇小说《小铃儿》。1926年，在《小说月报》上连载长篇小说《老张的哲学》，此后三年继续创作，在英国共创作发表了长篇小说三部《老张的哲学》《赵子曰》《二马》。1932年，创作《猫城记》，并在《现代》杂志连载。此后几年，老舍陆续创作了《离婚》和《月牙儿》等在现代文学史上具有重要地位的作品。1936年，《骆驼祥子》在《宇宙风》连载，1939年该书由人间书屋正式发行。1939年，老舍翻译完成的英文版《金瓶梅》在伦敦出版。1944年，创作并由良友复兴印刷公司出版《四世同堂》第一卷《惶惑》。1946年，出版《四世同堂》第二卷《偷生》。1957年，《茶馆》发表于《收获》第一期。

进门，我看见吴太太的脸比晚日还红。我心里一想，便想到小花猪。假若小花猪丢了，或是出了别的毛病，组缃先生的阔绰便马上不存在了！一打听，果然是为了小花猪，它已绝食一天了。我很着急，急中生智，主张给它点奎宁吃，恐怕是打摆子。大家都不赞同我的主张。我又建议把它抱到床上盖上被子睡一觉，出点汗也许就好了；焉知道不是感冒呢？这年月的猪比人还娇贵呀！大家还是不赞成。后来，把猪医生请来了。我颇兴奋，要看看猪怎么吃药。猪医生把一些草药包在竹筒的大厚皮儿里，使小猪横衔着，两头向后束在脖子上：这样，药味与药汁便慢慢走入里边去。把药包儿束好，小花猪的口中好像生了两个翅膀，倒并不难看。

虽然吴宅有此骚动，我还是在那里吃了午饭——自然稍微的有点不得劲儿！

过了两天，我又去看小花猪——这回是专程探病，绝不为看别人；我知道现在猪的价值有多大——小花猪口中已无那个药包，而且也吃点东西了。大家都很高兴，我就又就棍打腿的骗了顿饭吃，并且提出声明：到冬天，得分给我几斤腊肉：组缃先生与太太没加任何考虑便答应了。吴太太说："几斤？十斤也行！想想看，那天它要是一病不起……"大家听罢，都出了冷汗！

马宗融先生的时间观念

马宗融先生的表大概是、我想是一个装饰品。无论约他开会，还是吃饭，他总迟到一个多钟头，他的表并不慢。

来重庆，他多半是住在白象街的作家书屋。有的说也罢，没的说也罢，他总要谈到夜里两三点钟。假若不是别人都困得不出一声了，他还想不起上床去。有人陪着他谈，他能一直坐到第二天夜里两点钟。表、月亮、太阳，都不能引起他注意到时间。

比如说吧，下午三点他须到观音岩去开会，到两点半他还毫无动静。"宗融兄，不是三点，有会吗？该走了吧？"有人这样提醒他，他马上去戴上帽子，提起那有茶碗口粗的木棒，向外走。"七点吃饭，早点回来呀！"大家告诉他。他回答一声"一定回来"，便匆匆地走出去。

到三点的时候，你若出去，你会看见马宗融先生在门口与一位老太婆，或是两个小学生，谈话呢！即使不是这样，他在五点以前也不会走到观音岩。路上每遇到一位熟人，便要谈至少有十分钟的话。若遇上打架吵嘴的，他得过去解劝，还许把别人劝开，而他与另一位劝架的打起来！遇上某处起火，他得帮着去救。有人追赶扒手，他必然得加入，非捉到不可。看见某种新东西，他得去问问价钱，不管买与不买。看到戏报子，马上他去借电话，问还有票没有……这样，他从白象街到观音岩，可以走一天。幸而他记得开会那件事，所以只走两三个钟头，到了开会的地方，即使大家已经散了会。他也得坐两点钟，他跟谁都谈得来，都谈得有趣，很亲切，很细腻。有人

四位先生

077

随便哼了一句二黄,他立刻请教给他;有人刚买一条绳子,他马上过来练习跳绳——五十岁了啊!

七点,他想起来回白象街吃饭,归路上,又照样的劝架,救火,追贼,问物价,打电话……至早,他在八点半左右走到目的地。满头大汗,三步当作两步走的。他走了进来,饭早已开过了。

所以,我们与友人定约会的时候,若说随便什么时间,早晨也好,晚上也好,反正我一天不出门,你哪时来也可以,我们便说"马宗融的时间吧!"

姚蓬子先生的砚台

作家书屋是个神秘的地方,不信你交到那里一份文稿,而三五日后再亲自去索回,你就必定不说我扯谎了。

进到书屋,十之八九你找不到书屋的主人——姚蓬子先生。他不定在哪里藏着呢。他的被褥是稿子,他的枕头是稿子,他的桌上、椅上、窗台上……全是稿子。简单的说吧,他被稿子埋起来了,当你要稿子的时候,你可以看见一个奇迹。假如说尊稿是十张纸写的吧,书屋主人会由枕头底下翻出两张,由裤带里掏出三张,书架里找出两张,窗子上揭下一张,还欠两张。你别忙。他会由老鼠洞里拉出那两张,一点也不少。

单说姚蓬子先生的那块砚台,也足够惊人了!那是块无法形容的石砚。不圆不方,有许多角儿,有任何角度。有一点沿儿,豁口甚多,底子最奇,四周翘起,中间的一点凸出,如元宝之背,它会像陀螺似的在桌子乱转,还会一头高一头低地倾斜,如浪中之船。我老以为孙悟空就是由这块石头跳出去的!

到磨墨的时候,它会由桌子这一端滚到那一端,而且响如快跑的马车。我每晚十时必就寝,而对门儿书屋的主人要办事办到天亮。从十时到天亮,他至少研十次墨,一次比一次响——到夜最静的时候,大概连南岸都感到一点震动。从我到白象街起,我没做过一个好梦,刚一入梦,砚台来了一阵雷雨,梦为之断。在夏天,砚一响,我就起来拿臭虫。冬天可就不好办,只好咳嗽几声,使之闻之。

现在,我已交作家书屋一本书,等到出版,我必定破费几十元。送给书屋主人一块平底的,不出声的砚台!

何容先生的戒烟

首先要声明:这里所说的是香烟,不是鸦片。

从武汉到重庆,我老同何容先生在一间屋子里,一直到前年八月间。在武汉的时候,我们都吸"大前门"或"使馆牌";小大"英"似乎都不够味儿。到了重庆,小大"英"似乎变了质,越来越"够"味儿了,"前门"与"使馆"倒仿佛没了什么意思。慢慢的,"刀"牌与"哈德门"又变成我们的朋友,而与小大"英",不管谁的主动吧,好像冷淡得日悬一日,不久,"刀"牌与"哈德门"又与我们发生了意见,差不多要绝交的样子。何容先生就决心戒烟!

在他戒烟之前，我已声明过："先上吊，后戒烟！"本来吗，"弃妇抛雏"的流亡在外，吃不敢进大三元，喝么也不过是清一色（黄酒贵，只好吃点白干），女友不敢去交，男友一律是穷光蛋，住是二人一室，睡是臭虫满床，再不吸两枝香烟，还活着干吗？可是，一看何容先生戒烟，我到底受了感动，既觉得自己无勇，又钦佩他的伟大；所以，他在屋里，我几乎不敢动手取烟，以免动摇他的坚决！

何容先生那天睡了十六个钟头，一枝烟没吸！醒来，已是黄昏，他便独自出去。我没敢陪他出去，怕不留神递给他一枝烟，破了戒！掌灯之后，他回来了，满面红光，含着笑从口袋中掏出一包土产卷烟来。"你尝尝这个。"他客气地让我，"才一个铜板一枝！有这个，似乎就不必戒烟了！没有必要！"把烟接过来，我没敢说什么，怕伤了他的尊严。面对面的，把烟燃上，我俩细细地欣赏。头一口就惊人，冒的是黄烟，我以为他误把爆竹买来了！听了一会儿，还好，并没有爆炸，就继续放胆地吸。吸了不到四五口，我看见蚊子都争着向外边飞，我很高兴。既吸烟，又驱蚊，太可贵了！再吸几口之后，墙上又发现了臭虫，大概也要搬家，我更高兴了！吸到了半支，何容先生与我也跑出去了，他低声地说："看样子，还得戒烟！"

何容先生二次戒烟，有半天之久。当天的下午，他买来了烟斗与烟叶。"几毛钱的烟叶，够吃三四天的，何必一定戒烟呢！"他说。吸了几天的烟斗，他发现了:(一)不便携带;(二)不用力,抽不到;用力,烟油射到舌头上;(三)费洋火;(四)须天天收拾,麻烦! 有此四弊,他就戒烟斗,而又吸上香烟了。"始作卷烟者。其无后乎!"他说。

最近二年,何容先生不知戒了多少次烟了,而指头上始终是黄的。

简评

本文虽然近似随笔、速写一类的文章,依然可以读出老舍先生散文的亲切、幽默、豁达、爽快的特征,而且善于抓取生活中的一鳞半爪的片段,以生花妙笔的叙述和描写出之,表现出动荡的时代和五味杂陈的人生之一斑。阅读老舍先生的《四位先生》,读者可以看出他是一个地域色彩极其浓郁的作家。我们读过他大量的小说、话剧、散文,包括他大多经典作品,都是以故乡北京为背景,并从语句、句法、语调等方方面面尽可能地呈现出地道的北京风味。本文虽然写作于战乱中的西南一隅,老舍先生惯常的风格还是突出地表现出来。20世纪40年代初的西南城镇与内地发达城市相比,无论是生活环境、经济发展还是物资供应上都有很大的差距,因此所有西迁的知识分子都必须经历一个适应的过程。但是知识分子毕竟是知识分子,他们心中的理想生活与普通下层民众存在明显的差异,所以,他们不会简单地同化为普通的老百姓,他们也只能自我摸索出一条"有特色""有生活情趣"的路子。看起来,本文只不过写了四位西迁知识分子的生活起居小事,不过小事不"小",我们完全可以从字里行间看出知识分子群体在这个特殊时期的一些特点:

吴组缃夫妻养猪——吴组缃上中学时就结了婚,在清华大学上学时把家眷也带了来。家庭生活的担子比较重。1935年曾中断学业,担任冯玉祥将军国文教员兼做秘书工作达13年之久。贫困所迫,尝试亲身劳作却依然饥饱不定,但是,围绕着据说价值600元的小动物发生了许多乐趣,这对于漂泊中的读书人来说,是一种安慰也是一种寄托。当然其中也蕴含了不尽的无奈。据和吴组缃有过长期交往的北大中文系教授方锡德回忆:20世纪40年代,吴组缃曾应聘四川省立教育学院教授,当时是在学期中间,校方希望他开半学期的课,但要支付给他整学期的薪水。吴组缃当即表示:"这样怎么行? 我明明只上了半学期的课,怎么能拿你们一学期的薪水?"这差不多正是吴组缃夫妇为生活所迫养猪的时候。先生的人品于国难中依然磊落。

马宗融爱管"闲"事——做事空有满腔热忱,却常徒劳无功。如果从办事的效率来说,马先生的所作所为实在不敢恭维,但是作为战乱中流落一隅的难民,这需要内心深处多么大的忍耐力和定力,你也可以说这是一个人的性格,不过这种性格在当时的环境下是非常难得的,应该说,他的管"闲事"给落寞、困境中的生活增添了些许亮色。马宗融先生不遵守时间,在他许多看似无聊的举动中,不仅写出了马先生古道热肠的性格,更反映了抗战时期国统区爱国志士报国无门的悲凉。回到家乡以后,马宗融在四川大学教书,先与周文一起筹建文艺界抗敌工作团,未果,随后便与李劼人、朱光潜、周太玄、罗念生等人发起成立了"中华全国文艺界抗敌协会成都分会"。夫人罗淑则在报上连续发表宣传抗战的文章。一时间,马宗融夫妇在泡桐树街的寓所,成了成都文化人聚首的地方。然而天有不测风云,就在马宗融夫妇满怀热情地投入到抗战文艺工作中时,巨大的灾难降临了,罗淑在生下儿子后,因患产褥热,竟突然撒手而去。这一天是1938年2月27日。妻子的去世,丢下孤独的马宗融和一对嗷嗷待哺的儿女,使马宗融顿时像只失偶的孤雁,痛不欲生。此后家庭生活的重担全都沉重地压在马宗融先生的肩上,谁能说这和"马宗融的时间"不无关系呢?

姚蓬子身为出版商,砚台破旧不堪——战乱时文化圈子里文人的生活原本就乏善可陈,住所简陋,工作的条件自然也无从说起。出版商手里的稿子竟然是这样,乱七八糟,七零八落,你不觉得正是姚蓬子努力工作的一种反映吗? 至于砚台他也是迫不得已,因为战争就在身边。如果说战乱中的人民也需要精神的寄托,这样的出版商和文化工作者进行的或许是一种不可缺少的艰难事业。武汉沦陷,他赴重庆任职于国民政府军事委员会政治部文化工作委员会。后创办作家书屋,又与老舍、赵铭彝等创刊《文坛小报》。1945年,抗战胜利,迁作家书屋至上海继续营业。1955年后,成为自由职业者,以译著和写作为生。1963年后,任教于上海师范学院中文系。1969年病卒。

　　何容戒烟屡次失败——除日常工作外精神生活匮乏,闲时居多,似乎也就成了他吸烟的一种寄托。何先生的戒烟富有戏剧性,很像现在流行的一个段子:戒烟有什么难的,我都戒了100多次了。但是,何先生的戒烟过程里饱含着一言难尽的时代与环境的辛酸! 其实,吴组缃先生烟瘾更大,茶几上随时一字儿排开十数只形形色色的烟斗,以备轮番取用。子女多次劝他戒烟,但他总是不接受劝告,而且还发明了一套"以毒攻毒"的理论。抽烟的人皆无视烟盒上"吸烟有害健康"的赫然警告,卖者自卖之,买者自买之,大家都心安理得。林语堂先生也是如此,似乎到头来还依然是"执迷不悟":"凡吸烟的人,大都曾在一时糊涂,发过宏愿,立志戒烟,在相当期内与此烟魔决一雌雄,到了七天半月之后,才自醒悟过来。"(见《我的戒烟》)

　　不正是这样吗?"最近二年,何容先生不知戒了多少次烟了,而指头上始终是黄的。"

　　摘自《老舍自传》的《四位先生》的逸闻趣事,以今天的角度视之,全文看似"与抗战无关",似乎可说是"一地鸡毛"的菜市场一般,但内容却隐隐触及到抗战时期国统区里经济、生活环境与社会秩序的某些痼疾,甚至对知识分子的苦闷有着相当的反映，当年大名鼎鼎知识分子的生活片段，大抵如俗语所云：黄连树下弹琵琶——苦中作乐，自然有其难能可贵的一面。由于老舍先生对知识分子生活的高度熟悉，所用的均是第一手资料，有感而写，所以文章读起来流畅自然，丝毫没有造作的感觉。

我所见到的叶圣陶

◇ 朱自清

我第一次与圣陶见面是在民国十年的秋天。那时刘延陵兄介绍我到吴淞炮台湾中国公学教书。到了那边，他就和我说："叶圣陶也在这儿。"我们都念过圣陶的小说，所以他这样告我。我好奇地问道："怎样一个人？"出乎我的意外，他回答我："一位老先生哩。"但是延陵和我去访问圣陶的时候，我觉得他的年纪并不老，只那朴实的服色和沉默的风度与我们平日所想象的苏州少年文人叶圣陶不甚符合罢了。

记得见面的那一天是一个阴天。我见了主人照例说不出话；圣陶似乎也如此。我们只谈了几句关于作品的泛泛的意见，便告辞了。延陵告诉我每星

本文选自《朱自清名作欣赏》（中国和平出版社2010年版）。朱自清（1898—1948），原名自华，号秋实，改名自清，字佩弦；原籍浙江绍兴，出生于江苏省东海县。现代著名散文家、诗人、学者、民主战士。1928年第一本散文集《背影》出版。1934年，出版《欧游杂记》和《伦敦杂记》。1935年，出版散文集《你我》。抗日战争的

艰苦岁月里,他以认真严谨的态度从事教学和文学研究,曾与叶圣陶合著《国文教学》等书。主要作品有《寻朝》《踪迹》《背影》《欧游杂记》《你我》《精读指导举隅》《略读指导举隅》、《诗言志辨》《新诗杂话》《标准与尺度》《论雅俗共赏》等。

期六圣陶总回甪直去;他很爱他的家。他在校时常邀延陵出去散步;我因与他不熟,只独自坐在屋里。不久,中国公学忽然起了风潮。我向延陵说起一个强硬的办法;——实在是一个笨而无聊的办法!——我说只怕叶圣陶未必赞成。但是出乎我的意外,他居然赞成了!后来细想他许是有意优容我们吧;这真是老大哥的态度呢。我们的办法天然是失败了,风潮延宕下去;于是大家都住到上海来。我和圣陶差不多天天见面;同时又认识了西谛予同诸兄。这样经过了一个月;这一个月实在是我的很好的日子。

我看出圣陶始终是个寡言的人。大家聚谈的时候,他总是坐在那里听着。他却并不是喜欢孤独,他似乎老是那么有味地听着。至于与人独对的时候,自然多少要说些话;但辩论是不来的。他觉得辩论要开始了,往往微笑着说:"这个弄不大清楚了。"这样就过去了。他又是个极和易的人,轻易看不见他的怒色。他辛辛苦苦保存着的《晨报》副张,上面有他自己的文字的,特地从家里捎来给我看;让我随便放在一个书架上,给散失了。当他和我同时发见这件事时,他只略露惋惜的颜色,随即说:"由他去末哉,由他去末哉!"我是至今惭愧着,因为我知道他作文是不留稿的。他的和易出于天性,并非阅历世故,矫揉造作而成。他对于世间妥协的精神是极厌恨的。在这一月中,我看见他发过一次怒;——始终我只看见他发过这一次怒——那便是对于风潮的妥协论者的蔑视。

风潮结束了，我到杭州教书。那边学校当局要我约圣陶去。圣陶来信说："我们要痛痛快快游西湖，不管这是冬天。"他来了，教我上车站去接。我知道他到了车站这一类地方，是会觉得寂寞的。他的家实在太好了，他的衣着，一向都是家里管。我常想，他好像一个小孩子；像小孩子的天真，也像小孩子的离不开家里人。必须离开家里人时，他也得找些熟朋友伴着；孤独在他简直是有些可怕的。所以他到校时，本来是独住一屋的，却愿意将那间屋做我们两人的卧室，而将我那间做书室。这样可以常常相伴；我自然也乐意。我们不时到西湖边去，有时下湖，有时只喝喝酒。在校时各据一桌，我只预备功课，他却老是写小说和童话。初到时，学校当局来看过他。第二天，我问他，"要不要去看看他们？"他皱眉道："一定要去么？等一天罢。"后来始终没有去。他是最反对形式主义的。

那时他小说的材料，是旧日的储积；童话的材料有时却是片刻的感兴。如《稻草人》中《大喉咙》一篇便是。那天早上，我们都醒在床上，听见工厂的汽笛；他便说："今天又有一篇了，我已经想好了，来的真快呵。"那篇的艺术很巧，谁想他只是片刻的构思呢！他写文字时，往往拈笔抽纸，便手不停挥地写下去，开始及中间，停笔踌躇时绝少。他的稿子极清楚，每页至多只有三五个涂改的字。他说他从来是这样的。每篇写毕，我自然先睹为快；他往往称述结尾的适宜,他说对于结尾是有些把握的。看完,他立即封寄《小说月报》;照例用平信寄。我总劝他挂号;但他说:"我老是这样的。"他在杭州不过两个月,写的真不少,教人羡慕不已。《火灾》里从《饭》起到《风潮》这七篇,还有《稻草人》中一部分都是那时我亲眼看他写的。

在杭州待了两个月,放寒假前,他便匆匆地回去了;他实在离不开家,临去时让我告诉学校当局,无论如何不回来了。但他却到北平住了半年,也是拉去的。我前些日子偶翻十一年的《晨报·副刊》,看见他那时途中思家的小诗,重念了两遍,觉得怪有意思。北平回去不久,便入了商务印书馆编译部,家也搬到上海。从此在上海待下去,直到现在——中间又被朋友拉到福州一次,有一篇《将离》抒写那回的别恨,是缠绵悱恻的文字。这些日子,我在浙江乱跑,有时到上海小住,他常请了假和我各处玩儿或喝酒。有一回,我便住在他家,但我到上海,总爱出门,因此他老说没有能畅谈;他写信给我,老说这回来要畅谈几天才行。

十六年一月,我接眷北来,路过上海,许多熟朋友和我饯行,圣陶也在。那晚我们痛快地喝酒,发议论;他是照例地默着。酒喝完了,又去乱走,他也跟着。到了一处,朋友们和他开了个小玩笑;他脸上略露窘意,但仍微笑地默着。圣陶不是个浪漫的人;在一种意义上,他正是延陵所说的"老先生"。但他能了解别人,能谅解别人,他自己也能"作达",所以仍然——也许格外——是可亲的。那晚快夜半了,走过爱多亚路,他向我诵周美成的词,"酒已都醒,如何消夜永!"我没有说什么;那时的心情,大约也不能说什么的。我们到一品香又消磨了半夜。这一回特别对不起圣陶;他是不能少睡觉的人。他家虽住在上海,而起居还依着乡居的日子;早七点起,晚九点睡。有一回我九点十分去,他家已熄了灯,关好门了。这种自然的,有秩序的生活是对的。那晚上伯祥说:"圣兄明天要不舒服了。"想起来真是不知要怎样感谢才好。

第二天我便上船走了,一眨眼三年半,没有上南方去。信也很少,却全是我的懒。我只能从圣陶的小说里看出他心境的迁变;这个我要留在另一文中说。圣陶这几年里似乎到十字街头走过一趟,但现在怎么样呢?我却不甚了然。他从前晚饭时总喝点酒,"以半醺为度";近来不大能喝酒了,却学了吹笛——前些日子说已会一出《八阳》,现在该又会了别 的了吧。他本来喜欢看看电影,现在又喜欢听听昆曲了。但这些都不是"厌世",如或人所说的;圣陶是不会厌世的,我知道。又,他虽会喝酒,加上吹笛,却不曾抽什么"上等的纸烟",也不曾住过什么"小小别墅",如或人所想的,这个我也知道。

1930年7月北平清华园

简评

　　朱自清先生的散文,朴素自然,清隽沉郁,语言洗练,文笔清丽,字里行间流淌的是真情实感,以他独特的语言风格,为中国现代散文增添了瑰丽的色彩,为建立中国现代散文全新的审美特征,创造了具有中国民族特色的典范的散文写作艺术。《我所见到的叶圣陶》是著名的散文大家来写同样是声名显赫的作家、教育大家,一定会让读者感受到其中不一样的东西。叶圣陶先生与朱自清先生初次相识于 1921 年秋天，这一年也是中国文学史上至关重要的一年，现代文学史上第一个有组织的民间文学团体——"文学研究会"的成立，使得他们为了共同的文学理想和远大的社会抱负，走到了一起。1924 年 7 月，叶圣陶、朱自清、俞平伯合编、出版了丛刊《我们的六月》。同年 10 月，朱自清写出了著名散文《背影》，就刊登在叶圣陶主编的《文学周报》上。1925 年朱自清先生出任清华大学国文系教授，1927 年正式携家眷去北京履新，路过上海时，叶圣陶等挚友为他饯行。那天晚上他们痛快地饮酒、交谈，席散后，兴犹未尽，又结伴上街散步。他们走过爱多亚路（今延安东路的望亭路至金陵本路一段）时，已近夜半，叶圣陶对朱自清吟诵起北宋大词人周邦彦的词："酒已都醒，如何消夜永？"不无惆怅，感慨良多。这一切，丝毫看不到自古以来"文人相轻"的不良风气，都发酵为作者第一手创作素材，我们在文中应该能感受到。

叶圣陶先生是著名的作家、教育家、编辑家、文学出版家和政治活动家。他一生为我国的现代教育，尤其是语文教育，以及现代文学和现代出版事业都做出了重大贡献。那么，如此一位著名作家、文化大师在朱自清眼中究竟是怎样的呢？《我所见到的叶圣陶》是一篇写人的记叙性散文，看似结构平实，语言朴素，细读则令人突出地感受到"大家之作，其言情也必沁人心脾。"寥寥两千余字，情真意切，淡远悠长，看似平淡的叙写，却写活了作者和叶圣陶先生交往的 10 年间，在那风云变幻的年代里，一位寡言随和却又轻易不妥协的老夫子叶圣陶的形象，重要的是，作者通过对一个学者的精彩记录，折射出那个动荡不安的时代的影子。

文章虽然只截取了叶圣陶生活的几个片段，看似松散，但松散的背后由于有人物、有主导思想、有性格特点贯穿始终，于平淡对比中展示了大背景下的人物生活的画面。首先，朱自清记述了两人初次见面时的情景，正是两人有共同的兴趣爱好，才使两人在以后的几十年间友谊不断。叶圣陶也是一位文人，随和寡言，但在与朱自清相处的第一个月里，朱自清却"看见他发过一次怒"，而这唯一的这一次，起因"便是对于风潮的妥协论者的蔑视。"这寥寥数语便使一个有着强烈的政治意识的文人形象跃然纸上。当然，叶圣陶首先是一个有着杰出才华的作家，朱自清与他在杭州时曾同居一室，因此见识了他写作的情形："写文字时，往往拈笔抻纸，便手不停挥地写下去，开始及中间，停笔踌躇时绝少。他的稿子极清楚，每页至多只有三五个涂改的字。"读者眼中的叶圣陶不正是一个倚马可待，一挥而就的才子吗？这便是细节描写的作用，一个细节可以胜过许多的叙述。"叶圣陶先生的风格，以及推想其为人，是平实用力写，求好，规矩多于思想。"这一句话，既说到了作品，也说到了为人。这是很多人的看法，在朱自清一类的老朋友们看来基本都是这样。

　　本文如一幅泼墨自如的写意画，初读时线条粗犷，细细品味却笔触精致，虽不如《背影》等名篇炉火纯青，流传甚广，然而平淡处见大家的功力。起初，朱自清先生也是叶老的一个忠实读者，而且内心充满了对叶老的想象和仰慕之情，"我第一次与叶圣陶见面是在民国十年的秋天。……我们都念过圣陶的小说……我觉得他的年纪并不老，只那朴实的服色和沉默的风度与我们平时想象的苏州少年文人叶圣陶不甚符合罢了。""我见了生人照例说不出话；圣陶似乎也如此。"既沉稳、内敛，又极有责任感的一个人，"他很爱他的家"。所有这些都给朱自清留下了深刻的印象。同时，在朋友之中，他是一个合格的听众。"我看出圣陶始终是个寡言的人。大家聚谈的时候，他总是坐在那里听着。"但是，这并非说明他是个性格孤僻、拒人于千里之外的人，"他却并不是喜欢孤独，"而是他享受朋友圈里这种"听"的过程，"他似乎老是那么有味地听着。"他有着大家的风范和文化人良好的修养，"至于与人独对的时候，自然多少要说些话;但辩论是不来的。"

他还是一个平易近人、不愿责怪他人、宽容的人。"他又是一个极和易的人,轻易不见他的怒色。"这是一种修为。"他辛辛苦苦保存着的《晨报》副刊,上面有他自己的文字的,特地从家里捎来给我看;让我随便放在一个书架上,给散失了。当他和我同时发现这件事时,他只略露惋惜的颜色",不但没有盛怒的表情,而且还给他人一种不必自责的宽慰,"随即说:'由他去末哉,由他去末哉!'"这是叶老所表现出的不同于一般人的胸怀。他更是一个有君子风度、学者型、可亲的朋友,却不是浪漫之人。"朋友们和他开了个小玩笑;他脸上略露窘意,但仍微笑地默着。"对朋友,不以唇枪舌剑相击,表现出憨厚、忍让地"微笑地默着"的君子风度。"他能了解别人,能谅解别人,他自己也能'作达'……也许格外——是可亲的。""圣陶不是个浪漫的人;在一种意义上,他正是延陵所说的'老先生'。"虽然他是朋友口中的"老先生",但这种"老"却亦师、亦兄、亦友;他始终是朱自清、延陵等人最可亲的朋友。

他对待周围人谦和的态度不是伪装出来的作秀,而是与生俱来的。"他的和易出于天性,并非阅历世故,矫揉造作而成。"他不是不会发怒,而是没有真正遇上使他发怒的人,"他对于世间妥协的精神是极厌恨的。……始终我只看见他发过这一次怒——那便是对于风潮的妥协论者的蔑视。"叶老并不是什么时候都有"沉默的风度",对某些趋炎附势之人,他还是"极厌恨的""发怒"的,这就是他秉直的性格,或者说是一种风骨。同时他又是一个率真、爱热闹、有着极好性情的人。"风潮结束了,……圣陶来信说:'我们要痛痛快快游西湖,不管这是冬天。'"这是一种挣脱羁绊后的豪爽、率真。"他好像一个小孩子;像小孩子的天真,"他爱热闹,"孤独在他简直是可怕的。"他是一个脱离了低级趣味而非常大众的人,"……他到校时,本来是独住一屋的,却愿意将那间屋做我们两个人的卧室,而将我那间做书室。"他还是个有生活规律、生活态度积极、不摆阔的人。"他是不能少睡觉的人。……起居还依着乡居的日子，早七点起，晚九点睡。""……圣陶是不会厌世的，我知道。又，他虽会喝酒，加上吹笛，却不曾抽什么'上等的烟'，也不曾住过什么'小小别墅'"，因为"他的家实在太好了。"

这就是朱自清眼中的"大师级"学者朋友叶圣陶。

胡适先生二三事

◇梁实秋

本文选自萧南《我的朋友胡适之》（四川文艺出版社1995年版）。梁实秋，(1903—1987)原名梁治华，出生于北京，浙江杭县（今余杭）人。他一生给中国文坛留下了两千多万字的著作，其散文集创造了中国现代散文著作出版的最高纪录。代表作《莎士比亚全集》（译作）等。1949年到台湾，曾在编译馆、台湾大学、台湾

胡先生是安徽徽州绩溪县人，对于他的乡土念念不忘，他常告诉我们他的家乡的情形。徽州是个闭塞的地方。四面皆山，地瘠民贫，山地多种茶，每逢收茶季节茶商经由水路从金华到杭州到上海求售，所以上海的徽州人特多，号称徽帮，其势力一度不在宁帮之下。四马路一带就有好几家徽州馆子。民国十七八年间，有一天，胡先生特别高兴，请努生光旦和我到一家徽州馆吃午饭。上海的徽州馆相当守旧，已经不能和新兴的广东馆四川馆相比，但是胡先生要我们去尝尝他的家乡风味。

我们一进门，老板一眼望到胡先生，便从柜台后面站起来笑脸相迎，满口的徽州话，我们一点也听不

懂。等我们扶着栏杆上楼的时候,老板对着后面厨房大吼一声。我们落座之后,胡先生问我们是否听懂了方才那一声大吼的意义。我们当然不懂,胡先生说:"他是在喊:'绩溪老倌,多加油啊!'"原来绩溪是个穷地方,难得吃油大,多加油即是特别优待老乡之意。果然,那一餐的油不在少。有两个菜给我的印象特别深,一个是划水鱼,即红烧青鱼尾,鲜嫩无比,一个是生炒蝴蝶面,即什锦炒生面片,非常别致。缺点是味太咸,油太大。

徽州人聚族而居,胡先生常夸说,姓胡的、姓汪的、姓程的、姓吴的、姓叶的,大概都是徽州,或是源出于徽州。他问过汪精卫、叶恭绰,都承认他们祖上是在徽州。努生调侃地说:"胡先生,如果再扩大研究下去,我们可以说中华民族起源于徽州了。"相与拊掌大笑。

吾妻季淑是绩溪程氏,我在胡先生座中如遇有徽州客人,胡先生必定这样的介绍我:"这是梁某某,我们绩溪的女婿,半个徽州人。"他的记忆力特别好,他不会忘记提起我的岳家早年在北京开设的程五峰斋,那是一家在北京与胡开文齐名的笔墨店。

胡先生酒量不大,但很喜欢喝酒。有一次他的朋友结婚,请他证婚,这是他最喜欢做的事,筵席只预备了两桌,礼毕入席,每桌备酒一壶,不到一巡而壶告罄。胡先生大呼添酒,侍者表示为难。主人连忙解释,说新娘是 Temperance League(节酒会)的会员。胡先生从怀里掏出现洋一元交付侍者,他说:

师范大学等处任职。论著有《浪漫的与古典的》《文学的纪律》《文艺批评论》《偏见集》《文学因缘》,散文《雅舍小品》《槐园梦忆》,编著有《英国文学史》《英国文学选》,译有莎士比亚剧本20种、詹姆斯·巴利的《彼得·潘》、E.勃朗特的《呼啸山庄》,还曾主编《远东英汉大字典》)。

"不干新郎新娘的事,这是我们几个朋友今天高兴,要再喝几杯。赶快拿酒来。"主人无可奈何,只好添酒。

事实上胡先生从不闹酒。二十年春,胡先生由沪赴平,道出青岛,我们请他到青岛大学演讲,他下榻万国疗养院。讲题是《山东在中国文化里的地位》,就地取材,实在高明之至,对于齐鲁文化的变迁,儒道思想的递嬗,讲得头头是道,听众无不欢喜。当晚青大设宴,胡先生赶快从袋里摸出一只大金指环给大家传观,上面刻着"戒酒"二字,是胡太太送给他的。

胡先生交游广,应酬多,几乎天天有人邀饮,家里可以无需开伙。徐志摩风趣地说:"我最羡慕我们胡大哥的肠胃,天天酬酢,肠胃居然吃得消!"其实胡先生并不欣赏这交际性的宴会,只是无法拒绝而已。二十年六月二十一日胡先生写信给我,劝我离开青岛到北大教书,他说:"你来了,我陪你喝十碗好酒!"

胡先生住上海极司菲尔路的时候,有一回请"新月"一些朋友到他家里吃饭,菜是胡太太亲自做的——徽州著名的"一品锅"。一只大铁锅,口径差不多有一尺,热腾腾的端了上桌,里面还在滚沸,一层鸡,一层鸭,一层肉,点缀着一些蛋皮饺,紧底下是萝卜白菜。胡先生详细介绍这一品锅,告诉我们这是徽州人家待客的上品,酒菜、饭菜、汤,都在其中矣。对于胡太太的烹调的本领,他是赞不绝口的。他认为另有一样食品也是非胡太太不办的，那就是蛋炒饭——饭里看不见蛋而蛋味十足，我虽没有品尝过，可是我早就知道其做法是把饭放在搅好的蛋里拌匀后再下锅炒。

胡先生不以书法名，但是求他写字的人太多，他也喜欢写。他做中国公学校长的时候，每星期到吴淞三两次，我每次遇见他都是看到他被学生们里三层外三层的密密围绕着。学生要他写字，学生需要自己备纸和研好墨。他未到校之前，桌上已按次序排好一卷一卷的宣纸，一盘一盘的墨汁。他进屋之后就伸胳膊挽袖子，挥毫落纸如云烟，还要一面和人寒暄，大有手挥五弦目送飞鸿之势。胡先生的字如其人，清癯削瘦，而且相当工整，从来不肯作行草，一横一捺都拖得很细很长，好像是伸胳膊伸腿的样子。不像瘦金体，没有那一份劲逸之气，可是不俗。胡先生说起蔡孑民先生的字，也是瘦骨嶙峋，和一般人点翰林时所写的以黑大圆光著名的墨卷迥异其趣，胡先生曾问过他，以他那样的字何以能点翰林，蔡先生答说："也许是因为当时最流行的是黄山谷的字体罢！"

胡先生最爱写的对联是"大胆的假设，小心的求证；认真的做事，严肃的做人。"我常惋惜，大家都注意上联，而不注意下联。这一联有如双翼，上联教人求学，下联教人做人，我不知道胡先生这一联发生了多少效果。这一联教训的意味很浓，胡先生自己亦不讳言他喜欢用教训的口吻。他常说："说话而教人相信，必须斩钉截铁，咬牙切齿，翻来覆去的说。圣经里便是时常使用 Verily, Verily 以及 Thou shalt 等等的字样。"胡先生说话并不武断，但是语气永远是非常非常坚定的。

赵瓯北的一首诗"李杜诗篇万口传，至今已觉不新鲜，江山代有才人出，各领风骚数百年"，也是胡先生所爱好的，显然是因为这首诗的见解颇合于提倡新文学者的口味。胡先生到台湾后，有一天我请他到师大讲演，讲的是《中国文学的演变》，以六十八高龄的人犹能谈上两个钟头而无倦色。在休息的时间，《中国语文》一月刊请他题字，他题了三十多年前的旧句："山风吹散了窗纸上的松影，吹不散我心头的人影。"

胡先生毕生服膺科学，但是他对于中医问题的看法并不趋于极端，和傅斯年先生一遇到孔庚先生便脸红脖子粗的情形大不相同。（傅斯年先生反对中医，有一次和提倡中医的孔庚先生在国民参政会席上相对大骂几乎要挥老拳）胡先生笃信西医，但也接受中医治疗。

十四年二月孙中山先生病危，从医院迁出，住进行馆，改试中医，由适之先生偕名医陆仲安诊视。这一段经过是大家知道的。陆仲安初无藉名，徽州人，一度落魄，住在绩溪会馆所以才认识胡先生，偶然为胡先生看病，竟奏奇效，故胡先生为他揄扬，名医之名不胫而走。事实上陆先生亦有其不平凡处，盛名固非幸致。十五六年之际，我家里有人患病即常延陆来诊。陆先生诊病,无模棱两可语,而且处方下药分量之重令人惊异。药必须要到同仁堂去抓,否则不悦。每服药必定是大大的一包,小一点的药锅便放不进去。贵重的药更要大量使用。他的理论是:看准了病便要投以重剂猛攻。后来在上海有一次胡先生请吃花酒,我发现陆先生亦为席上客,那时候他已是大腹便便、仆仆京沪道上专为要人治病的名医了。

胡先生左手背上有一肉瘤隆起,医师劝他割除,他就在北平协和医院接受手术,他告诉我医师们动手术的时候,动用一切应有的设备,郑重其事的为他解除这一小患,那份慎重其事的态度使他感动。又有一次乘船到美国去开会,医师劝他先割掉盲肠再作海上旅行,以免途中万一遭遇病发而难以处治,他欣然接受了外科手术。

我没看见过胡先生请教中医或服中药,可是也不曾听他说过反对中医中药的话。

胡先生从来不在人背后说人的坏话,而且也不喜欢听人在他面前说别人的坏话。有一次他听了许多不相干的闲话之后喟然而叹曰:"来说是非者,便是是非人!"相反的,人有一善,胡先生辄津津乐道,真是口角春风。徐志摩给我的一封信里有"胡圣潘仙"一语,是因为胡先生向有"圣人"之称,潘光旦只有一条腿可跻身八仙之列,并不完全是戏谑。

但是誉之所至,谤亦随之。胡先生到台湾来,不久就出现了《胡适与国运》匿名小册,(后来匿名者显露了真姓名)胡先生夷然处之,不予理会。胡先生兴奋的说,大陆上印出了三百万字清算胡适思想,言外之意《胡适与国运》太不成比例了。胡先生返台定居,本来是落叶归根非常明智之举,但也不是没有顾虑。首先台湾气候并不适宜。一九五七年十一月二十五日给陈之藩先生的信就说,"请胸部大夫检查两次 X 光照片都显示肺部有弱点(旧的、新的)。此君很不赞成我到台湾的'潮冷'又'潮热'的气候去久住。"但是一九五六年十一月十八日给赵元任夫妇的信早就说过:"我现在的计划是要在台中或台北……为久居之计。不管别人欢迎不欢迎,讨厌不讨厌,我在台湾是要住下去的。(我也知道一定有人不欢迎我长住下去)"可见胡先生决意来台定居,医生的意见也不能左右他,不欢迎他的人只好写写《胡适与国运》罢了。

一九六〇年七月十日胡先生在西雅图举行"中美文化合作会议"发表的一篇讲演,是很重要的文献,原文是英文的,同年七月廿一、廿二、廿三,《中央日报》(按:指台湾"中央"日报)有中文译稿。在这篇讲演里胡先生历述中国文化之演进的大纲,结论是"我相信人道主义及理性主义的中国传统并未被毁灭,且在所有情形下不能被毁灭!"大声疾呼,为中国文化传统作狮子吼,在座的中美听众一致起立欢呼鼓掌久久不停,情况是非常动人。事后有一位美国学者称道这篇演讲具有"邱吉尔作风"。我觉得像这样的言论才算得是弘扬中国文化。当晚,在旅舍中胡先生取出一封复印信给我看,是当地主人华盛顿大学校长欧地嘉德先生特意复印给胡先生的。这封信是英文的,是中国人写的英文,起草的人是谁不问可知,是写给欧地嘉德的,具名连署的人不下十余人之多,其中有"委员"、有"教授",有男有女。信的主旨大概是说:胡适是中国文化的叛徒,不能代表中国文化,此番出席会议未经合法推选程序,不能具有代表资格,特予郑重否认云云。我看过之后交还了胡先生,问他怎样处理,胡先生微笑着说:"不要理他!"我不禁想起《胡适与国运》。

胡先生在师大讲演中国文学的变迁,弹的还是他的老调。我给他录了音,音带藏师大文学院英语系。他在讲词中提到律诗及评剧,斥为"下流"。听众中喜爱律诗及评剧的人士大为惊愕,当时面面相觑,事后议论纷纷。我告诉他们这是胡先生数十年一贯的看法,可惊的是他几十年后一点也没有改变。中国律诗的艺术之美,评剧的韵味,都与胡先生始终无缘。八股、小脚、鸦片,是胡先生所最深恶痛绝的,我们可以理解。律诗与评剧似乎应该属于另一范畴。

胡先生对于禅宗的历史下过很多功夫,颇有心得,但是对于禅宗本身那一套奥义并无好感。有一次朋友宴会饭后要大家题字,我偶然的写了"无门关"的一偈,胡先生看了很吃一惊,因此谈起禅宗,我提到日本铃木大拙所写的几部书,胡先生正色说:"那是骗人的,你不可信他。"

简 评

胡适先生是20世纪中国最出色的知识分子之一。无法想象，如果没有胡适先生的20世纪中国文化界会是一个什么样子。因为胡适先生在20世纪中国文化史、学术史和思想史乃至政治史上都是一直居于中心地位，一生触角所及比同时代任何人的范围都要广阔。

本文是著名学者梁实秋撰写的回忆胡适的文章，特色鲜明地描述了作者对胡适的印象。梁实秋是中国著名的散文家、学者、文学批评家、翻译家，国内第一个研究莎士比亚的权威，曾与鲁迅等左翼作家笔战不断，一生给中国文坛留下了两千多万字的著作，其散文集创造了中国现代散文著作出版的最高纪录。《胡适先生二三事》先后由日常饮食与交往、书法爱好、医疗诊病、应对诋毁和谈论文学与思想几方面撷取胡适的言行，并穿插作者的评价。从叙述结构上看，文章十分自然地分成了几个主题展开叙述；从叙述顺序上看，文章从日常饮食活动入手由浅入深地对胡适的个性与思想进行回忆，能够较好地调动读者的阅读兴趣；从叙述语言上看，娓娓道来，谐谑而幽默。事虽琐屑，一个有血有肉的胡适便呼之欲出，且从文中走来。只要我们稍微留意，以"二三事"命题作文的很多。张中行老人曾有一篇《叶圣陶先生二三事》，那篇文章的开头是这样说的："一是他业绩多，成就大，写不胜写；二是遗体告别仪式印了《叶圣陶同志生平》的文本，一生事业已经简明扼要地说了；三是著作等身，为人，以及文学、教育、语文等方面，足以沾溉后人的，都明摆着，用不着再费辞。"如此说来，所谓二三事，是否可说是个人之间交往的零星小事，想来作者是会同意张中行的说法的。

在历史进入到21世纪的今天，我们对胡适先生的好感与日俱增。

胡适先生性情温和而直率，真切而不虚妄。蔡元培为他的《中国哲学史大纲》第一卷写的序文中,曾把他说成是安徽绩溪城内著名书香望族的胡氏世家。胡适否认,老老实实地不沾这个光,说那个著名的胡家与他不同宗。他家是绩溪城北50里乡下的上庄村人,历代没有名人,靠小本经营为生的。其母17岁嫁作时年已47岁的其父填房(前二妻均早逝)。胡适4岁丧父,其母23岁守寡,与幼子相依为命。母亲性格温和,能忍,干练。胡适自幼承母教即知生活之艰难,奋发读书争气是唯一出路。深受母恩,因此胡适事母至孝,在国外读书也每月固定给母亲写信报告一切。起初所以屈己之志入康奈尔大学农学院,是因为农学院可不收学费,他可以省下80元官费的大部分寄回家供养母亲。胡适思想先进,但却同时有很强的传统伦理观念,讲求孝道。他既是新派人物,在有些问题上却又是保守派,或许与此有关。

当然,胡适先生也不是圣人,很多历史资料也向我们展示了他也犯过许多错误,特别是在政治问题上。但他是一个严肃的学者,作为自由主义者,他坚持做人的最基本的要求,保持个人"独立之人格,自由之思想",他一生以坚定不移的意志实践了这样的要求。胡适一生当官的机会很多,教育部长、考试院长,这些官职都曾被他拒绝。但是,抗日战争期间他就任中华民国驻美大使,利用自己的影响为中国的抗战出力。胡适和陈独秀都是中国新文化运动的主将。但是后来政见各异,分道扬镳,而且,陈独秀对于胡适还说了一些很不好听的话。尽管如此,当陈独秀被捕之后,胡适还是立即联络其他名流展开营救,最终挽救了陈独秀的生命。

20世纪50年代中期,大规模的"批胡运动"之后,毛泽东主席在政协会议上说到胡适时说"……说实话,新文化运动他是有功劳的,不能一笔抹杀,应当实事求是。21世纪,那时候,替他恢复名誉吧。"李慎之先生在一篇文章中也曾说:"20世纪是鲁迅的世纪,21世纪是胡适的世纪。"不知道这是否巧合,不过,20世纪(尤为上半期)中国社会的历史是不会忘记胡适的。

俱往矣！胡适永远值得我们怀念。

芭

蕉花

◇ 郭沫若

这是我五六岁时的事情了。我现在想起了我的母亲，突然记起了这段故事。

我的母亲六十六年前是生在贵州省黄平州的。我的外祖父杜琢章公是当时黄平州的州官。到任不久，便遇到苗民起事，致使城池失守，外祖父手刃了四岁的四姨，在公堂上自尽了。外祖母和七岁的三姨跳进州署的池子里殉了节，所用的男工女婢也大都殉难了。我们的母亲那时才满一岁。刘奶妈把我们的母亲背着已经跳进了池子，但又逃了出来。在途中遇着过两次匪难，第一次被劫去了金银首饰，第二次被劫去了身上的衣服。忠义的刘奶妈在农人家里讨了些稻草来遮身，仍然背着母亲逃难。逃到后

本文选自《郭沫若选集》（上海万象书屋1940年版）。郭沫若（1892—1978），作家、诗人、剧作家、历史学家、古文字学家、社会活动家。1921年出版诗集《女神》。1923年大学毕业后回国，编辑《创造周报》等刊物。1928年起流亡日本达10年，其间有《中国古代社会研究》《甲骨文字研究》等著作问世。抗战爆发后，只身回

国，筹办《救亡日报》，期间发动歌咏、话剧、电影等文艺界人士一同宣传抗战。他也创作了大量话剧剧本，鼓舞民心士气，包括《屈原》《虎符》《棠棣之花》《南冠草》《孔雀胆》《高渐离》六出历史悲剧作品，其中以《屈原》最受欢迎。曾主编《中国史稿》和《甲骨文合集》，全部作品编成《郭沫若全集》38卷。

来遇着赴援的官军才得了解救。最初流到贵州省城，其次又流到云南省城，倚人庐下，受了种种的虐待，但是忠义的刘奶妈始终是保护着我们的母亲。直到母亲满了四岁，大舅赴黄平收尸，便道往云南，才把母亲和刘奶妈带回了四川。

母亲在幼年时分是遭受过这样不幸的人。

母亲在十五岁的时候到了我们家里来，我们现存的兄弟姊妹共有八人，听说还死了一兄三姐。那时候我们的家道寒微，一切炊洗洒扫要和妯娌分担，母亲又多子息，更受了不少的累赘。

白日里家务奔忙，到晚来背着弟弟在菜油灯下洗尿布的光景，我在小时还亲眼见过。我至今也还记得。

母亲因为这样过于劳苦的原故，身子是异常衰弱的，每年交秋的时候总要晕倒一回，在旧时称为"晕病"，但在现在想来，这怕是在产褥中，因为摄养不良的关系所生出的子宫病罢。

晕病发了的时候，母亲倒睡在床上，终日只是呻吟呕吐，饭不消说是不能吃的，有时候连茶也几乎不能进口。像这样要经过两个礼拜的光景，又才渐渐回复起来，完全是害了一场大病一样。

芭蕉花的故事是和这晕病关连着的。

在我们四川的乡下，相传这芭蕉花是治晕病的良药。母亲发了病时，我们便要四处托人去购买芭蕉花。但这芭蕉花是不容易购买的。因为芭蕉在我们四川很不容易开花，开了花时乡里人都视为祥瑞，不肯轻易摘卖。好容易买得了一朵芭蕉花了，在我们小的时候，要管两只肥鸡的价钱呢。

芭蕉花买来了，但是花瓣是没有用的，可用的只是瓣里的蕉子。蕉子在已经形成了果实的时候也是没有用的，中用的只是蕉子几乎还是雌蕊的阶段，一朵花上实在是采不出许多的这样的蕉子来。

这样的蕉子是一点也不好吃的，我们吃过香蕉的人，如以为吃那蕉子怕会和吃香蕉一样，那是大错而特错了。有一回母亲吃蕉子的时候，在床边上挟过一箸给我，简直是涩得不能入口。

芭蕉花的故事便是和我母亲的晕病关连着的。

我们四川人大约是外省人居多，在张献忠剿了四川以后——四川人有句话说："张献忠剿四川，杀得鸡犬不留"——在清初时期好像有过一个很大的移民运动。外省籍的四川人各有各的会馆，便是极小的乡镇也都是有的。

我们的祖宗原是福建的人，在汀州府的宁化县，听说还有我们的同族住在那里。我们的祖宗正是在清初时分入了四川的，卜居在峨眉山下一个小小的村里。我们福建人的会馆是天后宫，供的是一位女神叫做"天后圣母"。这天后宫在我们村里也有一座。

那是我五六岁时候的事了。我们的母亲又发了晕病。我同我的二哥，他比我要大四岁，同到天后宫去。那天后宫离我们家里不过半里路光景，里面有一座散馆，是福建人子弟读书的地方。我们去的时候散馆已经放了假,大概是中秋前后了。我们隔着窗看见散馆园内的一簇芭蕉,其中有一株刚好开着一朵大黄花,就像尖瓣的莲花一样。我们是欢喜极了。那时候我们家里正在找芭蕉花,但在四处都找不出。我们商量着便翻过窗去摘取那朵芭蕉花。窗子也不过三四尺高的光景,但我那时还不能翻过,是我二哥擎我过去的。我们两人好容易把花苞摘了下来,二哥怕人看见,把来藏在衣袂下同路回去。回到家里了,二哥叫我把花苞拿去献给母亲。我捧着跑到母亲的床前,母亲问我是从甚么地方拿来的,我便直说是在天后官掏来的。我母亲听了便大大地生气,她立地叫我们跪在床前,只是连连叹气地说:"啊,娘生下了你们这样不争气的孩子,为娘的倒不如病死的好了!"我们都哭了,但我也不知为甚么事情要哭。不一会父亲晓得了,他又把我们拉去跪在大堂上的祖宗面前打了我们一阵。我挨掌心是这一回才开始的,我至今也还记得。

我们一面挨打,一面伤心。但我不知道为甚么该讨我父亲、母亲的气。母亲病了要吃芭蕉花,在别处园子里掏了一朵回来,为甚么就犯了这样大的过错呢?

芭蕉花没有用,抱去奉还了天后圣母,大约是在圣母的神座前干掉了罢?

这样的一段故事,我现在一想到母亲,无端地便涌上了心来。我现在离家已十二三年,值此新秋,又是风雨飘摇的深夜,天涯羁客不胜落寞的情怀,思念着母亲,我一阵阵鼻酸眼胀。

啊,母亲,我慈爱的母亲哟!你儿子已经到了中年,在海外已自娶妻生子了。幼年时摘取芭蕉花的故事,为甚么使我父亲、母亲那样的伤心,我现在是早已知道了。但是,我正因为知道了,竟失掉了我摘取芭蕉花的自信和勇气。这难道是进步吗?

一九二四年八月二十日夜,写于福冈

简评

"五四"运动爆发后,留学日本的郭沫若先生在日本福冈发起组织救国团体"夏社",投身于新文化运动,写出了《凤凰涅槃》《地球,我的母亲》《炉中煤》等著名诗篇。1921年,出版了在现代诗歌史上具有里程碑意义的第一本新诗集《女神》。1924年是郭沫若思想历程发生转折的一年。因生活所迫,这一年的2月,送走了日本的妻子和孩子们,要他们在日本的福冈"自己去寻生活",自己则留在动荡不定的上海继续写自传体小说"漂流三部曲——歧路、炼狱、十字架"。从事文学活动的艰辛,壮志难酬的心境,促使他"尽性地把以往披在身上的矜持的甲胄通统剥脱了。"4月1日,郭沫若带着一腔凄凉的心绪,追随妻儿去了日本。散文《芭蕉花》写于1924年8月,当时郭沫若正旅居日本福冈。这是一篇感人至深的散文,表达了对母亲的感怀、亲爱之情。值得注意的是,作者寄情于芭蕉花,通过回忆幼年往事,抒写了对曾经没有真切体悟到的母爱的怀念,表达了思念母亲的赤子之情,同时也表现了一生劳苦的母亲高尚的精神境界。作者回忆,芭蕉花与作者母亲的病是息息相关的。因此,作者为了给母亲治病,偷偷到会馆去摘芭蕉花。这一件在作者看来很小的事,却让父母大发雷霆。母亲不但没用芭蕉花治病,反而

芭蕉花

勒令其送还。这件事让若干年后的作者懂得了母亲的良苦用心：那就是诚信。这是母亲对作者的教诲，也让作者每每念及，便想起母亲，并"一阵阵鼻酸眼胀"。

作者怀念母亲是文章的主旨。然而在感怀之余，也产生了心中的困惑。"……我正因为知道了，竟失掉了我摘取芭蕉花的自信和勇气。这难道是进步吗？"这句疑问，含意隽永。作为一位革命战士，身负重担。然而彷徨、苦闷也如影随形。母亲的谆谆教导，让其懂得了做人的道理。然而在追逐理想的路上，患得患失自然不是进步。

文章秉承传统的托物言志的手法，借芭蕉花作为抒发情怀的载体。在怀想母亲的同时，含蓄地表达出自己对于理想、信念执著坚定的追求。一朵普通的芭蕉花，一对活泼天真的孩子，两位严厉的父母，构成了一个小故事，给人以深刻的启迪。病中的母亲盼花心切，但没有忘记育子的重任，父亲也能体察到孩子的孝心，但他坚守"勿以恶小而为之"的信条，第一次责罚了心爱的孩子。他们把孩子的品德看得比治病还重要，比生命还可贵，他们对孩子的爱才是真爱，爱得有价值。"惜钱休教子，护短莫投师""积金不如积德，善虽小，不可不为。"这些源于生活的中华传统思想精华，都是郭沫若母亲的教育信条，也影响了作者的一生。粗看《芭蕉花》，语句平实，叙事有条理；细读《芭蕉花》，见用词讲究，含义隽永，力透纸背，郭沫若的名家风范会激起读者极大的兴趣。这已是童年往事：母亲得了头晕病，当年才五六岁的郭沫若和年长四岁的二哥，爬进了私塾的园子偷摘了一朵芭蕉花，母亲问清了花的来历后，非常生气，立刻叫郭沫若和二哥跪在床前，呵斥他们为"不争气的孩子"，称"为娘的倒不如病死了好"。父亲为此还对他们动了家法，并责令他们将芭蕉花送还原处。这不是一般的做作或装点门面，实在是从教育培养孩子出发，值得后人效法，值得现实生活中很多家长学习。正如共和国的缔造者之一朱德元帅在那篇著名的《回忆我的母亲》中所说:"我应该感谢母亲,她教给生产的知识和革命的意志,鼓励我走上革命的道路。在这条路上,我一天比一天更加认识了:只有这种知识,这种意志,才是世界上最可宝贵的财产。"他们人生的道路、革命的经历或许不尽相同,但是在母亲的关爱中长大是一样的。

作者对理想和信念的追求还表现在把对苦难母亲的怀念和自己漂泊海外的处境联系在一起。"这样的一段故事,我现在一想到母亲,无端地便涌上心来。我现在离家已十二三年,值此新秋,又是风雨飘摇的深夜,天涯羁客不胜落寞的情怀……"。在充满了想念母亲酸楚的情感之外,字里行间还隐含为多灾多难的祖国的忧伤与惆怅,文章因而有了情感和思想的升华。

21世纪的今天,已成为古人的郭沫若被人们说起的时候,往往颇有微词。著名学者瞿林东的看法值得我们思考:郭沫若是20世纪中国史学史上任何人都无法回避、无法抹去的人物。他的崇高学术地位是由他的突出贡献决定的。像他这样在历史学、考古学、古文字学、古器物学、文学、艺术等方面都有很高造诣的学者,20世纪中国史上没有几人,20世纪以前亦不多见。对郭沫若的"反思",实际上涉及对20世纪中国文化发展道路如何认识的问题,即20世纪的优秀文化遗产是什么,21世纪中国文化发展方向何在这个根本问题。对郭沫若的评价要像对任何历史人物的评价一样,坚持科学的理论和方法论,坚持"知人论世"的原则,不能脱离一定的历史条件,要着重揭示本质和主流。如果颠倒了主流和支流的位置,把支流夸大到无限的程度,甚至不惜污蔑和谩骂,那就背离了评价历史人物应有的原则和方法;这同无限拔高一个历史人物的做法一样,都是不可取的。闻一多先生也如此读人:如果他说了十句,只有三句对了,那七句错的可以刺激起大家的研究辩证,那说对的三句,就为同时代和以后的人省了很多冤枉路。因此,我们今天对郭沫若还是应该宽容的。

芭蕉花

没

有秋虫的地方

◇叶圣陶

本文最初发表于1923 年 8 月《文学旬刊》第 86 期,后收入《没有秋虫的地方》(江苏文艺出版社 2009 年版)。叶圣陶,原名叶绍钧,字秉臣、圣陶,1894 年生于江苏苏州,现代作家、教育家、文学出版家和社会活动家。1916 年,进上海商务印书馆附设尚公学校执教,推出第一个童话故事《稻草人》。1918 年,发表第一篇白

阶前看不见一茎绿草,窗外望不见一只蝴蝶,谁说是鹁鸽箱里的生活,鹁鸽未必这样枯燥无味呢。

秋天来了,记忆就轻轻提示道,"凄凄切切的秋虫又要响起来了。"可是一点影响也没有,邻舍儿啼人闹弦歌杂作的深夜,街上车轮震石响邪许并起的清晨,无论你靠着枕头听,凭着窗沿听,甚至贴着墙角听,总听不到一丝秋虫的声息。并不是被那些欢乐的劳困的宏大的清亮的声音淹没了,以致听不出来,乃是这里根本没有秋虫。啊,不容留秋虫的地方!秋虫所不屑居留的地方!

若是在鄙野的乡间,这时候满耳朵是虫声了。白天与夜间一样地安闲;一切人物或动或静,都有自

得之趣;嫩暖的阳光和轻淡的云影覆盖在场上。到夜呢,明耀的星月和轻微的凉风看守着整夜,在这境界这时间里唯一足以感动心情的就是秋虫的合奏。它们高、低、宏、细、疾、徐、作、歇,仿佛经过乐师的精心训练,所以这样地无可批评,踌躇满志。其实它们每一个都是神妙的乐师;众妙毕集,各抒灵趣,哪有不成人间绝响的呢。

虽然这些虫声会引起劳人的感叹,秋士的伤怀,独客的微喟,思妇的低泣;但是这正是无上的美的境界,绝好的自然诗篇,不独是旁人最欢喜吟味的,就是当境者也感受一种酸酸的麻麻的味道,这种味道在另一方面是非常隽永的。

大概我们所祈求的不在于某种味道,只要时时有点儿味道尝尝,就自诩为生活不空虚了。假若这味道是甜美的,我们固然含着笑来体味它;若是酸苦的,我们也要皱着眉头来辨尝它:这总比淡漠无味胜过百倍。我们以为最难堪而亟欲逃避的,唯有这个淡漠无味!

所以心如槁木不如工愁多感,迷蒙的醒不如热烈的梦,一口苦水胜于一盏白汤,一场痛哭胜于哀乐两忘。这里并不是说愉快乐观是要不得的,清健的醒是不必求的,甜汤是罪恶的,狂笑是魔道的;这里只是说有味远胜于淡漠罢了。

所以虫声终于是足系恋念的东西。何况劳人秋士独客思妇以外还有无量数的人,他们当然也是酷嗜趣味的,当这凉意微逗的时候,谁能不忆起那美妙

话小说《春宴琐谭》。1923年,发表长篇小说《倪焕之》。

的秋之音乐?

可是没有,绝对没有!井底似的庭院,铅色的水门汀地,秋虫早已避去唯恐不速了。而我们没有它们的翅膀与大腿,不能飞又不能跳,还是死守在这里。想到"井底"与"铅色",觉得象征的意味丰富极了。

一九二三年八月三十一日作

简评

本文作者叶圣陶先生是"五四"新文化运动的直接参与者,是现当代中国知名的学者,有"优秀的语言艺术家"之称。《没有秋虫的地方》写于1923年,是他1921年到上海商务印书馆工作之后,与同仁们组织了著名的"文学研究会"之后写的。作者以其精湛的艺术构思,质朴凝重的语言,倾吐了一个进步的热血青年对生活的渴望和对理想的追求。文章意蕴丰厚、秋味隽永,读之耐人咀嚼,令人深思。

阅人挑剔的"台湾常青树"苏雪林先生也这样说:"作者散文的好处第一是每写一事,刻画入微,思想深曲沉着,有鞭辟入里之妙。……第二,他因为力力充足之故,常能不借'比喻'、'形容词'的帮助而为正面的描写。"如同苏雪林先生所说,在《没有秋虫的地方》,作者别出心裁地写出了秋虫的鸣叫声,不仅在大量的写秋景抒秋思的作品中别具一格,且写出了新意,写出了趣味,给读者以美的享受。

首先,文章从环境的渲染起笔,营造出一种冷漠无味的艺术氛围,暗示了"没有秋虫的地方"是一个没有生气、"趣味干燥"的地方。而这样的"不容留秋虫的地方?选秋虫所不屑居留的地方",作者的用意又是什么呢?究竟是什么地方呢?这是作者有意设置的悬念,一直到文章的结尾才有了答案。原来这种没有生机、令人窒息的地方,是"井底似的庭院,铅色的水门汀地"。在文末作者写道:"想到'井底'与'铅色',觉得象征的意味丰富极了"。由此可见,作者所说的"井底"与"铅色"正象征了作者所生活的那个黑暗而冷漠的年代。

在秋虫的鸣叫声里听出了人生的感悟,和作者一样,唐弢先生在1944年写成的《以虫鸣秋》里说:"现在,季节到了秋天,春华老去,我自己也逼近中年。络纬在邻家的园圃里振羽,静夜远听,真使人有梦回空山身在何处的感觉。清人龚定庵诗云'狂胪文献耗中年,亦是今生后起缘。猛忆儿时心力异,一灯红接混茫前。'往事在心头浮现。此时此地,大概谁都有点怆然,觉得难以遣此的吧。"是的,"我不能忘情与已逝的童年"。这一年,也就是写作"虫声"的那一年,叶圣陶先生29岁,唐弢先生31岁,他们的人生感悟应该有很多相似之处。叶圣陶在冷漠、死寂的环境渲染之后,立即将文思转入对有秋虫的地方的追忆。作者一方面将记忆中的秋虫鸣曲与现实寂寞无声的无虫之秋进行对比,造成审美心理的反差,从而突出期盼之情的急切和无奈之心的焦灼;另一方面又通过对"绝响"的讴歌,引发出一种对人生的体验和感悟。正是这秋虫的鸣叫,使作者摆脱了死一样的空寂,与他追求不平淡生活的心理相应和。由此作者生发开去,道出了一个热血青年心灵里不甘沉寂的律动之意。没有秋虫的上海淡漠杂乱,反衬出有秋虫的乡间美妙亲切,"甜美、酸苦、无味"都是用了对比、衬托的手法表现出双方的特点。

中国文人有"悲秋"的传统,秋天虽是丰收的季节,但不是生机勃勃的季节,秋风扫落叶,是极易使人想到仕途不顺、身体不适、亲人间暗淡琐事的季节,作者一个"凄凄切切的秋虫"就形象地写出了这种氛围:"劳人的感叹,秋士的伤怀,独客的微喟,思妇的低泣"——句式整齐,读起来朗朗上口;"槁木不如工愁多感,迷蒙的醒不如热烈的梦,一口苦水胜于一盏白汤,一场痛哭胜于哀乐两忘",用诗一样的言语道出了人们"对人间亲情、自由自在生活的渴望;井底似的庭院,铅色的水门汀地,秋虫早已避去唯恐不速了",映射出了当时普遍存在的前途渺茫、低沉麻木的社会环境和思想情绪;全篇只有三句评论:"大概我们所蕲求的不在于某种味道,只要时时有点味道尝尝,就自诩为生活不空虚了。假若这味道是甜美的,我们固然含着笑意来体味它;若是酸苦的,我们也要皱着眉头来辨尝它;这总比淡漠无味胜过百倍。我们以为最难堪而亟欲逃避的,唯有这一个淡漠无味!"短短的几句评论,能不从心灵上打动读者? 读这样的文字可以体味到作者蕴含在字里行间的秋思,体会到那些城市的噪杂声、乡间的秋虫声、云影暖阳、亲情交流,真正使读者有身临其境的感觉,好像也在家乡的秋风里,听着秋虫的吟唱,感受着家乡浓浓的亲情。

叶圣陶先生是民主主义者,他感受到了当时半封建半殖民地中国的上海,人民生活苦难,社会一片死气沉沉,但不能明确说明,只好以秋虫为突破点,针砭了当时上海的无聊,借秋虫抒发了对乡间和亲情的深切思念。他由苏州吴县一个小学教师,到了上海最大乃至于全国最大的出版社,在一般人看来是天大的好事。但是他不这样看,却觉得自己过的是鹁鸽箱里的生活。鹁鸽是信鸽,只有让它养成飞回来就钻进箱子的习惯,养鸽人才能拿到书信。作者认为上海偌大个城市,噪杂纷乱、腐朽没落,不能容留秋虫的美妙合奏。通过对自己的家乡苏州郊区的暖阳、清风、虫声的安闲有味、充满亲情的生活的怀念,说明虽然有劳人、秋士、独客、思妇的"悲秋",但远比麻木无味、毫无生机要强得多,人们极度厌烦这种生活,但是作为小人物的苦难,人民是没有任何能力去改变它的。

正是由于文章的这些特点,让人百读不厌,成为传世的优秀散文的典范。

五

月的北平

◇ 张恨水

能够代表东方建筑美的城市,在世界上,除了北平,恐怕难找第二处了。描写北平的文字,由国文到外国文,由元代到今日,那是太多了,要把这些文字抄写下来,随便也可以出百万言的专书。现在要说北平,那真是一部廿四史,无从说起。若写北平的人物,就以目前而论,由文艺到科学,由最崇高的学者到雕虫小技的绝世能手,这个城圈子里,也俯拾即是,要一一介绍,也是不可能。北平这个城,特别能吸收有学问、有技巧的人才,宁可在北平为静止得到生活无告的程度,他们不肯离开。不要名,也不要钱,就是这样穷困着下去。这实在是件怪事。你又叫我写哪一位才让圈子里的人过瘾呢?

本文选自《中国风景散文三百篇》(华夏出版社1992年版)。张恨水(1897—1967),原名心远,恨水是笔名。张恨水是著名章回小说家,也是鸳鸯蝴蝶派代表作家。被尊称为现代文学史上的"章回小说大家"和"通俗文学大师"第一人。20世纪30年代初所写的言情小说《春明外史》《金粉世家》《啼笑姻缘》风靡一时,还著有短篇小说集《弯弓集》,中篇小说《巷战之夜》,长篇小说《八十一梦》《五子登科》《落霞孤鹜》《银汉双星》《满江红》《夜深沉》等。张恨水的小说将言情内容与传奇成分融为一体,在传统章回体式中融入西洋小说技法,吸引了各个层次的广大读者,也奠定了"章回小说大家"的地位。

静的不好写,动的也不好写,现在是五月(旧的历法合四月),我们还是写点五月的眼前景物吧。北平的五月,那是一年里的黄金时代。任何树木,都发生了嫩绿的叶子,处处是绿荫满地。卖芍药花的担子,天天摆在十字街头。洋槐树开着其白如雪的花,在绿叶上一球球的顶着。街,人家院落里,随处可见。柳絮飘着雪花,在冷静的胡同里飞。枣树也开花了,在人家的白粉墙头,送出兰花的香味。北平春季多风,但到五月,风季就过去了(今年春季无风)。市民开始穿起夹衣,在不暖的阳光里走。北平的公园,既多又大。只要你有工夫,花不成其为数目的票价,亦可以在锦天铺地、雕栏玉砌的地方消磨一半天。

照着上面所谈,这范围还是太广,像看《四库全书》一样。虽然只成个提要,也觉得应接不暇。让我来缩小范围,只谈一个中人之家吧。北平的房子,大概都是四合院。这个院子,就可以雄视全国建筑。洋楼带花园,这是最令人羡慕的新式住房。可是在北平人看来,那太不算一回事了。北平所谓大宅门,哪家不是七八上下十个院子?哪个院子里不是花果扶疏?这且不谈,就是中产之家,除了大院一个,总还有一两个小院相配合。这些院子里,除了石榴树、金鱼缸,到了春深,家家由屋里度过寒冬搬出来。而院子里的树木,如丁香、西府海棠、藤萝架、葡萄架、垂柳、洋槐、刺槐、枣树、榆树、山桃、珍珠梅、榆叶梅,也都成人家普通的栽植物,这时,都次第的开过花了。尤其槐树，不分大街小巷，不分何种人家，到处都栽着有。在五月里，你如登景山之巅，对北平城作个鸟瞰，你就看到北平市房全参差在绿海里。这绿海就大部分是槐树造成的。

洋槐传到北平，似乎不出五十年。所以这类树，树木虽也有高到五六丈的，都是树干还不十分粗。刺槐却是北平的土产，树兜可以合抱，而树身高到十丈的，那也很是平常。洋槐是树叶子一绿就开花，正在五月，花是成球的开着，串子不长，远望有些像南方的白绣球。刺槐是七月开花，都是一串串有刺，像藤萝（南方叫紫藤）。不过是白色的而已。洋槐香浓，刺槐不大香，所以五月里草绿油油的季节，洋槐开花，最是凑趣。

在一个中等人家，正院子里可能就有一两株槐树，或者是一两株枣树。尤其是城北，枣树逐家都有，这是"早子"的谐音，取一个吉利。在五月里，下过一回雨，槐叶已在院子里著上一片绿阴。白色的洋槐花在绿枝上堆着雪球，太阳照着，非常的好看。枣子花是看不见的，淡绿色，和小叶的颜色同样，而且它又极小，只比芝麻大些，所以随便看不见。可是它那种兰蕙之香，在风停日午的时候，在月明如昼的时候，把满院子都浸润在幽静淡雅的境界。假使这人家有些盆景（必然有），石榴花开着火星样的红点，夹竹桃开着粉红的桃花瓣、在上下皆绿的环境中，这几点红色，娇艳绝伦。北平人又爱随地种草本的花籽，这时大小花秧全都在院子里拔地而出，一寸到几寸长的不等,全表示了欣欣向荣的样子。北平的屋子,对院子的一方面,照例下层是土墙,高二三尺,中层是大玻璃窗,玻璃大得像百货店的货窗相等,上层才是花格活窗。桌子靠墙,总是在大玻璃窗下。主人翁若是读书伏案写字,一望玻璃窗外的绿色,映人眉宇,那实在是含有诗情画意的。而且这样的点缀,并不花费主人什么钱的。

北平这个地方,实在适宜于绿树的点缀,而绿树能亭亭如盖的,又莫过于槐树。在东西长安街,故宫的黄瓦红墙,配上那一碧千株的槐林,简直就是一幅彩画。在古老的胡同里,四五株高槐,映带着平正的土路,低矮的粉墙,行人很少,在白天就觉得其意幽深,更无论月下了。在宽平的马路上,如南、北池子,如南、北长街,两边槐树整齐划一,连续不断,有三四里之长,远远望去,简直是一条绿街。在古庙门口,红色的墙,半圆的门,几株大槐树在庙外拥立,把低矮的庙整个罩在绿荫下,那情调是肃穆典雅的。在伟大的公署门口,槐树分立在广场两边,好像排列着伟大的仪仗,又加重了几分雄壮之气。太多了,我不能把她一一介绍出来,有人说五月的北平是碧槐的城市,那却是一点没有夸张。

当承平之时,北平人所谓"好年头儿";在这个日子,也正是故都人士最悠闲舒适的日子。在绿荫满街的当儿,卖芍药花的平头车子整车的花蓇蕾推了过去。卖冷食的担子,在幽静的胡同里叮当作响,敲着冰盏儿,这很表示这里一切的安定与闲静。渤海来的海味,如黄花鱼、对虾,放在冰块上卖,已是别有风趣。又如乳油杨梅、蜜饯樱桃、藤萝饼、玫瑰糕,吃起来还带些诗意。公园里绿叶如盖,三海中水碧如油,随处都是令人享受的地方。但是这一些,我不能、也不愿往下写。现在,这里是邻近炮火边沿,对南方人来说这里是第一线了。北方人吃的面粉,三百多万元一袋;南方人吃的米,卖八万多元一斤。穷人固然是朝不保夕,中产之家虽改吃糙粉度日,也不知道这糙粮允许吃多久。街上的槐树虽然还是碧净如前,但已失去了一切悠闲的点缀,人家院子里,虽是不花钱的庭树,还依然送了绿荫来,这绿荫在人家不是幽丽,巧是凄凄惨惨的象征。谁实为之? 孰令致之? 我们也就无从问人,《阿房宫赋》前段写得那样富丽,后面接着是一叹:"秦人不自哀!"现在的北平人,倒不是不自哀,其如他们哀亦无益何!

好一座富于东方美的大城市呀,他整个儿在战栗! 好一座千年文化的结晶呀,他不断的在枯萎! 呼吁于上天,上天无言;呼吁于人类,人类摇头。其奈之何!

简评

在现当代文学史上,张恨水先生是屈指可数的著名章回小说家之一,也是"鸳鸯蝴蝶派"有影响的作家,被称为现代文学史上的"章回小说大家"和"通俗文学大师"第一人。1924年4月张恨水开始在《世界晚报·夜光》副刊上连载章回小说《春明外史》,1924年4月16日开始,到1929年1月24日结束,将近五年,轰动京城。在开始连载之日起,此后的五十七个月里,这部长达九十万字的作品,风靡北方城市,使张恨水一举成名。长篇章回体小说从此一发而不可收。正因为如此,张恨水的散文,注意的人不太多。但是只要读过他的散文,就一定会爱不释手。他的散文清新幽默,读起来非常亲切,给人印象极深,长时间不会遗忘。有人对张恨水的散文曾做过这样的评价："他的散文,于朴实冲淡之中,有一股清新隽永之气,韵味深长。"其散文观察之细致,描摹之贴切,正是体现了一个小说家的功夫,不能不使人佩服。

北平时期的张恨水先生心中为什么只念"五月的北平"?

《五月的北平》是张恨水的散文代表作,也是描写北平的经典之作。读过《五月的北平》你会由衷地折服于作者的散文笔法,有着丰子恺漫画的神韵,令人着迷。"能够代表东方建筑美的城市,在世界上,除了北平,恐怕难找第二处了。"北平不仅是王侯将相的城市,也是平民布衣的城市。从"红墙碧瓦到四合院",不同等级、身份的人都有自己的一方天地。"北平这个城,特别能吸收有学问、有技巧的人才","由文艺到科学,由最崇高的学者到雕虫小技的绝世能手,这个城圈子里,也俯拾即是,要一一介绍,也是不可能"。

北平之大,北平的花木虫鱼、鸟兽古董、风俗民情如此之多,从何写起?作者打个北方:"像看《四库全书》一样。虽然只成个提要,也觉得应接不暇。"话虽如此,作者还是不能不或前或后地随手涂染起五月的北平:"卖芍药花的平头车子整车的花菁蕾推了过去。卖冷食的担子,在幽静的胡同里叮当作响,敲着冰盏儿,表示这里一切的安定与闲静。已是别有风趣。又如乳油杨梅、蜜饯樱桃、藤萝饼、玫瑰糕,吃起来还带些诗意。公园里绿叶如盖,三海中水碧如油,随处都是令人享受的地方。"之后,作者把焦距对准了北平的四合院与碧槐。这种写法犹如影视中全景、中景、近景、特写,然后摇回,终于落笔在承平之时为人们带去绿荫幽丽,而此时却是凄凄惨惨的象征的槐树之上。北平的国槐——槐树的一种,如今已被评为市树;北京的四合院业已成为古董,可见半个世纪以前的张恨水们就已经明白了文物和文化的意义和价值。

作者对北平感情深厚,他写北平的市井风情,写古都风貌,无不绘声绘色。读这篇散文,我们仿佛跟随作者领略了五月的北平风光。文章表面上看是描写了故都的自然景观和人文景观，写出了故都的神韵，实质是写家仇国恨。作者将对故都风景画的描写置于一个风雨飘摇的时代背景下，给这幅风景画涂上了一层灰暗的底色。"现在，这里是邻近炮火边沿，对南方人来说这里是第一线了。"现实的火药味似乎在告诉我们，北平不仅是王侯将相的城市，也是平民布衣的城市，从红墙碧瓦到四合院，不同等级身份的人都有自己的一方天地，并不是每一个生活在北京城里的人都能够发现"风景"的，也难怪，这"风景"是深藏着的，不是轻易就能够发现的，张恨水先生就为我们撷取了五月的北平，春夏之交，北平也进入了生机勃发的季节，百花盛开，绿树成荫，人们生活在这座古老的城市中，古老的生活习惯，风土人情透露出几分悠闲，但是所有这一切都难以掩饰它的没落.

读《五月的北平》，可以看出在文章的结构上，一个突出的特色是品味张恨水文章结尾的妙处。文章以北平五月的翠绿、幽深以及淡淡的花香，还有蜜饯、玫瑰糕、卖芍药花的平头车子等，营造出这么一种印象：北平是全世界最悠闲、最舒适的城市。可那是什么年代的记忆，现在，北平已是炮火前沿，正面临着毁灭的危险。这让作者转而忆起了唐人的名篇《阿房宫赋》，前半部分铺写得那样富丽堂皇，接着，"这绿荫在人家不是幽丽，乃是凄凄惨惨的象征。"后面接着是一叹，"'秦人不自哀'。现在的北平人，倒不是不自哀，其如他们哀亦无益何！"作者以类似《阿房宫赋》的笔法，倾吐胸中块垒。"好一座富于东方美的大城市呀，他整个儿在战栗！好一座千年文化的结晶呀，他不断地在枯萎！"作者在哀叹，为北平失去的宁静哀叹，为天下遭受战火荼毒的生灵哀叹！可怜这哀叹并不能铲除罪恶的战争……而这正是本文结尾的发人深省之笔。

"能够代表东方建筑美的城市，在世界上，除了北平，恐怕难找第二处了。"诚哉斯言，言为心声！这是作者张恨水先生对古都北平厚重的中国传统文化的殷殷赤子之情。

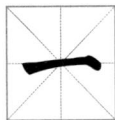

一

日的春光

◇冰心

本文原载 1936 年 6 月 1 日《宇宙风》第 18 期。选自《冰心散文选集》(百花文艺出版社 2009 年版)。冰心(1900—1999),原名谢婉莹。现代诗人,作家,翻译家,儿童文学作家,社会活动家,散文家。1921 年参加茅盾、郑振铎等人发起的文学研究会,出版了小说集《超人》《繁星》等。1923 年出国留学前后,开始陆续发表总名为《寄小读者》的通

去年冬末,我给一位远方的朋友写信,曾说:"我要尽量地吞咽今年北平的春天。"

今年北平的春天来得特别地晚,而且在还不知春在哪里的时候,抬头忽见黄尘中绿叶成荫,柳絮乱飞,才晓得在厚厚的尘沙黄幕之后,春还未曾露面,已悄悄地远引了。

天下事都是如此——

去年冬天是特别的冷,也显得特别的长。每天夜晨,灯下孤坐,听着扑窗怒号的朔风,小楼震动,觉得身上心里都没有一丝暖气。一冬来,一切的快乐、活泼、力量、生活,似乎都冻得蜷伏在每一个细胞的深处。我无聊地安慰自己说:"等着罢,冬天来了,春

天还能很远么?"

　　然而这狂风,大雪,冬天的行列,排得意外的长,似乎没有完尽的时候。有一天看见湖上冰软了,我的心顿然欢喜,说:"春天来了!"当天夜里,北风又卷起漫天匝地的黄沙,忿怒地扑着我的窗户,把我心中的春意,又吹的四散。有一天看见柳梢嫩黄了,那天的下午,又不住的下着不成雪的冷雨,黄昏时节,严冬的衣服又披上了身。有一天看见院里的桃花开了,这天刚刚过午,从东南的天边,顷刻布满了惨暗的黄云,跟着千枝风动,这刚放蕊的春英,又都埋罩在漠漠的黄尘里……

　　九十天看看过尽——我不信了春天!

　　几位朋友说:"到大觉寺看杏花去罢。"虽然我的心中始终未曾得到春的消息,却也跟着大家去了。到了管家岭,扑面的风尘里,几百棵杏树枝头,一望已尽是残花败蕊;转到大工,向阳的山谷之中,还有几株盛开的红杏,然而盛开中气力已尽,不是那满树浓红,花蕊相间的情态了。

　　我想,"春去了就去了罢!"归途中心里倒也坦然,这坦然中是三分悼惜,七分憎嫌。总之,我不信了春天。

　　四月三十日的下午,有位朋友约我到挂甲屯吴家花园看海棠,"且春天气晴明"——现在回想起来,那天是九十春光中惟一的春天——海棠花又是我所深爱的,就欣然地答应了。

　　东坡恨海棠无香,我却以为若是香得不妙,宁可无香。我的院里栽了几棵丁香和珍珠梅,夏天还有

讯散文,成为中国儿童文学的奠基之作。1971年,冰心与吴文藻、费孝通等合作翻译《世界史纲》《世界史》等著作。1980年发表的短篇小说《空巢》,获"全国优秀短篇小说奖"。接着又创作了《万般皆上品……》《远来的和尚》等佳作。散文方面,除《三寄小读者》外,连续创作了四组系列文章,即《想到就写》《我的自传》《关于男人》《伏枥杂记》。

玉簪，秋天还有菊花，栽后都很后悔。因为这些花香，都使我头痛，不能折来养在屋里。所以有香的花中，我只爱兰花，桂花，香豆花和玫瑰，无香的花中，海棠要算我最喜欢的了。

海棠是浅浅的红，红的"乐而不淫"，淡淡的白，白的"哀而不伤"，又有满树的枝叶掩映着，浓纤适中，像一个天真、健美、欢悦的少女，同是造物者最得意的作品。

斜阳里，我正对着那几树繁花坐下。

春在眼前了！

这四棵海棠在怀馨堂前，北边的那两棵较大，高出堂檐约五六尺，花后是响晴蔚蓝的天，淡淡的半圆的月，遥俯树梢。这四棵树上，有千千万万玲珑娇艳的花朵，乱烘烘的在繁枝上挤着开……

看见过幼稚园放学没有？从小小的门里，挤着的跳出涌出使人眼花缭乱的一大群的快乐活泼，力量和生命，这一大群跳着涌着的分散在极大的周围，在生的季候里做成了永远的春天！

那在海棠枝上卖力的春，使我当时有同样的感觉。

一春来对于春的憎嫌，这时都消失了，喜悦地仰首，眼前是烂漫的春，骄奢的春，光艳的春，——似乎春在九十日来无数的徘徊瞻顾，百就千拦，只为的是今日在此树枝头，快意恣情的一放！

看得恰到好处，便辞谢了主人回来。这春天吞咽得口有余香！过了三四天，又有友人约了同去。我却回绝了。今年到处寻春，总是太晚，我知道那时若去,已是"落红万点愁如海",春来萧索如斯,大不必惹那如海的愁绪。

虽然九十天中,只有一日的春光,而对于春天,似乎已得到了报复,不再怨恨憎嫌了。只是满意之余,还觉得有些遗憾,如同小孩子打架后相寻,大家忍不住回嗔作喜,却又不肯即时言归于好,只背着脸,低着头,撅着嘴说:"早知道你又来哄我找我,当初又何必把我冰在那里呢?"

一九三六年五月八日夜,北平。

简评

冰心先生 1921 年参加了茅盾、郑振铎等人发起的民间文学社团——"文学研究会",自此努力实践"为人生"的艺术宗旨,出版了小说集《超人》《繁星》等作品。1923 年出国留学前后,开始陆续发表名为《寄小读者》的系列通讯散文,引起轰动,诚为中国儿童文学的奠基之作。1926 年,获得文学硕士学位回国,先后在燕京大学、北平女子文理学院和清华大学国文系任教。1946 年在日本被东京大学聘为第一位外籍女教授,讲授"中国新文学"课程。

《一日的春光》是冰心早期一篇脍炙人口的散文。写于 1936 年,在写作此文之前大约两个月左右的时间里,冰心或是生病,或是杂事缠身,生活一直不得安宁。这样的思绪,不免促使作者渴望自然界春天的到来,渴望春天的到来已超出了以往在作者的心里的企盼。然而苦苦等待春天,春天却总是迟迟不来,许多次春天刚一露面,就被寒风冷雨驱散;到处寻找春光,却发现春天早已远去。这种情况难免使作者痛苦。然而,春光好似有意,在作者九十日的等待之后,终于等来了春光的烂漫、骄奢、光艳与迷人的景象,使作者饱尝了"一日春光"带来的快乐、活泼、力量和无限的生命感。这里作者采用欲扬先抑的表现手法,表达了作者惜春、爱春,强烈盼望春天到来的期望之情。读者突出的感受是,她善于撷取生活中的片断,编织在自己的情感之中,凭着敏锐的观察和缜密的情思,将情与景融合在一起,寓情于景,情景交融,给人以崇高真挚的审美感受,使读者真切地感受到作者对春的执着之情,对事业的执着之心。她的散文世界,是一个真善美统一的世界。

冰心先生一生崇尚"爱的哲学","母爱、童真、自然"是其作品的主旋律。她非常爱孩子,把孩子看做"最神圣的人",认为他们是祖国的花朵,应该好好呵护。大女儿出生后的这一年的夏天,冰心曾经回到童年时代的居留地烟台小住。那是1935年的冬天,天气特别的冷。春天也来得特别的迟,仿佛也特别的难。冰心听着窗外时时刮起的狂风,看着地面上被狂风卷起来的黄沙,就只能用雪莱的著名诗句安慰自己:既然冬天已经到了,春天还会远吗?好容易盼到了这一天,看见柳梢上出现了嫩黄色,春意就要来了。不料,当天下午,就下起了夹着雪花的冷雨。又好容易盼到了一天,发现院子里的桃花终于开了,粉红色的花朵,夹在绿叶中间,仿佛在向人间宣告,春天终于来了。不料,当天下午,又刮起了夹着沙土的黄风。喜爱明媚的大自然的冰心,在对于春的失望情绪中,有一天偶尔看到了四棵海棠树开放着玲珑娇艳的花。这些海棠花,是被浅浅的红与淡淡的白染成的,很像是一位"天真,健美,欢悦的少女"。这些可爱的花朵使冰心想起了快乐活泼的孩子,也使她感受到了春天的魅力。这是作者写作本文的基调。

这篇文章感悟很独特。对于大多数人而言,春天就是一道风景,而冰心却深刻领悟了她的本质,春天是"一大群的快乐,活泼的力量和生命",所以,当她看见"像一个天真,健美,欢悦的少女"的海棠时,她感到了春的气息与活力。而由"乱哄哄地在繁枝上挤着开"的海棠,很自然地想到了幼儿园里的快乐、活泼的孩子,从而揭示了文章的主题:哪里有活泼的生命,哪里就是永远的春天。为了春天这份欣喜与欢乐,冰心的笔牵扯着读者的心绪缠绕转折,起起落落,饱受"折磨"。迂回曲折的笔致都是为了尽现"一日的春光"的妩媚动人。对于北平的春,作者的情感一波三折,起伏跌宕。首先是盼望,还在冬末的时候,就盼望着"尽量的吞咽今年北平的春天"了。然后是漫长的等待,在寒冬里渴盼着欢乐活泼的生命力量从"细胞的深处"萌发出来,同时敞开心扉敏锐地探寻春的痕迹。看见湖上的冰软了,看见柳梢嫩黄了,看见院中的桃花开了……春在不远处引诱着人的情感,那隐隐的面影让人心向往之。可是,北风马上挟着黄沙把作者"心中的春意,又吹得四散"。于是作者感到失望,"不信了春天"。可心中还是舍不下对春的期盼之情。当朋友邀她往大觉寺赏杏花时,作者还是去了。结果看到的是"残花败蕊",春天已匆匆远行的图画。至此,作者最终"不信了春天"。春天还未露面就匆匆远去,让作者心中多了几分惋惜,但更多的却是憎恶。

文章的第一部分,由盼望、寻找到失望这样一段情感的变化起伏,作者泼墨如水,极尽铺陈渲染之能事。这种欲扬先抑的手法,为再现"一日的春光"作了很好的渲染和铺垫。

对于这"千呼万唤始出来"的就在眼前的春光,撩拨了作者难以抑制的欣喜,这一切激发了她将春天的感觉传神地表达出来。作者满心欢喜地问道:"看见过幼稚园放学没有?从小小的门里,挤着的跳出涌出使人眼花缭乱的一大群的欢乐、活泼、力量和生命;这一大群跳着涌着的分散在极大的周围,在生的季候里做成了永远的春天。"生命的快乐、活泼的力量向周围荡漾开来,就是不能像作者一样面对海棠,却也能感觉到这"海棠枝上卖力的春"是如何不知不觉地浸润到自己的生命中去了。如此美妙的心情、美妙的句子,恐怕也只有童心永存、善良正直的冰心才写得出来。

此外,这篇散文思路清晰,语言流畅,感情真挚,富有哲理意韵,是一篇不可多得的优美散文。

父

爱之舟

◇ 吴冠中

本文选自《时光村落里的往事》(南京师范大学出版社2014年版)。吴冠中(1919—2010),江苏宜兴人,当代著名画家、油画家、美术教育家。1999年,国家文化部主办"吴冠中画展"。2007年8月,湖南美术出版社出版《吴冠中全集》。油画代表作有《长江三峡》《北国风光》《小鸟天堂》《黄山

是昨夜梦中的经历吧,我刚刚梦醒!

朦胧中,父亲和母亲在半夜起来给蚕宝宝添桑叶……每年卖茧子的时候,我总跟在父亲身后,卖了茧子,父亲便给我买枇杷吃……

我又见到了姑爹那只小小渔船。父亲送我离开家乡去投考学校以及上学,总是要借用姑爹这只小渔船。他同姑爹一同摇船送我。带了米在船上做饭,晚上就睡在船上,这样可以节省饭钱和旅店钱。我们不肯轻易上岸,花钱住旅店的教训太深了。有一次,父亲同我住了一间最便宜的小客栈,夜半我被臭虫咬醒,遍体都是被咬的大红疙瘩,父亲心疼极

了，叫来茶房，掀开席子让他看满床乱爬的臭虫及我的疙瘩。茶房说没办法，要么加点钱换个较好的房间。父亲动心了，想下决心加钱，但我坚持不换，年纪虽小却早已深深体会到父亲挣钱的艰难。他平时节省到极点，自己是一分冤枉钱也不肯花的，我反正已被咬了半夜，只剩下后半夜，也不肯再加钱换房子。父亲的节省习惯是由来已久的，也深深地感染了我、影响了我。恍恍惚惚我又置身于两年一度的庙会中，能去看看这盛大的节日确是无比的快乐，我欢喜极了。我看各样彩排着的戏文边走边唱，看骑在大马上的童男童女游行，看高跷走路，看虾兵、蚌精、牛头、马面……最后庙里的菩萨也被抬出来，一路接受人们的膜拜。人山人海，卖小吃的挤得密密层层，各式各样的糖果点心、鸡鸭鱼肉都有。我和父亲都饿了，我多馋啊！但不敢，也不忍心叫父亲买。父亲从家里带来粽子，找个偏僻地方父子俩坐下吃凉粽子，吃完粽子，父亲觉得我太委屈了，领我到小摊上吃了碗热豆腐脑，我叫他也吃，他不吃。卖玩意儿的也不少，彩色的纸风车、布老虎、泥人、竹制的花蛇……他回家后虽然不可能花钱买玩意儿，但父亲也同情我那恋恋不舍的心思，用几片玻璃和彩色纸屑等糊了一个万花筒，这便是我童年惟一的也最珍贵的玩具了。万花筒里那千变万化的图案花样，是我最早的抽象美的启迪者吧！

自从我上学后，父亲经常说要我念好书，最好将来到外面当个教员……冬天太冷，同学们手上脚上

松》《鲁迅的故乡》等。个人文集有《吴冠中谈艺集》《吴冠中散文选》《美丑缘》等十余种。

长了冻疮，脸上冻成一条条发白的瘢痕，有点像切碎的萝卜丝，几乎人人都长"萝卜丝"。有的家里较富裕的女生便带着脚炉来上课，上课时脚踩在脚炉上，大部分同学没有脚炉，一下课便踢毽子取暖。踢毽子是最普及的运动。毽子越做越讲究，黑鸡毛、白鸡毛、红鸡毛、芦花鸡毛等各种颜色的毽子满院子飞。后来父亲居然从和桥镇上给我买回来一个皮球，我快活极了，同学们也非常羡慕，我拍一阵，也给相好的同学拍，但一人只许拍几下。夜晚睡觉，我将皮球放在自己的枕头边。但后来皮球瘪了下去，没气了，必须到和桥镇上才能打气，我天天盼着父亲上和桥去。一天，父亲突然上和桥去了，但他忘了带皮球，我发觉后拿着瘪皮球追上去，一直追到楝树港，追过了渡船，向南遥望，完全不见父亲的背影，到和桥有十里路，我不敢再追了，哭着回家。

我从来不缺课，不逃学。读初小的时候，遇上大雨大雪天，路滑难走，父亲便背着我上学，我背着书包伏在他背上，双手撑起一把结结实实的大黄油布雨伞。他扎紧裤脚，穿一双深筒钉鞋，将棉袍的下半截撩起扎在腰里，腰里那条极长的粉绿色丝绸汗巾可以围腰二三圈，还是母亲出嫁时的陪嫁呢。

初小毕业时，宜兴县举办全县初小毕业会考，我考了总分七十几分，属第三等。我在学校里虽是绝对拔尖的，但到全县范围一比，还远不如人家。要上高小，必须到和桥去念县立鹅山小学。和桥是宜兴的一个大镇，鹅山小学就在镇头，是当年全县最有名气的县立完全小学，设备齐全，教师阵容强，方圆三十里之内的学生都争着来上鹅山。因此要上鹅山高小不容易，须通过入学的竞争考试，我考取了。要住在鹅山当寄宿生，要缴饭费、宿费、学杂费，书本费也贵了，于是家里桌稻、卖猪，每学期开学要凑一笔不少的钱。钱，很紧，但家里愿意将钱都花在我身上。我拿着凑来的钱去缴学费，感到十分心酸。父亲送我到校，替我铺好床被，他回家时，我偷偷哭了。这是我第一次真正心酸的哭，与在家里撒娇的哭、发脾气的哭、打架的哭都大不一样，是人生道路中品尝到的新滋味了。

我又清清楚楚地看见河里往返的帆船，景象很动人，有白帆、黑帆、棕色的帆；也有的小船用一块芦席做帆，帆影近大远小，一眼看到遥远处，船和帆便成了一个小点，这是我最早接触到的透视现象了。一路上远远近近的村庄都是黑瓦白墙，都有水牛，都有水车棚，车棚都紧依着大柳树，彼此非常相似，常常有到家了的错觉。

父亲有时抽空到和桥，买点糕饼给我吃，有一次买了一包干虾，告诉我每次放几只在粥里吃。母亲很少到和桥，有一次她搭姑爹的船到了和桥，特意买了一包鸡蛋糕到学校找我，但太不凑巧，那天老师组织我们远足登山去了，母亲不放心将蛋糕交给传达室，遗憾地带回去了，留给我星期天回家吃。

第一学期结束，根据总分，我名列全班第一。我高兴极了，主要是可以给父亲和母亲一个天大的喜

父爱之舟

讯了。我拿着级任老师孙德如签名盖章，又加盖了县立鹅山小学校章的成绩单回家，路走得比平常快，路上还又取出成绩单来重看一遍那紧要的栏目：全班六十人，名列第一，这对父亲确是意外的喜讯，他接着问："那朱自道呢?"父亲很注意入学时全县会考第一名的朱自道，他知道我同朱自道同班，我得意地、迅速地回答："第十名。"正好缪祖尧老师也在我们家，也乐开了："爌北(父亲的名)，茅草窝里要出笋了!"

我惟一的法宝就是考试，从未落过榜，我又要去投考无锡师范了。

为了节省路费，父亲又向姑爹借了他家的小小渔船，同姑爹两人摇船送我到无锡，时值暑天，为避免炎热，夜晚便开船，父亲和姑爹轮换摇橹，让我在小舱里睡觉。但我也睡不好，因确确实实已意识到考不取的严重性，自然更未能领略到满天星斗、小河里孤舟缓缓夜行的诗画意境。船上备一只泥灶，自己煮饭吃，小船既节省了旅费，又兼做宿店和饭店。只是我们的船不敢停到无锡师范附近，怕被别的考生及家长们见了嘲笑。从停船处走到无锡师范，有很长一段路程，我们到路口叫一辆人力车。因事先没讲好价，车夫看父亲那土佬儿模样，敲了点竹杠，父亲为此事一直唠叨不止。

老天不负苦心人，他的儿子考取了。送我去入学的时候，依旧是那只小船，依旧是姑爹和父亲轮换摇船，不过父亲不摇橹的时候，便抓紧时间为我缝补棉被,因我那长期卧病的母亲未能给我备齐行装。我从舱里往外看,父亲那弯腰低头缝补的背影挡住了我的视线。后来我读到朱自清先生的《背影》时,这个船舱里的背影便也就分外明显,永难磨灭了!不仅是背影时时在我眼前显现,鲁迅笔底的乌篷船对我也永远是那么亲切,虽然姑爹小船上盖的只是破旧的篷,远比不上绍兴的乌篷船精致,但姑爹的小小渔船仍然是那么亲切,那么难忘……我什么时候能够用自己手中的笔,把那只载着父爱的小船画出来就好了!

庆贺我考取了颇有名声的无锡师范,父亲在临离无锡回家时,给我买了瓶汽水喝。我以为汽水必定是甜甜的凉水,但喝到口,麻辣麻辣的,太难喝了。店伙计笑了:"以后住下来变了城里人,便爱喝了!"然而我至今不爱喝汽水。

师范毕业当个高小的教员,这是父亲对我的最高期望。但师范生等于稀饭生,同学们都这样自我嘲讽。我终于转入了极难考进的浙江大学代办的工业学校电机科,工业救国是大道,至少毕业后职业是有保障的。幸乎?不幸乎?由于一些偶然的客观原因,我接触到了杭州艺专,疯狂地爱上了美术。正值那感情似野马的年龄,为了爱,不听父亲的劝告,不考虑今后的出路,毅然沉浮于茫无边际的艺术苦海,去挣扎吧,去喝一口一口失业和穷困的苦水吧!我不怕,只是不愿父亲和母亲看着儿子落魄潦倒。我羡慕过没有父母、没有人关怀的孤儿、浪子,自己只属于自己:最自由,最勇敢。

……醒来,枕边一片湿。

简评

作为绘画艺术大师,吴冠中先生文、画俱佳,画既有西洋画的绚丽,又有中国画的意境;但是他的文字同样是朴实可爱的。在他的散文中,

《父爱之舟》写得珠圆玉润、酣畅淋漓,正体现了作者的独到之处。吴冠中先生赞颂父爱的散文体裁的文学作品,打破了在一般作者笔下,母爱如水般温柔,父爱如山般厚重的传统的写法,将深深记忆中的父爱,载于小舟之中,飘入他的梦境里。在我们能读到的为数不多的以父爱为题材的文章中,《父爱之舟》这篇回忆性散文应该跻身于散文艺术殿堂的精品之中,且它不是以斐然的文采见长,而是以情取胜,平白如话的语言里,蕴含着深厚的父子之情,细细咀嚼,别有一番滋味,一定会令人感动不已。

似乎可以说,吴冠中的《父爱之舟》显然受朱自清《背影》的影响。台湾作家龙应台有一篇父亲用一辆廉价的小货车送她去大学上班的散文——《目送》,虽未明说,却也不离背影的角度。慈父之爱子,非为报也,目送离开者的目光,乃背影之望。吴冠中《父爱之舟》一文写父亲送他入学:"父亲不摇橹的时候,便抓紧时间为我缝补棉被,因我那长期卧床的母亲,未能给我备齐行装。我从舱里往外看,父亲那弯腰低头缝补的背影挡住了我的视线。后来我读到朱自清先生的《背影》时,这个船舱里的背影便也就分外明显,永难磨灭了。"

《父爱之舟》所写的内容看似零碎,其实结构严谨。全篇采用倒叙的手法,从梦境开始,引入对往事的回忆;以从梦中醒来、泪湿枕边结束,首尾圆合。往事潜入梦中,说明往事难忘,更深刻地表现出父爱在"我"心中留下的印记难以磨灭。文中四次写到姑爹的小船,以此贯穿全文,把种种往事连为一体,父爱与爱的小舟水乳交融、不可分割,船来船往,我的感受也在变化,主题在叙述中得到了层层深化。要领会小舟的意象在行文中的作用。最后一次提到小船时,作者明确地写道:"我什么时候能够用自己手中的笔,把那只载着父爱的小船画出来就好了!"至此点明题目,小舟是父爱的载体,文章的主旨也得以揭示。

在写作手法上，文章采用了映衬的手法，烘托出了父爱之珍贵难忘。文中写了这样一个细节，生活艰辛，父亲用钱虽极为节省，但在旅馆投宿时，他看到我身上被臭虫咬的大红疙瘩，却心疼得立即同意加钱换房间，节俭成性的父亲，对儿子的关爱更为突出地跃然纸上。写到父亲在船舱中弯腰低头替我缝补的背影时，作者又将朱自清的名作《背影》中那充满父爱的背影与之相映衬，而鲁迅笔底的乌篷船，也与承载父爱的姑爹的小小渔船一般亲切、难忘。正因为使用了映衬的手法，更显出了父爱之深挚，以及父爱之舟在我心头留下的难忘的影子。而在表达方式上，本文是以叙述描写为主，在描写方面，可谓是工笔与白描相结合，疏密有致地刻画了慈父的形象，体现了画家的写作功力。

总而言之，《父爱之舟》一文围绕"父爱"这一中心，写出了父亲深沉的爱子之情，抒发了儿子对父亲的怀念和对父爱的深切谢忱。"父爱之舟"，既是指姑爹的渔船，也是指父亲的"爱之舟"，两者已经融为一体。就是这一只小船，送"我"走到人生的一个又一个渡口，承载着父亲对我的深切期望和浓重的爱。平凡的语言，平凡的小事，却因父爱的伟大，使文章充满了魅力。尤其是，文章以梦境的形式回忆往事，更易于抒发感情；同时，象征手法的运用使父亲与小船融为一体，体现了作者的内心，升华了文章的主题。

花城

城

◇ 秦牧

本文选自秦牧散文集《花城》（作家出版社1961年版）。秦牧（1919—1992），原名林觉夫，生于香港，广东澄海人。著名作家。《秦牧杂文》是他的第一本集子。他的长篇小说《愤怒的海》、中篇小说《黄金海岸》在海内外产生深远影响。儿童文学作品《秦牧儿童文学全集》获"第七届冰心儿童图书奖"。文艺论文集《艺海拾

一年一度的广州年宵花市，素来脍炙人口。这些年常常有人从北方不远千里而来，瞧一瞧南国花市的盛况。还常常可以见到好些国际友人，也陶醉在这东方的节日情调中，和中国朋友一起选购着鲜花。往年的花市已经够盛大了，今年这个花海又涌起了一个新的高潮。因为农村人民公社化以后，花木的生产增加了，今年春节又是城市人民公社化之后的第一个春节，广州去年有累万的家庭妇女和街坊居民投入了生产和其他的劳动队伍。加上今年党和政府进一步安排群众的节日生活，花木供应空前多了，买花的人也空前多了，除原来的几个年宵花市之外，又开辟了新的花市。如果把几个花市的长度

累加起来，"十里花街"，恐怕是名不虚传了。在花市开始以前，站在珠江岸上眺望那条浩浩荡荡、作为全省三十六条内河航道枢纽的珠江，但见在各式各样的楼船汽轮当中，还划行着一艘艘载满鲜花盆栽的木船，它们来自顺德、高要、清远、四会等县，载来了南国初春的气息和农民群众的心意。"多好多美的花！""今年花的品种可多啦！"江岸上人们不禁啧啧称赏。广州有个文化公园，园里今年也布置了一个大规模的"迎春会"。花匠们用鲜艳的盆花堆砌出"江山如此多娇"的大花字，除了各种色彩缤纷的名花瓜果外，还陈列着一株花朵灼灼、树冠直径达一丈许的大桃树。这一切，都显示出今年广州的花市是不平常的。

人们常常有这么一种体验：碰到热闹和奇特的场面，心里面就像被一根鹅羽撩拨着似的，有一种痒痒麻麻的感觉。总想把自己所看到和感受的一切形容出来。对于广州的年宵花市，我就常常有这样的冲动。虽然过去我已经描述过它们了，但是今年，徜徉在这个特别巨大的花海中，我又涌起这样的欲望了。

农历过年的各种风习，是我们民族在几千年的历史中形成的。我们现在有些过年风俗，一直可以追溯到一两千年前的史迹中去。这一切，是和许多的历史故事、民间传说、巧匠绝技和群众的美学观念密切联系起来的。在中国的年节中，有的是要踏青的，有的是要划船的，有的是要赶会的……这和外国

贝》《语林采英》影响广泛。

的什么点灯节、泼水节一样，都各有它们的生活意义和诗情画意。过年的时候，一向我们各地的花样可多啦：贴春联、挂年画、耍狮子、玩龙灯、跑旱船、放花炮……人人穿上整洁衣服，头面一新，男人都理了发，妇女都修整了辫髻，大姑娘还扎了花饰。那"糖瓜祭灶，新年来到，姑娘要花，小子要炮，老头儿要一顶新毡帽"的北方俗谚，多少描述了这种气氛。这难道只是欢乐欢乐，玩儿玩儿而已么？难道我们从这隆重的节日情调中不还可以领略到我们民族文化的源远流长，和千百年来人们热烈向往美好未来的心境么？在旧时代苦难的日子里，自然劳动人民不是都能欢乐地过年，但是贫苦的农户，也要设法购张年画，贴对门联；年轻的闺女也总是要在辫梢扎朵绒花，在窗棂上贴张大红剪纸，这就更足以想见无论在怎样困苦中，人们对于幸福生活的强烈的憧憬。在新的时代，农历过年中那种深刻体现旧社会烙印的习俗被革除了，赌博、酗酒，向舞龙灯的人投掷燃烧的爆竹，千奇百怪的禁忌，这一类的事情没有了，那些耍猴子的凤阳人、跑江湖扎纸花的石门人，那些摇着串上铜钱的冬青树枝的乞丐，以及号称从五台山峨眉山下来化缘的行脚僧人不见了。而一些美好的习俗被发扬光大起来，一些古老的风习被赋予了崭新的内容。现在我们也燃放爆竹，但是谁想到那和"驱傩"之类的迷信有什么牵联呢！现在我们也贴春联，但是有谁想到"岁月逢春花遍地；人民有党劲冲天""跃马横刀，万众一心驱穷白；飞花点翠，六亿双手绣山河"之类的春联,和古代的用桃木符辟邪有什么可以相提并论之处呢!古老的节日在新时代里是充满青春的光辉了。

这正是我们热爱那些古老而又新鲜的年节风习的原因。"风生白下千林暗,雾塞苍天百卉殚"的日子过去了,大地的花卉越种越美,人们怎能不热爱这个风光旖旎的南国花市,怎能不从这个盛大的花市享受着生活的温馨呢!

而南方的人们也真会安排,他们选择年宵逛花市这个节目作为过年生活里的一个高潮。太阳的热力是厉害的,在南方最热的海南岛上,有一些像菠萝蜜之类的果树,根部也可以伸出地面结出果子来;有一些树木,锯断了用来做木桩,插在地里却又能长出嫩芽。在这样的地带,就正像昔人咏月季花的诗所说的:"花谢花开无日了,春来春去不相关。"早在春节到来之前一个月,你在郊外已经可以到处见到树上挂着一串串鲜艳的花朵了。而在年宵花市中,经过花农和农艺师们的努力,更是人工夺了天工,四时的花卉,除了夏天的荷花石榴等不能见到外,其他各种各样的花几乎都出现了。牡丹、吊钟、水仙、大丽、梅花、菊花、山茶、墨兰……春秋冬三季的鲜花都挤在一起啦!

广州今年最大的花市设在太平路,就是历史上著名的"十三行"一带,花棚有点象马戏的看棚,一层一层衔接而上。那里各个公社、园艺场、植物园的旗帜飘扬,卖花的汉子们笑着高声报价。灯色花光,一片锦绣。我约略计算了一下花的种类,今年总在一百种上下。望着那一片花海,端详着那发着香气、轻轻颤动和舒展着叶芽和花瓣的植物中的珍品,你会禁不住赞叹,人们选择和布置这么一个场面来作为迎春的高潮,真是匠心独运!那千千万万朵笑脸迎人的鲜花,仿佛正在用清脆细碎的声音在浅笑低语:"春来了!春来了!"买了花的人把花树举在头上,把盆花托在肩上,那人流仿佛又变成了一道奇特的花流。南国的人们也真懂得欣赏这些春天的使者。大伙不但欣赏花朵,还欣赏绿叶和鲜果。那像繁星似的金桔、四季桔、吉庆果之类的盆果,更是人们所欢迎的。但在这个特殊的、春节黎明即散的市集中,又仿佛一切事物都和花发生了联系。鱼摊上的金鱼,使人想起了水中的鲜花;海产摊上的贝壳和珊瑚,使人想起了海中的鲜花;至于古玩架上那些宝蓝均红、天青粉彩之类的瓷器和历代书画,又使人想起古代人们的巧手塑造出来的另一种永不凋谢的花朵了。

广州的花市上,吊钟、桃花、牡丹、水仙等是特别吸引人的花卉。尤其是这南方特有的吊钟,我觉得应该着重地提它一笔。这是一种先开花后发叶的多年生灌木。花蕾未开时被鳞状的厚壳包裹着,开花时鳞苞里就吊下了一个个粉红色的小钟状的花朵。通常一个鳞苞里有七八朵,也有个别到十二朵的。听朝鲜的贵宾说,这种花在朝鲜也被认为珍品。牡丹被誉为花王,但南国花市上的牡丹大抵光秃秃不见叶子,真是"卧丛无力含醉妆"。唯独这吊钟显示着异常旺盛的生命力,插在花瓶里不仅能够开花,还能够发叶。这些小钟儿状的花朵,一簇簇迎风摇曳,使人就像听到了大地回春的铃铃铃的钟声似的。

花市盘桓,令人撩起一种对自己民族生活的深厚情感。我们和这一切古老而又青春的东西异常水乳交融。就正像北京人逛厂甸、上海人逛城隍庙、苏州人逛玄妙观所获得的那种特别亲切的感受一样。看着繁花锦绣,赏着姹紫嫣红,想起这种一日之间广州忽然变成了一座"花城",几乎全城的人都出来深夜赏花的情景,真是感到美妙。

在旧时代绵长的历史中,能够买花的只是少数的人,现在一个纺织女工从花市举一株桃花回家,一个钢铁工人买一盆金桔托在头上,已经是很平常的事情了。听着卖花和买花的劳动者互相探询春讯,笑语声喧,令人深深体味到,亿万人的欢乐才是大地上真正的欢乐。

在这个花市里,也使人想到人类改造自然威力的巨大,牡丹本来是太行山的一种荒山小树,水仙本来是我国东南沼泽地带的一种野生植物,经过千百代人们的加工培养,竟使得它们变成了"国色天香"和"凌波仙子"! 在野生状态时,菊花只能开着铜钱似的小花,鸡冠花更像是狗尾草似的,但是经过花农的悉心培养,人工的世代选择,它们竟变成这样丰腴艳丽了。"天工人可代,人工天不如。"生活的真理不正是这样么!

在这个花市里,你也不禁会想到各地的劳动人民共同创造历史文明的丰功伟绩。这里有来自福建的水仙，来自山东的牡丹，来自全国各省各地的名花异卉，还有本源出自印度的大丽，出自法国的猩红玫瑰，出自马来亚的含笑，出自撒哈拉沙漠地区的许多仙人掌科植物。各方的溪涧汇成了河流，各地劳动人民的创造汇成了灿烂的文明，在这个熙熙攘攘的市集中不也让人充分感觉到这一点么！

你在这里也不能不惊叹群众审美的眼力。人们爱单托的水仙胜过双托的水仙，爱复瓣的桃花又胜过单瓣的桃花。为什么？因为单托水仙才显得更加清雅，复瓣的红桃才显得更加艳丽。人们爱这种和谐的美！一盆花果，群众也大抵能够一致指出它们的优点和缺点。在这种品评中，你不也可以领略到好些美学的道理么！

总之，徜徉在这个花海中，常常使你思索起来，感受到许多寻常的道理中新鲜的涵义。十一年来我养成了一个癖好，年年都要到花市去挤一挤，这正是其中的一个理由了。

我们赞美英勇的斗争和艰苦的劳动，也赞美由此而获得的幸福生活。因此，花市归来，像喝酒微醉似的，我拉拉扯扯写下这么一些话。让远地的人们也来分享我们的欢乐。

1961年2月，广州

简评

　　秦牧先生在汕头和香港读中学期间，就开始大量阅读社会科学书籍，接受进步思想。抗日战争时期，他在香港华侨中学念高中三年级，受战争影响终止学业。1938年春他到广州参加抗日救亡宣传活动，辗转于粤桂两省，并且开始在广州报刊上发表作品，取得了不俗的创作业绩。秦牧的散文是一种智力的文体，在体式上继承了"五四"闲话体散文的特点，但又对之进行改造，并吸收了抒情散文叙事如画、感情浓郁的妙处，创造出将抒情、叙事、议论融为一体的新文体。但是，秦牧先生的散文，有人说有一个固定的套路。诚然，文章总有一条贯穿始终的红线，那就是对伟大国家和勤劳人民的赞美与歌颂。譬如在本文中，作者流露在笔端充沛炽热情致，细致生动地再现了南国名城广州繁花似锦的十里花街。花市又恰逢春节，行文中作者又恰到好处地穿插了纷繁有趣的民俗文化知识，文中色彩缤纷的画卷就显得有血有肉，妙趣横生。更难能可贵的是，行云流水般的叙说中，不时迸发出思想的火花。当然，也少不了这样的句子："我们赞美英勇的斗争和艰苦的劳动，也赞美由此而获得的幸福生活。"这就是在当代散文园地里独树一帜的秦牧散文。

　　《花城》可以说是他颇受读者欢迎的代表作之一。文章之所以命名为"花城"，是因为谈论的是广州的年宵花市。知识小品文的写作通常就一个事物或者话题展开，可以放开去，天南海北，古今中外，容纳相关的各种知识、典故和文化现象，让读者觉得在读这方面的百科全书，从而给人以知识的熏陶和思想的启迪。因此，知识小品文往往具有思想性、知识性和趣味性融合在一起的特点。从思想性来看，这篇文章首先表现了人们对美的热爱，对生活的热爱。花市的热闹非凡，花卉买卖的兴盛表明人们正乐于用花卉装点自己的幸福生活，享受美好生活的美

花城

丽和"温馨"。特别是在新社会,就连极普通的纺织女工或者钢铁工人都能够享受花卉的美丽芳香。其次,新社会移风易俗,形成了新的社会风尚,革除了过去的"赌博、酗酒"陋习以及"千奇百怪的禁忌"。养花种草成为现代社会的一种新的时尚。再次,文章歌颂了人民的劳动和创造精神。正是由于劳动人民(特别是"花农")精心培育,洒下无数辛勤的汗水,那些本来十分普通的花草才变得如此美丽动人。作者是经历过新旧社会两重天、且从战争年代血与火的洗礼中走出的老作家,这一类感叹的句子,对年轻一点的作家,尤其是八九十年代的一代新人来说,可能很不以为然。

既然是知识小品文,当然离不开丰富的知识。在这篇文章里,我们可以领略到许多风俗民情中的知识。由于花市是在春节、元宵节期间,因而作家首先介绍了过春节的民风民俗,并且引领读者看到社会习俗的变迁,特别是春联从内容到形式再到功能的历史变化。同时,作家还对花市上的花卉品种、形态和制作方式做了介绍,并且将金鱼、贝壳、瓷器及书画作品比喻成不同的花卉,让读者感受到其不同的美的形态。其次,作家对一些花卉的历史来源作了介绍,丰富了读者的花卉知识。最后,作家还叙述了世界各地标志性的花卉。作家在文章里写到这些知识,并不是简单的罗列,也不是为了炫耀自己知识的渊博,而是紧紧围绕着歌颂劳动,歌颂美的创造者的主题展开的,从而使文章放得开,收得拢,正体现了散文"形散而神不散"的特性。

这篇文章的趣味性,不仅体现在知识的丰富上,而且还体现在作家那娓娓动听的叙述、描写和议论上。我们在阅读《花城》时,首先感受到作家或旁征博引、引经据典,或谈古论今、说东道西,把我们引领到一个非常神奇美丽的花卉知识世界,让我们的情趣得到了陶冶。其次,作家文章的叙述和描写让我们仿佛置身于热闹而美丽的花市之中,那令人目不暇接的种种花卉盛景令人心醉。

要言之，"《花城》的创作出版，则成为秦牧杂文受'诗化'的影响向抒情与意境的倾斜的重要标志。作者不仅继续保持其杂文写作上的那种冷静分析、探幽索微、见解独到、议论说理透辟之长，而且注意吸收抒情、记叙散文中的那种感情浓郁、叙事如画的妙处，将抒情、叙事、议论熔于一炉；同时，自觉地将辩证法则应用于艺术表现中去，充分调动更多的艺术手段，尤其重视语言技巧的作用，力求掌握多幅笔墨，做到思想性、知识性和艺术性和谐统一，使作品的境界更趋深微淡远、优美隽永。"（佘树森、陈旭光《秦牧：杂文的诗化》）借用这一段评论借鉴解读秦牧先生的《花城》十分恰当。

花城

幽

燕诗魂

◇丁宁

本文选自王景科主编《精美散文读本》（山东友谊出版社2004年版）。丁宁，女，1924年生。笔名紫丁、阿宁。女，山东文登人。1946年开始发表作品。1979年加入中国作家协会。著有散文集《冰花集》《心中的画》《半岛集》（合集）、《银河集》《丁宁散文选》《晨曦集》《蓝宝石集》（合集）。散文《幽燕诗魂》《愧疚》选入高等学院文科教材、实验

大海哟，你是最美的诗。

你广阔的胸怀，深深藏着一个纯洁的诗魂。

诗魂啊，你回来吧！

十多年前，渤海之滨，秀丽的北戴河，有个小小的文学界的疗养所，每年一进暑期，便活跃起来。作家、文学工作者，还有艺术家，三三两两，陆陆续续，汇集到那里，让碧波洗涤身上的风尘，让清风拂去额上的汗渍。良辰美景，岂肯辜负，勤奋的作家，铺开新的稿纸，继续埋头写作。

一九六一年七月初，我第一次来到避暑胜地。

当日,便去观赏大海。那大海,浩浩渺渺,无边无际,只觉得它太深奥莫测了。归来,疗养所的餐厅,响彻着热烈的争辩,原来,几位同志正在探讨大海的秘密。大海,有时和悦,有时狂暴,是善良还是凶恶?对它的性格究竟怎样理解?

"只要肯去理解。它包含着人民的肝胆和智慧。"

这个具有独到见解的人是谁?原来他就是杨朔同志。他一向恬静优雅,不善于与人争辩,但他生长在大海之滨,热爱大海,也理解大海,所以他的论点具有权威。

杨朔是个被人尊敬的同志。他衣着整洁,文质彬彬,但给人的感觉,似乎形单影孤,内心深处,好像埋藏着神秘的东西。我和他同在一个单位工作,但却并不了解他。

初时,当他的简单的行装——一只破旧的旅行包,被提到一座红色小楼的一个房间时,他推三让四,不肯碰那楼梯,原来那小楼是疗养所的头等住处,多年习惯于戎马倥偬、风餐露宿生涯的杨朔,自然不肯特殊。

"楼上可以眺望大海。"

"欲穷千里目,更上一层楼。"

在同志们热情的催迫下,杨朔终于踏上了小楼。

第二天一早,饭厅又是谈笑风生。杨朔用诗的语言在描述他夜卧小楼最初一宵的感受:大海的狂涛,有如千军万马,他仿佛又回到炮火连天的战场,

中学语文课本。有《绿荫月出》《游击队的女儿》《晨曦》等多篇散文获奖。

陶醉在杀敌的激情之中；夜阑人静，风声、涛声，组成雄壮的交响乐，那是真正悦耳的催眠曲，一直把他送到奇妙的仙境……他的结论：大海是最美的诗。

当晚，正值明月之夜，同志们三五成群，在海滩上踏着月光欣赏海的夜景。只见水天茫茫，银波闪闪，轻轻拂岸的浪花，一卷卷，一丛丛，如歌如诉；大海更宁静，更神秘，同志们不约而同地背诵："……清风徐来，水波不兴，……诵明月之诗，歌窈窕之章……"有个人向一位画家提出，请他画一幅大海夜景，那画家未及回答，杨朔便说："大海的夜景并不难画，难的是如何画出大海深邃的心胸。"又有一个同志提议，每人背诵一首诗，不论旧体或新诗，都必须带一个"月"字。轮到杨朔，他以优美的姿态，清亮的口齿，吟咏苏东坡的《水调歌头》："明月几时有，把酒问青天，不知天上宫阙，今夕是何年？……"当吟到"但愿人长久，千里共婵娟"时，他的声音，突然喑哑，神情迷离。我不禁猜想，他在怀念战友或亲人，也许在遥远的地方有一个心上的人？

接着，作家们论起诗来，都认为苏轼这首词，意境很深，艺术高超；天上、地下、幻想、现实，都融为一体。在古人的诗词中，叮算得上现实主义和浪漫主义结合的典范。

杨朔对苏东坡的诗，有独特的喜爱。有一次，他出游归来，兴致很好，疾笔录下苏轼另一首词。那词的下阕是："难道人生无再少，君看流水尚能西，休将白发唱黄鸡。"他赞美东坡居士在这首词中，表现了积极乐观的思想。他说:"古人尚且如此,我们共产党人又怎能不是革命的乐观主义者呢!"

他不仅喜欢诗,而且有自己的见解。他在一篇文章中说,他写小说和散文,也常常寻求诗的意境,他说:"我向来爱好诗,特别是那些久经岁月磨炼的古典诗章。这些诗差不多每篇都有自己新鲜的意境、思想、感情,耐人寻味。"至于什么是诗意,他认为:"杏花春雨,固然有诗,铁马金戈的英雄气概,更富有鼓舞人心的诗力。你在斗争中,劳动中,生活中,时常会有些东西触动你的心,使你激昂,使你快乐,使你忧愁,使你沉思,这不是诗又是什么?"

杨朔的确每时每刻都在寻找诗,每时每刻都生活在诗的意境之中。他自有个人的生活情趣,他喜欢沉思,也乐于和同志们聊天,在交谈时,爱寻求话题的意义和其中的哲理。他的房间,总是静悄悄,偶尔,微风传出轻轻的朗读声,那是他在读外文,在吟咏诗词。

清晨,他独自出去,海滩上留下一串串的足迹,山林之间,也传送着他徘徊的脚步之声。出游归来,薄薄的衣衫,沾着露水侵袭的痕迹,斑斑点点。

有时,我问他:"你独自散步,不觉寂寞?"

他说:"不,我和大海说话。"

"那林深之处,可有乐趣?"

"野芳发而幽香,佳木秀而繁阴。"他读着欧阳修"醉翁"的佳句,乐在其中。

夜来风雨,休养所的果园中,低矮的苹果树,瘦弱的碧桃,东倒西歪,有的匍匐在地,像受了欺凌的孩子,杨朔一大早起来,怀着怜悯之情,拿起铁铲,用心地把它们一棵一棵地扶起来,给它们培上新鲜泥土。休养所的管理员老赵,是个纯朴勤劳的"园艺家",杨朔很佩服他。老赵把一大片果园修梳得很出色,鸭梨、蜜桃压弯了枝头,各种品种的苹果,香飘十里。杨朔常常赞叹说:"老赵干起活来不仅灵巧,而且优美,既有节奏感,又富于音乐性,劳动确实创造了艺术,老赵是真正的艺术家啊!"

老赵从桃树的折枝上,摘下一个大桃,亲热地送给杨朔,那桃红扑扑,水灵灵,杨朔把它当作爱物装在一只盘子里,幽默地问老赵:"是不是从王母娘娘的蟠桃会上偷来的?"老赵憨直地分辩:"哪能是偷的? 那是咱自己树上长的,一点不假。"老赵告诫杨朔,那桃是个"吃物",不是个"玩物",得赶快吃掉。杨朔不以为然,说:"这是你创造出来的艺术品,怎能忍心毁掉!"

老赵迷惘不解,憨厚地摇着头。

杨朔生在胶东半岛上最富于神话色彩的"蓬莱仙境",少小离家,常怀念自己的故乡。每当谈起家乡事,便津津乐道,有滋有味。他对胶东军民在战争年月的斗争事迹最感兴趣。我给他讲了再讲,他总是眯细着眼睛听不够,有时听着听着,大声发出惊叹:"那是动人的诗啊!"有一次,我给他讲我的一个同学打鬼子的故事:她生得很好看,在一个战时中学读书。有一次日本鬼子扫荡,她一个人腰里别着一颗手榴弹,藏在一家老百姓的土炕洞里,一群鬼子闯了进来,她没等他们发现,就挺身而出,站在鬼子中间,说时迟,那时快,"轰"一声,她手中的手榴弹爆炸了,鬼子、汉奸倒下了……

"她怎么样?"他急切地问。

"她吗,只是受了伤,没有牺牲。后来我上医院看她时,一头秀美的黑发没有了。

"简直是奇迹! 也许是神仙保佑了这个勇敢的姑娘。可是她现在哪儿?"

"那就不晓得了。"

接着,长时间的沉默。我发现他脸上有浓重凄苦的表情。我不禁想到关于他的一个传说:

很久以前,大约他还是一个中学生的时候,在家乡认识一个姑娘,长得很美,他们渐渐有了感情,互相信赖。后来他离家参加革命工作,分别时,海誓山盟。后来,在漫长的年月,那姑娘一直等待着他。光阴箭似地飞逝,一年,两年,姑娘由二十变三十,但心上的人总也没有影儿,敌人闯进她的家乡,她忧郁变为绝望,竟与世长辞了。等到战争结束,他返回故乡时,那姑娘的魂魄早已不知飘游到哪里。但他却一直在寻找。

这个故事,究竟是真是假? 恐怕谁也没有问过他。问他做什么,若是真,何必触动他那伤心处? 若是假,更没有必要戳破这动人的佳话。但有一点是肯定的,他一直单身地生活着,人们都感觉在他的心上是有个人儿存在的。

杨朔有一件最珍贵的东西,是个封面已经破烂的本子,他总是把它带在身边。那里面记载着他在战争中经历和采访的丰富的斗争故事。每当打开这本子,他便骄傲地说:"这里边都是诗啊!"本子里,除了密密麻麻的字迹以外,还夹着一些花草的标本。其中多半是在朝鲜战场上采集的,有野迎春、天主花和粉红的金达莱。这些早已失去生命的植物,连光泽也褪去了。杨朔看着它们不胜叹息地说:"但愿世间花不谢,叶不落,一切美好的东西,都永远保持着生命。"他说,他的这些标本,每一个都有一段动人的故事。其中,他特别给我讲述了那朵粉红色的金达莱。那是一位志愿军女英雄送给他的。那英雄姓宁,是志愿军的医生,在一次敌人的大轰炸时,女医生受了伤,昏了过去,苏醒以后,忽然听到背后有人叫:"医生,医生!"她转身一看,一个同志埋在土里,一直埋到胸口,于是她忍着疼痛,扒呀扒呀,十个指甲都流了血,却还是扒不出来。炸弹还在爆炸,埋在土里的同志叫喊着:"你赶快走吧,别管我了。"可是她坚决地说:"不!我一定要把你救出来。"后来,她终于把那位同志扒了出来,背在身上冒着弹雨往前跑。路上又碰到一个受伤的同志不能动,她把第一个背到山上,又回头来救第二个,最后把他们都救出来了。可是她自己,等一切做完了以后,发现全身上下有四五处伤,衣服全都叫血浸透了。直到这一刻,她一点力量也没有了,一下子倒下去了。再后来,别人又把她救了过来,她又背起药包上了前线。

"那金达莱呢?"

"是她从炸弹下救出来的那个战士,后来从埋自己的那堆土上采下送给她的。"

"怎么又转到你手里的呢?"

"那是当我在朝鲜战场,找到那位女医生向她采访时,她又把这朵珍贵的花儿送给了我。"

杨朔讲完这个故事,又从他的本子里取出一张照片,是个志愿军女战士,短发,眉目清秀,看来不到二十岁。

"她就是宁医生。"

我怀着深深的敬意,仔细地端详着这个女英雄。

"她有一个伟大的诗一般的灵魂。她生长在英雄的时代,英雄的时代出英雄啊。"他像吟诗一样自言自语。

这个故事,早在五十年代他就真实地记载在一篇散文里,题目就叫做《英雄时代》。过去很久以后,我才听说杨朔讲的这个故事并不完整,他隐藏了一个动人的尾巴。那就是当他去向英雄的女医生进行战地采访时,女医生刚刚打开话匣,敌机又来轰炸,当一颗炸弹向他们飞来的时候,杨朔心急眼快,一把将女医生推到旁边的壕沟里,他自己抱起药箱翻滚到掩蔽处。等到敌机过后,他们发现刚刚坐过的地方,有巨大的弹片。但在他的《英雄时代》这篇散文里,却将这一精彩之笔略去了。

疗养所里不断人来人往,不论谁家的客人,都会给大家带来乐趣。有一天,忽然有一个女同志拜访杨朔,她年轻、短发,眉目清秀。可以看出,她的光临,给杨朔带来巨大的快乐。她是谁呢?人们都好奇地作着猜测。

他们在沙滩上散步,笑声朗朗。

"你的客人是谁?"

"最可爱的人。"——他回答。

我突然惊喜地认出,她就是那个姓宁的女医生!

但杨朔表示,客人不肯道出自己的姓名。他只说她现在是秦皇岛一个医院的医生。当天下午,又来了一位身着军装的男同志,原来他是女医生的丈夫。他们三人又一起亲密地在海边上散步,并且一同朗诵一首志愿军战士的小诗:

> 我们永远不能忘记,
>
> 那死去了的战友的姓名,
>
> 我们永远万分珍惜,
>
> 在战场上结下的友谊。

他们和那光艳明丽的晚霞,一同进入了画中。

后来我才知道,那女医生走时,杨朔将他保存的粉红色的金达莱,又作为最珍贵的礼物送还给她。

美好的时光,飞快地流逝。不知不觉过去了几个月。一天早上,凉风习习,大雨飘飘而下,似乎已经听到秋天的脚步声。我没吃早点,就冒着雨跑到海边去观赏雨景。只见云雾茫茫,波涛汹涌,沙滩上静悄悄。穿过雨帘,突然发现前面站着一个人,两脚踏着浪花,衣服淋得精湿,走近一看,原来是杨朔。

"你在海边听雨吗?"——我问。

"不,我在寻找那个伟大人物的足迹。他可能就站在这里,吟出他那光辉的诗篇。

于是我们共同朗诵"大雨落幽燕,白浪滔天……"正在这时,突然发现不远的浪峰上,高高浮出一个人,随即又沉没下去。杨朔"啊"的一声,奔跑几步投进了波涛,不料又是一个浪峰,把他压倒在漩涡里。正在危急之时,他又从水的深处被轻轻地托出,托他的正是刚才与波涛搏斗的那个人,没想到竟是个少年!他嘴唇冻得发抖,顽皮地站在我们面前

"这样的天气,你怎么在玩命?"——杨朔带有几分怒气地在教训他。

"你是谁家的孩子?"——我问。

那少年竟不答话,嘲讽地打量着岸上的两个"落汤鸡",突然哈哈地笑着,又钻进翻卷着的波涛,不见了。

半晌,杨朔才恍有所悟地叹息了一声说:"原是我怯懦啊!"

于是,我们继续朗诵:"萧瑟秋风今又是,换了人间。"

这时,我已得知,杨朔要提前返京,有一个重要的外事任务在等着他。

我惋惜地说:"你走了,也把你的诗魂带走了。"

他答:"不!我要把它留给大海,让大海把它洗刷得更纯洁一些吧。"

幽燕诗魂

157

七八年过去了。谁能想到在一九六八年,这个有才华的同志被林彪、"四人帮"所迫害,一颗火热的诗心,竟停止了跳动! 正如他的一首诗所表明的:

自有诗心如火烈,

献身不惜作尘泥。

又是十年过去了。但我相信,他那纯洁的诗魂,仍然活跃在深深的大海中。

简评

丁宁同志的著名散文《幽燕诗魂》,是悼念散文家杨朔的。

前几年文坛上有中国当代"散文三大家之说"(另外两位是:秦牧,刘白羽),杨朔便位列其中。杨朔的散文继承了中国传统散文的长处,于托物寄情、物我交融之中达到诗的境界。他营造意境时,常在谋取"情"的新意上做文章,如同借蜜蜂的勤劳创造而无所求,来寄情社会主义建设者的高尚情操。结构上有自己的特色,初看常有云遮雾罩的迷惑,但峰回路转之后,曲径通幽,豁然展现一片崭新天地,而且结尾多寓意,耐人寻味。

杨朔先生是我们喜欢的散文家,他的散文写得充满诗意。而丁宁的这篇散文,又写得如同诗一般美! 本文不仅以"诗"为线索来选择、组织素材,而且,"幽燕诗魂"升华了文章的主题。这篇文章在浩瀚的大海背景之上展示了散文家杨朔优雅的诗人气质,博大的胸怀,深邃的思想,且表现得细致充分,在众多的悼念杨朔同志的文章中,是比较有影响的一篇。悼念人物的文章,不同于人物传记,比较难以把握的是,既要在读者的面前呈现一个真实可信的人物形象,又要在人物行为活动中体现出被悼念者思想品质的精髓。杨朔内心神秘，是谜，又似乎不是谜，是一首诗，而诗是要讲含蓄的。作者精心地选取了几个典型的细节，以小见大，见微知著，加之作者精湛的艺术功力，挥洒自如地融叙述、描写、议论、抒情于一炉，一个性情耿直、热爱生活、光明磊落的散文家兼诗人杨朔的形象跃然纸上，这在读者的心中，特别是在20世纪五六十年代的读者心中树立了散文家高大的形象。

丁宁在新时期的散文创作，是从一批怀人之作开始的。当时，这些散文所写的对象——郭小川、杨朔、邵荃麟、赵树理、柳青、李季等，都是广大热爱文学的读者所特别关注的。他们的诗文华章、小说巨著，深入人心，脍炙人口，史有定评。这些怀人之作，当时能脱颖而出，而后能长盛不衰，几十年后的今天再读，读者无疑又经历了一次精神的洗礼。写于1978年的《战士的性格》和《幽燕诗魂》，是丁宁这一批怀人之作的滥觞，更确切地说是丁宁的"成名"之作。这两篇散文，一篇写"诗人本色是战士"的郭小川，一篇写"战士本色是诗人"的杨朔，笔法不同，各臻其美。《幽燕诗魂》之所以写得那样生动感人，以致成为丁宁散文的代表作，这与作者和杨朔一段特殊的交往是分不开的。

作者在谈到本文的时候曾说，"我"与杨朔只有一信一书的来往，可是，杨朔被"四人帮"迫害致死，"我"如丧至亲，伤心不已。"我"曾经留意关于他的资料，可惜所获极少。听说他终生未娶，有传言说：他去世后，遗物里有一箱子写给恋人的未寄出的信，都是像收到对方来信那样，娓娓而谈，情逐日深。"我"想，这只是传说罢了，假如果有其事，如此人间佳话，他的生前好友能不整理出版么？"我"知道，"我"的老友、诗人石英也是蓬莱人，曾向他问过关于杨朔一些情况，可惜亦所知不多，只讲了一个关于杨朔未娶的故事：他有个青梅竹马的恋人，因杨朔参加革命，音讯不通，她苦苦地等待了十多年，天天到大海边去遥望，不见心上人，精神失常，扑进大海……。这可能是真的，与文中的故事大同小异。丁宁在文章里说那姑娘在绝望中死了,石英的故事则说她是扑进了大海的怀抱。故事的情节无须考证,诗人的经历和情感足以令人荡气回肠!文章中有这样一段文字:"杨朔是个被人尊敬的同志,他衣着整洁,文质彬彬,但给人的感觉,似乎形单影孤,内心深处,好像埋藏神秘的东西。我和他同在一个单位工作,但却并不了解他。"还有一段,写他们在北戴河中国作家协会休养所,听杨朔吟咏苏轼的《水调歌头》,"当吟到'但愿人长久,千里共婵娟'的时候,他的声音,突然喑哑,神情迷离"。我们不妨以此作为杨朔心灵深处一段隐秘情感的注释。

20世纪的很长一段时间内,杨朔的长篇小说《三千里江山》,被视为当时最优秀的小说。同时,他的《茶花赋》《荔枝蜜》《雪浪花》等一系列散文,诗一样的文字,诗一般的意境,岂止是影响了整整一代人?那些读过并被这些作品感动的一代人,至今回忆起来,仍然有如饮琼浆、如品香茗的陶醉之感。随着历史的变革推进,很多人和事难免有"物是人非"的感觉,杨朔当然也概莫能外。实事求是地看一个人,少不了历史的辩证法。杨朔一生致力于艺术性散文的写作,他认为散文应该"从生活的激流里抓取一个人物、一种思想,一个有意义的生活断片,迅速反映出这个时代的侧影",毫无疑问,在"左"的思想、理念横行的日子里,作家过分强调乌托邦式的诗境,是有其历史局限性的。

杨朔先生在《东风第一枝·小跋》里说:"我在写每篇文章时,总是拿着当诗一样写。我向来爱诗,特别是那些经岁月磨练的古典诗章。这些诗差不多每篇都有自己的新鲜意境、思想、感情,耐人寻味,而结构的严密,选字用字的精炼,也不容忽视。"杨朔把散文当诗写,可见他的诗一样的心情是多么细腻、丰富、深沉,就像阳朔秀山,就像漓江秀水。《幽燕诗魂》里也说,杨朔感情丰富、细腻,他有一个本子,里边夹了许多树叶和花瓣,这正是诗人气质的体现。

生活不会忘记一位以赤子之心歌唱她的歌者——杨朔。

花

朝节的纪念

◇ 宗璞

农历二月十二日，是百花出世的日子，为花朝节。节后十日，即农历二月二十二日，从一八九四年起，是先母任载坤先生的诞辰。迄今已九十九年。

外祖父任芝铭公是光绪年间举人。早年为同盟会员，奔走革命，晚年倾向于马克思主义。他思想开明，主张女子不缠足，要识字。母亲在民国初年进当时的女子最高学府北京女子师范学校读书。一九一八年毕业。同年，和我的父亲冯友兰先生在开封结婚。

家里有一个旧印章，刻着"叔明归于冯氏"几个字。叔明是母亲的字。以前看着不觉得怎样，父母都去世后，深深感到这印章的意义。它标志着一个

本文选自闻一多编《母亲》(北京工人出版社1996年版)。宗璞(1928—)，常用笔名宗璞，笔名另有丰华、任小哲等，原名冯钟璞。当代作家，从事小说与散文创作。1948年开始发表作品，成名作为1957年的短篇小说《红豆》。新时期她开始大量发表作品，有短篇小说《弦上的梦》，童话《总鳍鱼的故事》。1988年出版第一部长

篇小说《南渡记》，1996年由华艺出版社出版四卷本《宗璞文集》。1994年春风文艺出版社出版了《铁箫人语》，其作品大多反映中华知识分子的生活。宗璞在病中苦耕，历时7年，《南渡记》的第二部《东藏记》终于面世，荣获"第六届茅盾文学奖"。

家族的繁衍，一代又一代来到世上扮演各种角色，为社会做一点努力，留下了各种不同色彩的记忆。

在我们家里，母亲是至高无上的守护神。日常生活全是母亲料理。三餐茶饭，四季衣裳，孩子的教养，亲友的联系，需要多少精神！我自幼多病，常在和病魔作斗争。能够不断战胜疾病的主要原因是我有母亲。如果没有母亲，很难想象我会活下来。在昆明时严重贫血，上纪念周站着站着就晕倒。后来索性染上肺结核休学在家。当时的治法是一天吃五个鸡蛋，晒太阳半小时。母亲特地把我的床安排到有阳光的地方，不论多忙，这半小时必在我身边，一分钟不能少。我曾由于各种原因多次发高烧，除延医服药外，母亲费尽精神护理。用小匙喂水，用凉手巾覆在额上。有一次高烧昏迷中，觉得像是在一个狭窄的洞中穿行，挤不过去，我以为自己就要死了，一抓到母亲的手，立刻知道我是在家里，我是平安的，后来我经历名目繁多的手术，人赠雅号"挨千刀的"。在挨千刀的过程中，也是母亲，一次又一次陪我奔走医院，医院的人总以为是我陪母亲，其实是母亲陪我。我过了四十岁，还是觉得睡在母亲身边最心安。

母亲的爱护，许多细微曲折处是说不完、也无法全捕捉到的。也就是有这些细微曲折才形成一个家。这人家处处都是活的，每一寸墙壁，每一寸窗帘都是活的。小学时曾以"我的家庭"为题作文。我写出这样的警句："一个家，没有母亲是不行的。母亲是春天,是太阳。至于有没有父亲,不很重要。"作业在开家长会时展览,父亲去看了。回来向母亲描述,对自己的地位似并不在意,以后也并不努力增加自己的重要性,只顾沉浸在他的哲学世界中。

希腊文明是在奴隶制时兴起的,原因是有了奴隶,可以让自由人充分开展精神活动。我常说父亲和母亲的分工有点像古希腊。在父母那时代,先生专心做学问,太太操劳家务,使无后顾之忧,是常见的。不过父母亲特别典型。他们真像一个人分成两半,一半主做学问,一半主理家事,左右合契,毫发无间。应该说,他们完成了上帝的愿望。

母亲对父亲的关心真是无微不至,父亲对母亲的依赖也是到了极点。我们的堂姑父张岱年先生说,"冯先生做学问的条件没有人比得上。冯先生一辈子没有买过菜"。细想起来,在昆明乡下时,有一阵子母亲身体不好,父亲带我们去赶过街子,不过次数有限。他的生活基本上是水来伸手,饭来张口。古人形容夫妇和谐用举案齐眉几个字,实际上就是孟光给梁鸿端饭吃,若问"是几时孟光接了梁鸿案",应该是做好饭以后。

旧时有一副对联:"自古庖厨君子远,从来中馈淑人宜",放在我家正合适。母亲为一家人真操碎了心,在没有什么东西的情况下,变着法子让大家吃好。她向同院的外国邻居的厨师学烤面包,用土豆作引子,土豆发酵后力量很大,能"嘭"的一声,顶开瓶塞,声震屋瓦。在昆明时一次父亲患斑疹伤寒,这是当时西南联大一位校医郑大夫经常诊断出的病，治法是不吃饭，只喝流质，每小时一次，几天后改食半流质。母亲用里肌肉和猪肝做汤，自己擀面条，擀薄切细，下在汤里。有人见了说，就是吃冯太太做的饭，病也会好。

一九六四年父亲患静脉血栓，在北京医院卧床两个月。母亲每天去送饭，有时从城里我的住处，有时从北大，都总是第一个到。我想要帮忙，却没有母亲的手艺。父亲暮年，常想吃手擀的面，我学做过几次，总不成功，也就不想努力了。

母亲把一切都给了这个家。其实母亲的才能绝不只限于持家。母亲毕业于当时的女子最高学府，曾任河南女子师范学校预科算术教员。她有一双外科医生的巧手，还有很高的办事能力。外科医生的工作没有实践过，但从日常生活中，从母亲缝补、修理的功夫可以想见。办事能力倒是有一些发挥。

五十年代初至一九六六年，母亲做居民委员会工作，任北大燕南、燕东、燕农、镜春、朗润、蔚秀、承泽、中关八大园的主任。曾为家庭妇女们办起装订社、缝纫社等。母亲不畏辛劳，经常坐着三轮车来往于八大园间。这是在家庭以外为社会服务，她觉得很神圣，总是全心全意去做。居委会成员常在我家学习。最初贺麟夫人刘自芳、何其芳夫人牟决鸣等都是成员。后来她们迁往城内，又有吴组缃夫人沈淑园等参加。五十年代有一次选举区人民代表，不记得是哪一位曾对我说，"任大姐呼声最高"。这是真正来自居民的声音。

我心中有几幅图像，愈久愈清晰。

一幅在清华园乙所，有一间平台加出的房间，三面皆窗，称为玻璃房。母亲常在其中办事或休息。一个夏日，三面窗台上摆着好几个宽口瓶和小水盆，记得种的是慈姑。母亲那时大概不到四十岁，身着银灰色起蓝花的纱衫，坐在房中，鬓发漆黑，肌肤雪白。常见外国油画有什么什么夫人肖像，总想怎么没有人给母亲画一幅。

另一幅在昆明乡下龙头村。静静的下午，泥屋、白木桌、携我坐在桌前，为我讲解鸡兔同笼四则题。父亲从城里回来，点说这是一幅乡居课女图。龙头村旁小河弯处有一个小落差，水的冲力很大。每星期总有一两次，母亲把一家人的衣服装在箩筐里，带着我和小弟到河边去。还有一幅图像便是母亲弯着腰站在欢快的流水中，费力地洗衣服，还要看着我们不要跑远，不要跌进河里。近来和人说到洗衣的事，一个年轻人问，是给别人洗吗？还没到那一步，我答。后来想，如果真的需要，母亲也不怕。在中国妇女贤淑的性格中，往往有极刚强的一面，能使丈夫不气馁，能使儿女肯学好，能支撑一个家度过最艰难的岁月。孔夫子以为女人难缠，其实儒家人格的最高标准"富贵不能淫，贫贱不能移，威武不能屈"，用来形容中国妇女的优秀品质倒很恰当，不过她们是以家庭为中心罢了。

母亲六十二岁时患甲状腺癌，手术后一直很

好。从60年代末患胆结石,经常大发作,疼痛,发烧,最后不得不手术。那一年母亲七十五岁。夜里推进手术室,父亲和我在过厅里等,很久很久,看见手术室甬道那边推出一辆平车,一个护士举着输液瓶,就像一盏灯。我们知道母亲平安,仍能像灯一样给我们全家以光明,以温暖。这便是那第四幅图像了。握住母亲的手时,我的一颗心落在腔子里,觉得自己很有福气。

母亲虽然身体不好,仍是操劳家务,真没有过一天清闲的日子。她总是说,你们专心做你们的事。我们能专心做事,都因为有母亲,操劳一生的母亲!

一九七七年九月十日左右母亲忽然吐血,拍片后确诊为肺门静脉瘤。当时小弟在家,我们商量说,母亲虽然年迈,病还是该怎么治就怎么治,不可延误。在奔走医院的过程中,受到许多白眼。一家医院住院部一位女士说,"都83岁了,还治什么!我还活不到这岁数呢。"可以说,母亲的病没有得到治疗,发展很快。最后在校医院用杜冷丁控制疼痛,人常在昏迷状态。一次忽然说:"要挤水! 要挤水!"我俯身问什么要挤水,母亲睁眼看我,费力地说,"白菜做馅要挤水。"我的眼泪一下涌了出来,滴在母亲脸上。

母亲没有让人多伺候,不过三周便抛弃了我们。当时父亲还在受审查,她走时很不放心,非常想看个究竟,但她拗不过生死大限。她曾自我排解说,知道儿女是好的,还有什么别的可求呢。十月三日上午六时三刻,我们围在母亲床前,眼见她永远阖上了眼睛。我知道，我再不能睡在母亲身边讨得那样深的平安感了；我们的家从此再没有春天和太阳了。我们的家像一叶孤舟忽然失了掌舵的人，在茫茫大海中任意漂流。我和小弟连同父亲，都像孤儿一样不知漂向何方。

因为政治形势，亲友都很少来往。没有足够的人抬母亲下楼，幸亏那天来了一位年轻的朋友，才把母亲抬到太平间。当晚哥哥自美国飞回，到家后没有坐下，立刻要"看娘去"，我不得不告诉他母亲已去。他跌坐在椅上，停了半晌，站起来还是说"看娘去"。

父亲为母亲撰写了一付挽联："忆昔相追随，同荣辱，共安危，期颐望齐眉，黄泉碧落君先去；从今无牵挂，斩名缰，破利锁，俯仰无愧怍，海阔天空我自飞。"自己一半的消失使父亲把一切都看透了。以后母亲的骨灰盒，一直放在父亲卧室里。每年春节，父亲必率领我们上香。如此凡十三年。直到一九九〇年初冬那凄惨的日子，父母相聚于地下。又过了一年，一九九一年冬我奉双亲归窆于北京万安公墓。一块大石头作为石碑，隔开了阴阳两界。

我曾想为母亲百岁冥寿开一个小小的纪念会，又想到老太太们行动不便最好少打扰，便只就平常的了解或电话上交谈，记下几句话。

姨母任均是母亲最小的妹妹，姨父母在驻外使馆工作时，表弟妹们读住宿小学，周末假日接回我家，由母亲照管。姨母说，三姐不只是你们一家的守护神,也是大家的贴心人。若没有三姐,那几年我真不知怎么过。亲戚们谁没有得过她关心照料?人人都让她费过心血。我们心里是明白的。

牟决鸣先生已是很久不见了,前些时打电话来,说:"回想起在北大居住的那段日子,觉得很有意思,任大姐那时是活跃人物,她做事非常认真,总是全力以赴。而且头脑总是很清楚。"

在昆明时赵萝蕤先生和我家几次为邻居。那时她还很年轻,她不只一次对我说很想念冯太太。她说在人际关系的战场上,她总是一败涂地当俘虏。可是和冯太太相处,从未感到战场问题。是母亲教她做面食,是母亲教她用布条打钮扣结。有什么事可以向母亲倾诉。记得在昆明乡下龙头村时,有一次赵先生来我家,情绪不太好,对母亲说,一位军官太太要学英语,又笨又俗又无礼,总问金刚钻几克拉怎么说,她不想教,来躲一躲。母亲安慰她,让她一起做家务事。赵先生走时,已很愉快。

另一位几十年的邻居是王力夫人夏蔚霞。现在我们仍然对门而居。夏先生说:"你千万别忘记写上我的话。我的头生儿子缉志是你母亲接生的。当时昆明乡下缺医少约,那天王先生进城上课去了。半夜时分我遣人去请你母亲,冯先生一起来的,然后先回去了。你母亲留下照顾我,抱着我坐了一夜,次日缉志才出世。若没有你母亲,我和孩子会吃许多苦!"

像春天给予百花诞辰一样,母亲用心血哺育着,接引着……

亲爱的母亲的诞辰,是花朝节后十日。

简评

宗璞先生的散文可以用两个字评价——优雅。

"我不由得停住了脚步。""从未见过开得这样盛的藤萝,只见一片辉煌的淡紫色,像一条瀑布,从空中垂下,不见其发端,也不见其终极。只是深深浅浅的紫,仿佛在流动,在欢笑,在不停地生长。紫色的大条幅上,泛着点点银光,就像迸溅的水花。仔细看时,才知道那是每一朵紫花中的最浅淡的部分,在和阳光互相挑逗。""这里春红已谢,没有赏花的人群,也没有蜂围蝶阵。有的就是这一树闪光的、盛开的藤萝。花朵儿一串挨着一串,一朵接着一朵,彼此推着挤着,好不活泼热闹!"(摘自宗璞《紫藤萝瀑布》)

这样的散文,她可以让你慢慢地、一点一点地渗透到纯洁典雅的意境中去。宗璞女士的散文像一条小溪,清澈见底,并不是长江大河、激流瀑布粗犷的美,而是一种优雅的美,就像辽阔的蓝天上飘着白云的野外,你可以看到生机勃勃的草地,绿油油的丛林,美丽的紫藤花在阳光下竞相绽放,小溪用欢快的水声跟你打着招呼。

随着时代的前行,人生阅历的丰富深邃,宗璞散文创作出现了新的景观。同是怀念母亲:"时光流去了近四十年,我已经历了好多次的死别,到1977年,连我的母亲也撒手别去了。我们家里,最不能想象的就是没有我们的母亲了。母亲病重时,父亲说过一句话:'没有你娘,这房子太空。'这房子怎能没有母亲料理家务来去的身影,怎能没有母亲照顾每一个人、关怀每一个人的呵叱和提醒,那充满乡土风味的话音呢!

然而母亲毕竟去了,抛下了年迈的父亲。母亲在病榻上用力抓住我的手时说过,她放心,因为她的儿女是好的。"(《柳信》)那些发自心灵深处的文章,把她的散文创作推向了新的高度。人过中年,人间的沧桑浮沉、闻见亲历的人和事逐渐多了起来。那些身前身后的让人悚然心动的变故,给作者的情感世界以巨大震撼。特别是当这些变故发生在自己的亲人挚友之中的时候,那文字间流动的哀痛之深沉,却远远超出了所谓的文学创作的意义了。可以看出,宗璞那一篇又一篇记载着离去人们音容的文章,不是一般意义上的散文创作,写这样的文字,是一种诗一样悲情的宣泄。这些文字不是以技巧的娴熟,形容的生动,词汇的精美为目标的,它的精魂是不加雕饰的人间至情的倾诉。对着读者,更是对着自身。宗璞的这些散文,写的多是死别。死亡是一种虚空的渺茫,人的死去留给生者是永恒的悲痛。不可追寻,不可再遇,是永远的黑暗中的沉降。宗璞写这类散文也以质朴无华的至情传达为其特点。她能够把浓烈的诀别的至情用不事雕琢的近于直白的文笔表达出来。她在表达那无尽的悲哀时,不使情感泛滥,表现得理智而有节制。她的这类伤逝追怀的文字表明她的散文已告别一般人容易有的青春时代的渲染和华彩,而有了更多的人生感悟的沉郁。《花朝节的纪念》就是这样一篇具有鲜明个性的讴歌母爱的佳作。我们可以从以下几个方面来品读此文:

首先,宗璞先生很注重语言在朴素、自然、生动的基础上,吸取典雅的书面语言,能在古今中外的语言宝库中广征博引,自然之中又时时流露出大气雍容。小学时曾以"我的家庭"为题作文,我写出这样的警句:"一个家,没有母亲是不行的。母亲是春天,是太阳。"在家庭中母亲的地位在一个小学生的心中就是这样的。父亲该承担什么?下面一段表述既切合实际又典雅生动:"希腊文明是在奴隶制时兴起的,原因是有了奴隶,可以让自由人充分开展精神活动。我常说父亲和母亲的分工有点像古希腊。在父母那时代,先生小心做学问,太太操劳家务,使无后顾之忧,是常见的。不过父母亲特别典型。他们真像一个人分成两半,一半主做学问,一半主理家事,左右合契,毫发无间。应该说,他们完成了上帝的愿望。"

其次,在写回忆母亲这一类的文章中,笔下的人物,寥寥数语,形神兼备,呼之欲出。比如写母亲最后一刻:"可以说,母亲的病没有得到治疗,发展很快。最后在校医院用杜冷丁控制疼痛,人常在昏迷状态。一次忽然说:'要挤水!要挤水!'我俯身问什么要挤水,母亲睁眼看我,费力地说,'白菜做馅要挤水。'我的眼泪一下涌了出来,滴在母亲脸上。"浓浓的母爱之情尽在不言的泪水中。

再次,宗璞的散文很注意记叙、抒情与议论的相结合,达到了物我交融、充满诗情画意的境界。她能以画家的审美观点恰当地选择表现的角度,这个角度不仅看到了事物"形"的特点,还洞悉它的"神"方面的种种本质特征。

《花朝节的纪念》是赞颂母爱的经典散文。

宗璞先生是一位沐浴在西方艺术之中,又为中国传统文化所"浸润"过的知识女性作家。老作家孙犁先生高度赞扬她说:"宗璞的文字,明朗而有含蓄,流畅而有余韵,于细腻之中注意调节。每一句的组织无文法的疏略,每一段的组织,无浪费而枝蔓。可以说字字锤炼,句句经营。"这个评价可以说深得宗璞作品的三昧。

思

台北，念台北

◇余光中

本文选自余光中著《余光中作品精选》（长江文艺出版社2006年版）。余光中，当代作家。1928年生于南京，后随家人移居台湾。2004年出版9卷本《余光中文集》，并获"华语文学传媒大奖"。散文集《日不落家》获"《联合报·读书人》最佳书奖"。1999年，《日不落家》获颁"吴鲁芹散文奖"。著有诗集《舟子的悲歌》

隐地从台北寄来他的新书"欧游随笔"，并在扉页上写道："尔雅也在厦门街一一三巷，每天，我走您走过的脚步。"一句话，撩起我多少乡愁。龙尾蛇头，接到多少张圣诞卡贺年卡片，没有一句话更撼动我的心弦。

如果脚步是秋天的落叶，年复一年，季复一季，则最下面的一层该都是我的履印与足音，然后一层层，重重叠叠，旧印之上覆盖着新印，千层下，少年的屐迹车辙，只能在仿佛之间去翻寻。每次回到台北，重踏那条深长的巷子，隐隐，总踏起满巷的回音，那是旧足音醒来，在响应新的足音？厦门街，水源路那一带的弯街斜巷，拭也拭不尽的，是我的脚印和指纹。每一条窄弄都通向记忆,深深的厦门街,是我的回声谷。也无怪隐地走过,难逃我的联想。

那一带的市井街坊,已成为我的"背景"甚至"腹地"。去年夏天在西雅图,和叶珊谈起台湾诗选之滥,令人穷于应付,成了"选灾"。叶珊笑说,这么发展下去,总有一天我该编一本"古亭诗选",他呢,则要编一本"大安诗选"。其实叶珊在大安区的脚印,寥落可数,他的乡井当然在水之湄,在花莲。他只能算是"半山"的乡下诗人,我,才是城里的诗人。十年一觉扬州梦,醒来时,我已是一位台北人。

当然不止十年了。清明尾,端午头,中秋月后又重九,春去秋来,远方盆地里那一座岛城,算起来,竟已住了二十六年了。这其间,就算减去旅美的五年,来港的两年,也有十九年之久。北起淡水,南迄乌来,半辈子的岁月便在那里边攘攘度过,一任红尘困我,车声震我,限时信,电话和门铃催我促我,一任杜鹃媚我于暮春,莲塘迷我于仲夏,雨季霉我,溽暑蒸我,地震和台风撼我摇我。四分之一的世纪,我眼见台北长高又长大,脚踏车三轮车把大街小巷让给了电单车计程车,半田园风的小省城变成了国际化的现代立体大城市。镜头一转,前文提要一样跳速,台北也惊见我,如何从一个寂寞而迷惘的流亡少年变成大四的学生,少尉编译官,新郎,父亲,然后是留学生,新来的讲师,老去的教授,毁誉交加的诗人,左颊掌声右颊是嘘声。二十六年后,台北恐已不识我,霜发的中年人,正如我也有点近乡情怯,机翼斜斜,海

《蓝色的羽毛》《天国的夜市》《钟乳石》《万圣节》《莲的联想》《五陵少年》《敲打乐》《在冷战的年代》《白玉·苦瓜》《天狼星》等十余种。其中最著名有《乡愁》。

173

关扰扰,出得松山,迎面那一丛丛陌生的楼影。

　　曾在那岛上,浅浅的淡水河边,遥听嘉陵江滔滔的水声,曾在芝加哥的楼影下,没遮没拦的密西根湖岸,念江南的草长莺飞,花发蝶忙。乡愁一缕,恒与扬子江东流水竞长。前半生,早如断了的风筝落在海峡的对面,手里兀自牵一缕旧线。每次填表,"永久地址"那一栏总教人临表踟蹰,好生为难。一若四海之大,天地之宽,竟有一处是稳如磐石,固如根底,世世代代归于自己,生命深深植于其中,海啸山崩都休想将它拔走似的。面对着天灾人祸,世局无常,竟要填表人肯定说出自己的"永久地址",真是一大幽默,带一点智力测验的意味。尽管如此,表却不能不填。二十世纪原是填表的时代,从出生纸到死亡证书,一个人一辈子要填的表,叠起来不会薄于一部大字典。除非你住在乌托邦,表是非填不可的。于是"永久地址"栏下,我暂且填上"台北市厦门街一一三巷八号"。这一暂且,就暂且了二十多年,比起许多永久来,还永久得多。

　　正如路是人走出来的,地址,也是人住出来的。生而为闽南人,南京人,也曾经自命为半个江南人,四川人,现在,有谁称我为台北人,我一定欣然接受,引以为荣。有那么一座城,多少熟悉的面孔,由你的朋友,你的同学,同事,学生所组成,你的粉笔灰成雨,落湿了多少讲台,你的蓝墨水成渠,灌溉了多少亩报刊杂志。四个女孩都生在那城里,母亲的慈骨埋在近郊,父亲的岳母皆成了常青的乔木,植物一般植根在那条巷里。有那么一座城，锦盒一般珍藏着你半生的脚印和指纹，光荣和愤怒，温柔和伤心，珍藏着你一颗颗一粒粒不朽的记忆。家，便是那么一座城。

　　把一座陌生的城住成了家，把一个临时地址拥抱成永久地址，我成了想家的台北人，在和中国母体土壤接连的一角小半岛上，隔着南海的青烟蓝水，竟然转头东望，思念的，是二十多年来餐我以蓬莱的蓬莱岛城。我的阳台向北，当然，也尽多北望的黄昏。奈何公无渡河，从对河来客的口中，听到的种种切切，陌生的，严厉的，迷惑的，伤感的，几已难认后土的慈颜，哎，久已难认，正如贾岛的七绝所言：

　　　　客舍并州已十霜，归心日夜忆咸阳。
　　　　无端更渡桑乾水，却望并州是故乡。

如果十霜已足成故乡，则我的二十霜啊多情又何逊唐朝一孤僧？

　　未回台北，忽焉又一年有半了。一小时的飞程，隔水原同比邻，但一道海关多重表格横在中间，便感烟波之阔了。愿台北长大长壮但不要长得太快，愿我记忆中的岛城在开路机铲土机的挺进下保留一角半隅的旧区让我循那些曲折而玄秘的窄弄幽巷步入六十年代五十年代。下次见面时，愿相看妩媚如昔，城如此，哎，人亦如此。

　　祖籍闽南，说来也巧，偌大一座台北城，二十多年来只住过两条闽南风味的小街：同安街和厦门街。同安街只住了两年半，后来的二十四年就一直在厦门街。如果台北是我的"家城"（英文有这种说法），厦门街就是我的"家街"了。这家，是住出来的，也是写出来的。八千多个日子，二十几番夏至和秋分，即便是一片沙漠，也早已住成家了。多少篇诗和散文，多少部书，都是在临巷的那个窗口，披一身重重叠叠深深浅浅的绿荫，吟哦而成。我的作品既在那一带的巷间孕化而成，那条小街，那些曲巷也不时浮现在我的字里行间，成为现代文学的一个地理名词。萤塘里、网溪里，久已育我以灵感，希望掌管那一带的地灵土仙能知晓，我的灵感也荣耀过他们。厦门街的名字，在我的香港读者之间，也不算陌生。

有意无意之间，在台北，总觉得自己是"城南人"，不但住在城南，工作也在城南。最具规模的三座学府全在城南，甚至南郊；北起丽水街，南迄指南山麓，我的金黄岁月都挥霍在其中。思潮文风，在杜鹃花簇的迷锦炫绣间起伏回荡。当时年少，曾餍过多少稚美的青睐青眼，西去取经，分不清，身是唐吉诃德或唐僧。对我而言，古亭区该是中国文化最高的地区，记忆也最密。即连那"家巷"的左邻右舍，前翁后媪，也在植物一般悠久而迟缓的默契里，相习而相忘，相近相亲。出得巷里，左手是裁缝铺子、理发店、照相馆……闭着眼睛，我可以一家家数过去，梦游一般直数到汀州街口。前年夏天从香港回台北，一天晚上，去巷口那家药行买药。胖胖的老板娘在柜台后面招呼我，还是二十年来那一口潮州国语。不见老板，我问她老板可好。"过身了——今年春天，"说着她眼睛一阵湿，便流下了泪来。我也为之黯然神伤，一时之间，不知怎么安慰才好，默默相对了片刻，也就走开了。回家的路上，我很是感动，心里满溢着温暖的乡情。一问一答之间，那妇人激动的表情，显示她已经把我当成了亲人。二十年来，我是她店里的常客，和她丈夫当然也是稔熟的。我更想起十八年前母亲去世，那时是她问我答，流泪的是我，喋喋相慰的是她。久邻为亲，那一切一切，城南人怎会忘记？

对我而言，城北是商业区，新社区，无论它有多繁华，我的台北仍旧在城南。台北是愈长愈高了，长得好快，七十年代八十年代在城的东北，在松山机场那一带喊他。未来在召唤，好多城南人经不起那诱惑，像何凡、林海音那一家，便迁去了城北，一窝蜂一窝鸟似的，住在高高的大公寓里，和下面的世界来往，完全靠按纽。等到高速公路打通，桃园的国际机场建好，大台北无阻的步伐，该又向西方迈进了。

该来的，什么也挡不住。已去的，也无处可招魂。当最后一位按摩女的笛声隐隐，那一夜在巷底消逝，有一个时代便随她去了。留下的是古色的月光，情人、诗人的月光，仍崇着城南那一带的灰瓦屋，矮围墙，弯弯绕绕的斜街窄巷。以南方为名的那些街道——晋江街、韶安街、金华街、云和街、泉州街、潮州街、温州街、青田街、当然，还有厦门街——全都有小巷纵横,奇径暗通,而门牌之纷乱,编号排次之无轨可顾,使人逡巡其间,迷路时惶惑如智穷的白鼠,豁然时又自得如天才的侦探。几乎家家都有围墙,很少巷子能一目了然,巷头固然望不见巷腰,到了巷腰,也往往看不出巷底要通往何处。那一盘盘交缠错综的羊肠迷宫,当时陷身其中,固曾苦于寻寻觅觅,但风晨雨夜,或是奇幻的月光婆娑的树影下走过,也赋给了我多少灵感。于今隔海想来,那些巷子在奥秘中寓有亲切,原是最耐人咀嚼的。黄昏的长巷里,家家围墙飘出的饭香,吟一首民谣在召归途的行人:有什么,比这更令人低回的呢?

最耐人寻味的小巷,是同安街东北行,穿过南昌街后,通向罗斯福路的那一段。长只五六十码,狭处只容两辆脚踏车蠕行相交。上面晾着未干的衣裳,两旁总排着一些脚踏车手推车,晒些家常腌味,最挤处还有些小孩子在嬉游。砖墙石壁半已剥蚀,颓败的纹理伸手可触。近罗斯福路出口处还有个小小的土地祠,简陋可笑的装饰也无损其香火不绝,供果长青。那恐怕是世界上最短最窄的一条陋巷了。从师大回家的途中,不记得已蜿穿过几千次了,对于我,那是世界上最滑稽最迷人最市井风的一段街景。电视天线接管了日窄的天空,古台北正在退缩。撼地压来的开路机啊,能绕道而行放过这几座历史的残堡吗?

在"蒲公英的岁月"里,曾说过喜欢的是那岛,不是那城。台北啊我怎能那样说,对你那样不公平?

隔着南中国海的烟波，向香港的电视幕上，收看邻区都市的气象，汉城和东京之后总是台北，是阴是晴是变冷是转热是风前或雨后，都令我特别关心。台风自海上来，将掠台湾而西，扑向厦门和汕头，那气象报告员说，不然便是寒流凛凛自华中南下，气温要普遍下降，明天莫忘多加衣。只有在那一刹那，才幻觉这一切风云雨雾原本是一体，拆也拆不开的。

香港有一种常绿的树，黄花长叶，属刺槐科，据说是移植自台湾，叫"台湾相思"。那样美的名字，似乎是为我而取。

一九七七年三月

简评

余光中先生在文艺世界中涉足广泛，一生多方面地从事诗歌、散文、评论、翻译等创作，最突出的，在读者心中，他是诗人也是散文家。他最有名的《乡愁》一诗传遍了华人世界。2004 年出版 9 卷本《余光中文集》，荣获"华语文学传媒大奖"。余光中先生是个复杂而多变的诗人，他的写作风格变化的轨迹基本上可以说是中国整个诗坛三十多年来的一个走向，即先西化而后回归。正如他自己所述，"少年时代，笔尖所染，不是希顿克灵的余波，便是泰晤士的河水。所酿业无非一八四二年的葡萄酒。"作者的足迹曾踏遍世界各地，但在他的心中却珍藏一片心灵的家园。"乡愁"，是回荡于台湾当代文学殿堂始终而又愈久弥新的主题。在众多的台湾"乡愁"作家群中，余光中是一位颇具代表性的人物。作为台湾当代著名的散文家和诗人，他将海外游子对故土的魂牵梦绕，沉淀为作品中最厚实的底蕴。余光中先生曾经说过"无论我的诗是写于海岛或是半岛或是大陆，其中必有一主题是托跟在那片后土，必有一基调是与源源的长江同一节奏……。"

余光中先生把乡愁的起伏、情感的碰撞贯穿于他的散文创作中,记录了一个时代、一个地域作家群体的共同呼声。阅读他写台北的散文名篇《思台北,念台北》,可以发现作者特定的情绪、心境、气质等是赋予作品生命力的基因。因此,散文创作要经久不衰地保持艺术的魅力,必然不可忽视心理因素对创作的重要作用,再以此为切入点,进一步挖掘潜藏的民族之根本,故国之真实。这也是余光中乡愁散文的美学价值之所在。

"思故怀乡"是中国历代散文的重要母题,是创作主体在文本中借助特定的文学工具所反映出来的特定情感。乡愁是一种绵延在心底的苦,就像爱情在某男某女间的生离死别一样;乡愁又是一种伟大的情感,它占领了我们心灵中最深邃、隐秘的部分。乡愁是源于对往昔经历的特别缅怀,游子背井离乡征途上,当夜雨响在耳边,乡愁也就如约而至,在我们精神的大海上波涛起伏。因为一次次的归去来今,所以我们的乡愁就像大唐王朝西出阳关的征人,充满了蓦然回首的美感、憧憬和"何当共剪西窗烛,却话巴山夜雨时"的情趣。余光中在《思台北,念台北》中,以独到的笔触来追溯台北的前世今生,为的是作者的故园情。而在这一份诚挚难忘的感情中,作者时时刻刻不能忘怀的就是发自内心的浓郁的乡愁,就像作者自己说的那样:"有时候流浪的心疲倦了,他就会像候鸟一样从遥远的异乡带着无限的期待,万里迢迢不顾旅途劳顿地赶回,为的是重温一下故乡的情怀,让自己骚动的心得到滋润。"

也许存在的都是合理的。"因此当海峡般的乡愁被摩登高楼慢慢遮蔽的时候,当血缘般的乡愁被流行文化强势淡化稀释的时候,当大陆般的乡愁被感官享乐全盘击败的时候,我们无聊的心底或许已经忘了回家的方向。乡愁还能成为乡愁吗?"余光中先生的担心不是多余的。读者在余光中乡愁散文的流连之间,不可避免地产生了接踵而至的另类的感悟:乡愁曾是一段尘封历史的精神超越,乡愁曾在故纸堆中喃喃地声声诉说；时过境迁，21世纪的乡愁能不在时间、地域的阻隔中被异化吗？确实如一位资深华人学者所说："余光中是让人浮想联翩，情不自禁的，最容易想到'下凡'之境。他的缺点也许在于过分完美，……一个天生的文学主义者。语言，无可挑剔，漂亮至极；性情，婀娜多姿，繁复丰饶；学养，充沛饱满素无硬伤；见识，高蹈昂扬，一语可缄众口……"。

正因为如此，作者敏锐地觉得，也许乡愁的解构是一个无奈的现实。当它不成其为艺术品，当它被说成是感情的奢侈，当它已成一段淡漠的回忆，乡愁的刻骨铭心岂不成了"为赋新诗强说愁"？事实上，我们也正处在一个没有乡愁的物质社会，支撑我们心情的那座精神纪念碑，就在一场场没有暴风骤雨的灾难中轰然倾圮。我们喜爱陌生的城市，我们流连于酒后的街头，我们欣赏新鲜的演出，我们欢呼青春的流浪。我们信奉四海为家，浪迹天涯是多么美！乡愁是否只会让我举步维艰呢？更让我们尴尬的是，回眸中明丽如花的故园早在漫天的风沙中逝去了它往日的容颜。乡愁被工业文明放逐之后，聊以告慰的情感替代品，只能是机器流水线上制造的手工物品，它有助于身体的肌肉强壮，却丝毫不问心灵的温暖与否。

但是，有一些所谓的时髦，说穿了似乎是浅薄的别名。德国19世纪哲学家诺瓦里斯曾说过："哲学是人们怀着无尽的乡愁寻找人类心灵精神家园。"在哲学家的寻找中，乡愁依然是那样的不可或缺！余光中先生在文中有一个很有意思的说法："把一座陌生的城住成了家，把一个临时地址拥抱成永久地址，我成了想家的台北人，在和中国母体土壤连接一角的小半岛上，隔着南海的青烟蓝水，竟然转头东望，思念的，是20多年来餐我以蓬莱的蓬莱岛城。"恋土情结可以说是余光中诗文最鲜明的情感特征。"恋土"就是眷念家园乡土的"乡愁"，在余光中的诗文中，他所眷念的主要是指生他养他的中国大陆故土。余光中1928年生于南京。在秫陵路小学、南京市第五中学（原南京青年会中学）读书。1947

年入金陵大学外语系。离开中国大陆,自然是"离心","心"即华人和中文的故土,这不仅是地理意义上的,而且更是历史的和文化上的。古时候离开中原,也是一种"离心"。由于"离心"的缘故,产生了中华民族源远流长的"乡愁文学"和"怀乡文学",炎黄子孙不管到了哪里,无论距离"圆心"的行程有多遥远,他的心总是怀念故乡,难忘故土,乡思乡恋乡情乡愁绵延不绝。"思台北,念台北",终于"把一座陌生的城住成了家,把一个临时地址拥抱成永久地址。"我们在余光中的散文中看到的依然是这样一个不舍故土的赤子形象。

读

鞋

◇张拓芜

晨起读报,迎眼便是洛夫兄的《寄鞋》,稍早,洛夫诗成付邮曾会在电话中念给我听,不待放下话筒便已老泪纵横,今天再详读全诗及后记,则更禁不住涕泗滂沱起来,一以悲恸,一以感恩,心中波涛起伏不能自已!

读诗竟读成这个样子,记忆中从未有过;大概这首诗与我有切肤之痛,大概洛夫下笔之时也是鼻子酸酸的,因他是我的好友,因他是位至性的有情人。

这双鞋我穿不下,我并未量脚给她。正如诗中所说:"鞋子也许嫌小一些/我是以心裁量/以童年/以五更的梦裁量",我别她时均是 12 岁的少年,虽然近半个世纪的漫漫岁月,但她记得的仍旧是分别时才

本文选自孙绍振主编《中国散文 60 年选·台湾海外卷》(海峡文艺出版社 2010 年版)。张拓芜(1928—)散文家,诗人。本名时雄,笔名沈甸、左残、沈犁、屯垦。安徽泾县人。自幼家贫,当过学徒。后参加国民党军队,随军去台湾。1975年开始写"代马输卒"散文系列,描写军中生活与人物,实为当代大兵文学的经典之作。

《代马输卒手记》这本书在1976年出版后引起巨大回响。50年代初，任电台编辑，1952年3月首次在《新生报》发表诗作，后在《野风》《半月文艺》等报刊杂志上陆续发表作品（以沈甸的笔名写诗）。1962年出版第一部诗集《五月狩》，1975年，在好友鼓励下开始创作散文。

12岁的表兄（那是1940年的春天）。

莲子是大舅舅的长女，母亲怀着我时回南陵县娘家，舅母则刚好怀着她，姑嫂们谈着谈着就谈到肚子里的小生命，舅母提议指腹为婚，不管谁生女娃儿，一定嫁给对方的男团子，当然，若是生的全是小壮丁或全是"赔钱货"那就不算。

在半个世纪以前，表兄妹结婚是理所当然的，是最亲密的亲上加亲。以前的人重信约，重然诺，说了就算，绝不反悔。上一代的一句话往往决定了下一代的一整生，对女人尤然。

听说她到了30岁才被我父亲强迫出嫁，舅舅去世得早，舅母早已认定她女儿是张家的人，所以她出嫁我父亲便做了主婚人。

父亲只在1948年和我通过一封信，知道我那时在高雄当兵（他以为我当官，其实我只是个上等兵，但不好意思说实话，含含糊糊在让父亲去猜）。30余年生死茫茫，杳无音讯，父亲想他这个不成材的儿子多半不在人世了，兵荒马乱，烽火硝烟的，一个随时要调上火线打仗的军人，生命犹如疯汉手中的玻璃灯——哪有不随时随地砸碎完蛋的！同时看到莲子年华老大，觉得我们张家对她大有亏疚，就强迫性地逼她嫁了出去。

前年夏天，一位同乡长辈寄来一张照片，一见这照片，始而悲恸莫名，号啕大哭，继而全身发冷，心头茫然！我正在烧开水泡茶，那一壶刚滚的开水竟然大半浇在下腿及脚背，因是大理石地板，积满了水之后我寸步不敢离,滑一跤我便整个完蛋。伤到的部位热辣辣作痛,我知道若不早作处理治疗,这条腿会溃烂、发炎,而这条腿正是我赖以行动的惟一的一条健康的腿!

但电话离我尚有二三尺,我又不敢移动,痛就让它痛下去,烂也只好让它烂下去吧,这光景,我心中想的只是那张照片,其他全不存在!

照片是父亲的坟墓,其实只是一抔黄土,别说碑石,连小草也没有一根,是真正的一抔黄土!

自从接到这张照片,心情丕变,在此之前从未想到要与海峡那边的家人联络,从此之后就积极地寻找管道,要问清楚:父亲是哪年哪月哪日过世的?享年多少?同时我要设法托人寄一点钱去,为父亲修个稍微像样的水泥坟,立块碑,碑的左下方刻上我们诸兄弟姐妹的名字以及我们的下一代以及莲子的姓名。她在父亲膝下算不得媳妇,也算不得女儿,那就老老实实地称姨侄女或表侄女吧。

3位弟弟我都不认识,连名字也不知;他们不是我的同胞弟,是我在1940年离家后,继母陆续生的。

看到照片,我知道他们实在没有力量为父亲筑一座稍微像样的水泥坟,这个担子应由我这个不肖的长子来挑。诸弟虽然穷困,但都在父亲膝前尽了菽水之欢,而我这个当长子的,不但未能在膝前承欢,甚或数十年不通音讯,生死茫茫!这样的人子真正不肖不孝至极,真乃牲畜不如!

然则,我能尽的儿子的责任,也只有这些了。

莲子早就知道我已残废,离了婚,目前与唯一儿子相依为命,便一再表示要来我这里,照顾我父子。我想她没有这责任,而且分别处于两个截然不同的世界,她如何能来? 又怎样来得了!

她不但是个大字不识半个的"睁眼瞎子",并且是个十足的没见过世面的乡下老妪,离家才25华里的县城有没有到过都成问题! 她不会说国语,广东话、闽南话更是闻所未闻,不会看路标、路牌,她怎能出得来,又怎能入得了境!

莲子六七岁时即来我家,一直职司婢女使唤工作,母亲在世时只担任洒扫庭除,尚无人轻视她的地位(她是母亲的亲侄女),但母亲去世,继母进门之后,她的地位就一落千丈,砍柴挑水照顾弟妹、种田烧饭洗衣等等粗重分内工作之外,尚得忍受父亲和继母的责骂叱责及掐、打!

我离家出走,逃到孙家埠油坊当学徒之后,姑母和姊姊和父亲和继母决裂。在我未成年成亲之前,她们决不回娘家,莲子挨了揍、受了气,连个哭诉吐冤的对象都没有了。舅舅曾想接她回去,等我们长大了再送过来,但舅母认为她已是张家的人,不必接回家,而继母是因为憎恨我而祸延及她,我不在家中碍继母的眼,久而久之她的处境会好转些。如此,她只得认命了。

她受到这些罪,我全然不知,我也不怎么关心她,因为我在店里当学徒的苦日子并不亚于她,我是泥菩萨过河啊!

这些，都是姊姊亲自踮着小脚走了三天来孙家埠探望月姊夫和我时，亲口对我说的。但我也只听听而已，那年是我当学徒的第三年(一九四三年春天)。老实说，那光景我还不把她当回事，我根本没想到将来要和她拜堂成亲，因为我自己还养不活自己，我只是对舅父舅母有一点点抱歉而已，对她还不曾想到！

《联副》三月二十七日洛夫的《寄鞋》刊出后，接到好几通友人的电话，对我表示慰问之意。洛夫诗的魔力真大矣哉！

我和莲子表妹都已是花甲之人，还能活几天？见面的机会，此生恐怕是没有了。唉！我比莲子幸运，至少我还能捧着一双布鞋仔细研读，她呢，她有什么！

后记：

谢谢好友洛夫的好诗，谢谢杨子先生的专栏，谢谢各位挚友来电话慰问，我已拥有一双千言万语的鞋，能够经常捧着仔细地读，理该感恩、知足，这比以往四十余年的空洞的思念，要实质得多了。

简评

本文作者张拓芜先生，自幼家贫，当过学徒。后参加国民党军队，随军去台湾。在国民党军队中当"代马输卒"，即以人"代马"运"输"山炮的兵丁小"卒"。最初是二等兵，熬到1973年，45岁的张拓芜以上尉军衔从军中退伍，同年中风，病愈后左半边肢体残废，自称"左残"。1975年，在好友鼓励下开始创作散文，写出了著名的"代马五书"。这些作品是他左手左脚都残废的情况下以不懈的毅力完成的，用朴素的语言记述了近30年的军旅生活和一个偏僻小县城的真实面貌。"代马输卒"散文系列，描写的是军营中的生活与人物，是当代士兵文学的经典之作。《代马输卒手记》这本书在1976年出版后引起巨大的反响。和本文作者同年出生的洛夫,原名莫运端、莫洛夫,衡阳人,也是1949年去台湾。后毕业于淡江大学英文系,1996年从台湾迁居加拿大温哥华。在文学创作的道路上,越走越远:国际著名诗人、世界华语诗坛泰斗、诺贝尔文学奖提名者、台湾最著名的现代诗人,被诗歌界誉为"诗魔"。"后记"里记得很清楚,有了他的"寄鞋"诗,才有张拓芜"读鞋"散文,赏析"读鞋"还是先读一读"寄鞋"为好。洛夫《寄鞋》诗云:

间关千里

寄给你一双布鞋

一封

无字的信

积了四十多年的话

想说无从说

只好一句句

密密缝在鞋底

……

这些话我偷偷藏了很久

有几句藏在井边

有几句藏在厨房

有几句藏在枕头下

有几句藏在午夜明灭不定的灯火里

有的风干了

有的生霉了

有的掉了牙齿

有的长出了青苔

现在一一收集起来

密密缝在鞋底

……

鞋子也许嫌小一些

我是以心裁量,以童年

以五更的梦裁量

合不合脚是另一回事

请千万别弃之

若敝屣

四十多年的思念

四十多年的孤寂

全都缝在鞋底

(洛夫)后记:

好友张拓芜与表妹沈莲子自小订婚,因战乱在家乡分手后,天涯海角,不相闻问已逾四十年;近透过海外友人,突接获表妹寄来亲手缝制的布鞋一双。拓芜捧着这双鞋,如捧一封无字而千言万语尽在其中的家书,不禁涕泪纵横,歔欷不已。现拓芜与表妹均已老去,但情之为物,却是生生世世难以熄灭。本诗仍假借沈莲子的语气写成,故用词力求浅白。

那双寄自海峡彼岸的鞋,寄托的是莲子无言的相思、如血的亲情。在作者的心中,睽违几十年的莲子已经不是单纯意义上的"莲子",她成了故土和亲人的象征!鞋子寄来了相思,在作者的心中引发了相思的共鸣,那是飘零他乡的游子在历经人生的磨难之后对故乡和亲人的痛彻心扉的思念。这是一篇感人至深的散文,这是一个阔别家乡数十年的游子不尽的奔涌激荡的情怀,这是浅浅的海峡两岸积几十年人间苦难的悲剧的写照。"性情直托,具见肝胆",是张拓芜散文最主要的特色。《读鞋》，全文直抒胸臆，浑然天成，洗尽铅华。全篇文字皆随性而发。文章一开始就是一哭，哭声中重重地叩击了读者的心扉。接下来，一抔黄土见到了父亲的坟墓，又是一恸！作者悲伤的眼泪弥漫于字里行间，所有的叙述都是带泪的回忆。作者痛哭的眼泪弥漫于全文字里行间，至文章的结尾处："唉！我比莲子幸运，至少我还能捧着一双布鞋仔细研读，她呢，她有什么?"一声沉重的叹息。所有的叙述都是洒满泪水的文字。

拣麦穗

◇ 张洁

在农村长大的姑娘,谁不熟悉拣麦穗这回事儿呢?

我要说的,却是几十年前拣麦穗的那段往事。

或许可以这样说,拣麦穗的时节,也许是顶能引动姑娘们的幻想的时节。

在那月残星稀的清晨,挎着一个空篮子,顺着田埂上的小路,走去拣麦穗的时候,她想的是什么呢?

等到田野上腾起一层薄雾,月亮,象是偷偷地睡过一觉,重又悄悄地回到天边,方才挎着装满麦穗的篮子,走回自家的破窑洞的时候,她想的又是什么呢?

哎,她能想什么呢?!

本文选自钱谷融、吴宏聪主编《中国现代文学作品选读》(下册)(华东师范大学出版社1987年版)。张洁(1937—),当代女作家,原籍辽宁,生于北京。北京市作协专业作家,国家一级作家。1978年始发文学作品,长篇小说《沉重的翅膀》获"第二届茅盾文学奖"、《无字》获"第六届茅盾文学奖"、中篇小说《祖母绿》获"第三届全国优秀中篇小说奖"、短篇小说《森林里来的孩子》获"第一届全国优秀短篇小说奖"等。有短篇小说集《爱，是不能忘记的》、中篇小说集《方舟》、长篇散文《世界上最疼我的那个人去了》以及《张洁文集》(4卷)。其散文《我的四季》《挖荠菜》《拣麦穗》等被选入中学语文课本。

假如你没有在那种日子里生活过，你永远不能想象，从这一粒粒丢在地里的麦穗上，会生出什么样的幻想！

她拼命地拣呐，拣呐，一个收麦子的时节，能拣上一斗？她把这麦子换来的钱积攒起来，等到赶集的时候，扯上花布，买上花线，然后，她剪呀，缝呀，绣呀……也不见她穿，也不见她戴，谁也没和谁合计过，谁也没找谁商量过，可是等到出嫁的那一天，她们全会把这些东西，装进新嫁娘的包裹里去。

不过，当她们把拣麦穗时所伴着的幻想，一同包进包裹里去的时候，她们会突然感到那些幻想全都变了味儿，觉得多少年来，她们拣呀，缝呀，绣呀，实在是多么傻啊！她们要嫁的那个男人，和她们在拣麦穗、扯花布、绣花鞋的时候所幻想的那个男人，有着多么大的不同，又有着多么大的距离啊！但是，她们还是依依顺顺地嫁了出去，只不过在穿戴那些衣物的时候，再也找不到做它、缝它时的那种心情了。

这算得了什么呢？谁也不会为她们叹一口气，表示同情。谁也不会关心她们还曾经有过幻想。连她们自己也甚至不会感到过分地悲伤。顶多不过象是丢失了一个美丽的梦。有谁见过那一个人会死乞白赖地寻找一个丢失的梦呢？

当我刚刚能歪歪咧咧地提着一个篮子跑路的时候，我就跟在大姐姐的身后拣麦穗了

那篮子显得太大，总是磕碰着我的腿和地面，闹得我老是跌跤。我也很少有拣满一个篮子的时候，

我看不见田里的麦穗，却总是看见蚂蚱和蝴蝶，而当我追赶它们的时候，拣到的麦穗，还会从篮子里重新掉回地里去。

有一天，二姨看着我那盛着稀稀拉拉几个麦穗的篮子说："看看，我家大雁也会拣麦穗了。"然后，她又戏谑地问我："大雁，告诉二姨，你拣麦穗做啥？"

我大言不惭地说："我要备嫁妆哩！"

二姨贼眉贼眼地笑了，还向围在我们周围的姑娘，婆婆们眨了眨她那双不大的眼睛："你要嫁谁！"

是呀，我要嫁谁呢？我忽然想起那个卖灶糖的老汉。我说："我要嫁那个卖灶糖的老汉！

她们全都放声大笑，象一群鸭子一样嘎嘎地叫着。笑啥嘛！我生气了。难道做我的男人，他有什么不体面的地方吗？

卖灶糖的老汉有多大年纪了？我不知道。他脸上的皱纹一道挨着一道，顺着眉毛弯向两个太阳穴，又顺着腮帮弯向嘴角。那些皱纹，给他的脸上增添了许多慈祥的笑意。当他挑着担子赶路的时候，他那剃得象半个葫芦的后脑勺上的长长的白发，便随着颤悠悠的扁担一同忽闪着。

我的话，很快就传进了他的耳朵。

那天，他挑着担子来到我们村，见到我就乐了。说："娃呀，你要给我做媳妇吗？"

"对呀！"

他张着大嘴笑了，露出了一嘴的黄牙。他那长在半个葫芦样的头上的白发，也随着笑声一齐抖动着。

"你为啥要给我做媳妇呢?"

"我要天天吃灶糖哩!"

他把旱烟锅子朝鞋底上磕着:"娃呀,你太小哩。"

"你等我长大嘛!"

他摸着我的头顶说:"不等你长大,我可该进土啦。"

听了他的话,我着急了。他要是死了,那可咋办呢?我那淡淡的眉毛,在满是金黄色的茸毛的脑门上,拧成了疙瘩。我的脸也皱巴得象个核桃。

他赶紧拿块灶糖塞进了我的手里。看着那块灶糖,我又咧着嘴笑了:"你别死啊,等着我长大。"

他又乐了。答应着我:"我等你长大。"

"你家住哪哒呢?"

"这担子就是我的家,走到哪哒,就歇在哪哒!"

我犯愁了:"等我长大,去哪哒寻你呀!"

"你莫愁,等你长大,我来接你!"

这以后,每逢经过我们这个村子,他总是带些小礼物给我。一块灶糖,一个甜瓜,一把红枣……还乐呵呵地对我说:"看看我的小媳妇来呀!"

我呢,也学着大姑娘的样子——我偷偷地瞧见过——要我娘找块碎布,给我剪下个烟荷包,还让我娘在布上描了花。我缝呀,绣呀……烟荷包缝好了,我娘笑得个前仰后合,说那不是烟荷包,皱皱巴巴的,倒象个猪肚子。我让我娘给我收起来,我说了,等我出嫁的时候,我要送给我男人。

我渐渐地长大了。到了知道认真地拣麦穗的年龄了。懂得了我说过的那些个话。都是让人害臊的话。卖灶糖的老汉也不再开那玩笑——叫我是他的小媳妇了。不过他还是常常带些小礼物给我。我知道,他真的疼我呢。

我不明白为什么,我倒真是越来越依恋他,每逢他经过我们村子,我都会送他好远。我站在土坎坎上,看着他的背影,渐渐地消失在山坳坳里。

年复一年,我看得出来,他的背更弯了,步履也更加蹒跚了。这时,我真的担心了,担心他早晚有一天会死去。

有一年,过腊八的前一天,我约莫着卖灶糖的老汉那一天该会经过我们村。我站在村口上一棵已经落尽叶子的柿子树下,朝沟底下的那条大路上望着,等着。

那棵柿子树的顶梢梢上,还挂着一个小火柿子。小火柿子让冬日的太阳一照,更是红得透亮。那个柿子多半是因为长在太高的树梢上,才没有让人摘下来。真怪,可它也没让风刮下来,雨打下来,雪压下来。

路上来了一个挑担子的人。走近一看,担子上挑的也是灶糖,人可不是那个卖灶糖的老汉。我向他打听卖灶糖的老汉,他告诉我,卖灶糖的老汉去了。

我仍旧站在那棵柿子树下,望着树梢上的那个孤零零的小火柿子。它那红得透亮的色泽,仍然给人一种喜盈盈的感觉。可是我却哭了,哭的很伤心。哭那陌生的,但却疼爱我的卖灶糖的老汉。

后来,我常想,他为什么疼爱我呢?无非我是一个贪吃的,因为生得极其丑陋而又没人疼爱的小女孩吧?

等我长大以后,我总感到除了母亲以外,再也没有谁能够象他那样朴素地疼爱过我——没有任何希求,没有任何企望的。

真的,我常常想念他。也常常想要找到,我那个皱皱巴巴的,象猪肚子一样的烟荷包。可是,它早已不知被我丢到哪里去了。

简评

著名作家张洁女士的《捡麦穗》是《挖荠菜》的姊妹篇,也是张洁散文的代表作之一,是我们熟知的一篇关于张扬人性美的散文。故事讲述的是在20世纪中期的中国农村,主人公大雁和一个卖灶糖的老汉之间那种童话般纯洁的感情故事。这种看似不起眼的话题,却被作家赋予了灵魂,成为一种美的享受,一种道德境界的追求。老人与孩子之间产生了平淡而又真切的关怀与牵挂,不含半点的虚伪矫饰,没有丝毫的功利与世俗。它来自人的精神世界中最高贵、最纯洁的原生态,是一首人性的赞歌。卖灶糖的老汉去了。"我仍旧站在那棵柿子树下,望着树梢上的那个孤零零的小火柿子。它那红得透亮的色泽,仍然给人一种喜盈盈的感觉。可是我却哭了,哭得很伤心。哭那陌生的,但却疼爱我的卖灶糖的老汉。"故事发生在一个"刚刚能歪歪咧咧地提着一个篮子跑路的"小女孩和"他的背更弯了,步履也更加蹒跚了"的卖灶糖的老汉之间。文章极具可读性也带来了人性之美。"拣麦穗"的故事,是一个美丽而无奈的梦境,似一声轻轻、淡淡且又深深、长长的叹息。在这里"拣麦穗"具有了时代特色的象征意义。

《拣麦穗》是作者在1979年写的,这个作品关注的是生活在农村里的那些妇女的境况。在农村这个广袤的大地上，众多的农村女性，在田间辛苦劳作，艰难地活着。物质匮乏，婚姻是她们改变命运的"自古华山一条路"。所以她们怀揣着梦想，想找到一个自己心目中的男人，希望这个男人能将他们带到幸福的生活中去。所以她们拣麦穗，备嫁妆，就蕴涵着人生的追求和憧憬。"我"是一个连篮子都挎不好的小姑娘，拣麦穗也丢三落四，受别人的"熏陶"，居然也会说"备嫁妆"，而要嫁的人居然是那个卖灶糖的老汉（只是为了天天有灶糖吃）！这完全是一种儿童的逻辑，充满了童趣、纯真和可爱。老汉跟"我"非亲非故，只不过是个走街串巷、漂泊无依的孤老头，但是真的"疼我"。他的爱是无私的，当"我"懂事之后，就不再打趣"我"了。而"我"也是真心牵挂他：给他缝皱巴巴的烟荷包，担心他的苍老会让他死去。在这一老一少之间，有一种淳朴、无私、温良的人性美。在物质贫乏的农村，一块糖就是孩子生命中最美好的东西，她在追寻着这种生活之美。而卖灶糖的老汉真心地疼爱着这个长的不起眼又比较丑的小女孩，把一种长辈对晚辈的爱护悄悄送给这个缺乏爱的小姑娘。这种无欲无求的爱难道不是世界上最美好的爱？人性的光辉在这里闪现。比照成人世界，这种无私的情感显得弥足珍贵。但是事实却不是这样的，她们心中的男人和现实中的男人是不一样的。只是她所期待的不是改变她命运的白马王子，而是那个能做出灶糖的老汉。虽然作者语调平淡安静，但从字里行间却能品味出她对那质朴的乡村、纯真的童年深深的怀念。

张洁的散文不像她的小说那样意旨显豁、锋芒毕露，而是含蓄温婉、平和明净，但又不失于肤浅。文章中表达的是作者对道德理想境界的一种追求。张洁的"猪肚子"烟荷包就是一种纯洁的象征，也是作者一直在追寻的那种美好境界，甚至她希望所有的人都能通过文字来认识美好，记住美好。"张洁早期所写的《来自森林的孩子》和《拣麦穗》，都在表现苦涩人生的时候流露出一抹淡淡的温馨之情。这抹温馨哪怕再

微弱，也像黑暗中的点点星火，让绝望的人生望到一线生机。"（李子云《灿烂的花瓣饭》）

《拣麦穗》多次写到"我"对老汉的关切，"我倒真是越来越依恋他，每回他经过我们村子，我都会送他好远。我站在土坎坎上，看着他的背影，渐渐消失在山坳坳里"，甚至为了老汉缝呀、绣呀，那个像猪肚子一样的烟荷包……而卖灶糖的老汉每回带礼物，见到小女孩大雁时也打趣："看看我的小媳妇来呀！"他明知道等小姑娘长大，自己即使没有死去，也是入土有期的苟活者了！他们之间只是互相关怀，但他却心甘情愿地付出了一腔真情，在那个物质匮乏的年代，每回都要如期而至，送给那个非亲非故、丑陋贪嘴的小女孩些许的好吃零食和渴望的礼物。明眼人一看就知道这是两代人之间的亲情之爱。

《拣麦穗》这篇文章在写法上灵活多变，它是一篇不可多得的好文章。它被选入中学语文课本，同时也说明了中国语文教育的价值取向和勃勃生机。

安塞腰鼓

◇刘成章

一群茂腾腾的后生。

他们的身后是一片高粱地。他们朴实得就像那片高粱。

咝溜溜的南风吹动了高粱叶子,也吹动了他们的衣衫。

他们的神情沉稳而安静。紧贴在他们身体一侧的腰鼓,呆呆地,似乎从来不曾响过

但是:

看!——

一捶起来就发狠了,忘情了,没命了!百十个斜背响鼓的后生,如百十块被强震不断击起的石头,狂舞在你的面前。骤雨一样,是急促的鼓点;旋风一

本文发表于1986年10月3日《人民日报》,后收入季涤尘、丛培香选编辑《中国当代散文精华》(人民文学出版社1989年版)。刘成章,当代诗人、散文家、共产党员,陕西省延安市人。现任陕西省作家协会副主席,中国作家协会会员,中国散文学会常务理事,一级作家。主要成就:"首届《散文》一等奖";"首届鲁迅文学奖";陕

西省"双五文学奖特别奖"等。代表作品有《羊想云彩》《安塞腰鼓》等。

样,是飞扬的流苏;乱蛙一样,是蹦跳的脚步;火花一样,是闪射的瞳仁;斗虎一样,是强健的风姿。黄土高原上,爆出一场多么壮阔、多么豪放、多么火烈的舞蹈哇——安塞腰鼓!

这腰鼓,使冰冷的空气立即变得燥热了,使恬静的阳光立即变得飞溅了,使困倦的世界立即变得亢奋了。

使人想起:落日照大旗,马鸣风萧萧!

使人想起:千里的雷声万里的闪!

使人想起:晦暗了又明晰、明晰了又晦暗、尔后最终永远明晰了的大彻大悟!

容不得束缚,容不得羁绊,容不得闭塞。是挣脱了、冲破了、撞开了的那么一股劲!

好一个安塞腰鼓!

百十个腰鼓发出的沉重响声,碰撞在四野长着酸枣树的山崖上,山崖蓦然变成牛皮鼓面了,只听见隆隆,隆隆,隆隆。

百十个腰鼓发出的沉重响声,碰撞在遗落了一切冗杂的观众的心上,观众的心也蓦然变成牛皮鼓面了,也是隆隆,隆隆,隆隆。

隆隆隆隆的豪壮的抒情,隆隆隆隆的严峻的思索,隆隆隆隆的犁尖翻起的杂着草根的土浪,隆隆隆隆的阵痛的发生和排解……

好一个安塞腰鼓!

后生们的胳膊、腿、全身,有力地搏击着,疾速地搏击着,大起大落地搏击着。它震撼着你,烧灼着你,威逼着你。它使你从来没有如此鲜明地感受到生命的存在、活跃和强盛。它使你惊异于那农民衣着包裹着的躯体,那消化着红豆角角老南瓜的躯体,居然可以释放出那么奇伟磅礴的能量!

黄土高原啊,你生养了这些元气淋漓的后生;也只有你,才能承受如此惊心动魄的搏击! 多水的江南是易碎的玻璃,在那儿,打不得这样的腰鼓。

除了黄土高原,哪里再有这么厚这么厚的土层啊!

好一个黄土高原! 好一个安塞腰鼓!

每一个舞姿都充满了力量。每一个舞姿都呼呼作响。每一个舞姿都是光和影的匆匆变幻。

每一个舞姿都使人颤栗在浓烈的艺术享受中,使人叹为观止。

好一个痛快了山河、蓬勃了想像力的安塞腰鼓!

愈捶愈烈! 形体成了沉重而又纷飞的思绪!

愈捶愈烈! 思绪中不存任何隐秘!

愈捶愈烈! 痛苦和欢乐,生活和梦幻,摆脱和追求,都在这舞姿和鼓点中,交织! 旋转! 凝聚! 奔突! 辐射! 翻飞! 升华! 人,成了茫茫一片;声,成了茫茫一片……

当它夏然而止的时候,世界出奇的寂静,以至使人感到对她十分陌生了。

简直像来到另一个星球。

耳畔是一声渺远的鸡啼。

简 评

这是一篇视野开阔、气氛热烈的文章，黄土高原上，南风猎猎，黄沙滚滚，野旷天低，跳动着生命和热烈，非切身理解而不能有如此深刻体验。

这篇文章赞美激荡的生命和磅礴的力量，表现了男子汉的阳刚美，表现了要冲破贫困的生活条件，冲破思想束缚阻碍的愿望，突出地表现了作为人就要这样痛快淋漓的生活。《安塞腰鼓》篇幅不长，却足以让你在心灵上受到极大的震撼。文章突出地描写了气势恢宏、大气磅礴的安塞腰鼓，热情地歌颂了安塞腰鼓所显示的激昂勃发的生命的律动之美，作者以飞扬的词采，让我们真切地领略了生命与力量的壮美。你会情不自禁地感悟到黄土高原上特殊的地理环境所孕育出的粗犷、强悍、奔放、洒脱、气冲云天的气概，震撼人心，催人奋进。

刘成章先生以自己的大量优秀作品无可辩驳地证明，他是一位有深厚文学功底和善于刻画描写的实力派作家。他的散文作品饱含着强烈的时代精神、高度的艺术性和浓郁的陕北特色。他的散文集《羊想云彩》获得了"首届鲁迅文学奖"。其中总共7篇作品被选入15种版本的语文教科书。有的学者称他为"描绘陕北的第一小提琴手"；有的专家称他的作品是"无韵之信天游"，其中不仅有诗、有画、有悦耳动听的旋律，也是可以吟唱、朗诵的名副其实的艺术散文。1986年的《安塞腰鼓》使他此类散文又跃上一个新高度。《安塞腰鼓》的气魄是震撼人心的。如果说贾平凹的《秦腔》是他从"秦腔"里发现并写出了"秦人"的精神"表征"的话，那么刘成章的《安塞腰鼓》即是他从"安塞腰鼓"的舞姿和鼓声中发现并撷取了陕北人的元气和灵魂！《安塞腰鼓》是一曲陕北人生命、活力的炽烈颂歌，是一首黄土高原上，有沉实、厚重内蕴的诗性礼赞。

这篇文章内容和形式取得了完美的统一。全文共三十个自然段，多用短句来表现内容。如"一群茂腾腾的后生"，简洁地表现了年轻生命的热烈奔放；"忘情了，没命了"，有力地表现了生命沸腾、力量喷涌不可遏止的情景；其他如"落日照大旗""只听见隆隆，隆隆，隆隆"，"愈捶愈烈"等句，无不铿锵激昂。同时，本文还大量运用排比，有句子内部、句与句、段与段之间的排比，不仅交错出现，而且一连许多，如"使人想起……""愈捶愈烈"，都是一连用三个排比句，犹如江河一泻千里，不可遏止。许多排比对偶工整，如"骤雨一样，是急促的鼓点；旋风一样，是飞扬的流苏；乱蛙一样，是蹦跳的脚步；火花一样，是闪射的瞳仁；斗虎一样，是强健的风姿"一段，气势昂扬；还有的排比层层递进，如"挣脱了、冲破了、撞开了""震撼着你，烧灼着你，威逼着你"等，排山倒海般的撞击让读文章的人透不过气来。所以，文章自始至终，一直保持着快速的节奏。一个排比接一个排比，一个高潮接一个高潮，不让人有半分喘息的机会。快节奏使得内容表达得更热烈、更激荡，充分表现了生命和力量喷薄而出的神韵！

"人类用自己的力量和智慧，创造了无数辉煌的业绩，运动场上一个又一个世界纪录的刷新，科技领域一项又一项发明创造的诞生，展现了人类生命力与美的无穷魅力。……表明人类生命具有藐视一切的气魄，生命力量和智慧的扩展是无限的。"尽管如此，人们对生命的礼赞和对生命力的感悟往往要受到各种因素的干扰，存在这样那样的问题，乃至生命的被践踏。经历了生命的炼狱和生活的煎熬的乡土文学大师沈从文先生在经历过大起大落的生活之后，从内心深处发出这样的追问："每个活人都像是有一个生命，生命是什么，居多人是不曾想起的，就是'生活'也不常想起。我说的是离开自己生活来检视自己生活这样的事情，活人中就很少那么做，因为这么做不是一个哲人，便是一个傻子。"（《生命》）本文作者把生命的宣泄、力量的喷发赋予了"黄土高原"的精

安塞腰鼓

灵——"安塞腰鼓",是有其深刻含义的。"黄土高原啊,你生养了这些元气淋漓的后生;也只有你,才能承受如此惊心动魄的搏击!"相比作者对黄土高原的赞美,对水乡江南,却觉得"多水的江南是易碎的玻璃,在那儿,打不得这样的腰鼓",然后再次感慨"除了黄土高原,哪里再有这么厚这么厚的土层啊!"作者为什么对黄土高原情有独钟?在作者看来,黄土高原的人"朴实""沉稳""安静",他们还保存着生命的"元气",相比商品经济发达的江南,少了些浮躁,少了些世故。皇天后土,蕴藏着原始的生命,积蓄着骚动的力量,而多水的江南,已经流逝了许多许多,改变了许多许多。

《安塞腰鼓》,它显示了一篇优秀散文特殊的生命力量。

忆

母亲

◇ 肖复兴

世上有一部永远写不完的书，那便是母亲……

那一年，我的生母突然去世，我不到八岁，弟弟才三岁多一点儿，我俩朝爸爸哭着要妈妈。爸爸办完丧事，自己回了一趟老家。他回来的时候，给我们带回来了她，后面还跟着一个不大的小姑娘。爸爸指着她，对我和弟弟说："快，叫妈妈！"弟弟吓得躲在我身后，我噘着小嘴，任爸爸怎么说就是不吭声。"不叫就不叫吧！"她说着，伸出手要摸摸我的头，我扭着脖子闪开，就是不让她摸。

望着这陌生的娘俩，我首先想起了那无数人唱过的凄凉小调："小白菜呀，地里黄呀，两三岁呀，没了娘呀……"我不知道那时是一种什么心绪，总是志

本文选自朱自清等著《中国最美的散文、世界最美的散文经典集：两卷版》（江苏美术出版社，2014年版）。作品选入时有删改肖复兴，1947年生，中国著名作家，原籍河北沧州，现居北京。曾任《人民文学》杂志社副主编，国务院新闻办《中国网》专栏作家、专家。作品获奖情况：2010年凭借《京城旧事》获得"上海文学

奖";2013年,《我的读书笔记》入选"2013青少年推荐阅读图书";《音乐笔记》获"首届冰心散文奖";《海河边的一间小屋》获"全国第二届优秀报告文学奖";《生当作人杰》获"全国第三届优秀报告文学奖";《忆秦娥》获"第三届老舍散文奖";《童非素描》获"第一届全国体育报告文学一等奖";《国际大师和他的妻子》曾入选加拿大大学中文教材。《肖复兴自选集》中《拥你入睡》被编入人教版中学课本。

忐不安地偷偷看她和她的女儿。

在以后的日子里,我从来不喊她妈妈。有一天,我把妈妈生前的照片翻出来挂在家里最醒目的地方,以此向后娘示威,怪了,她不但不生气,而且常常踩着凳子上去擦照片上的灰尘。有一次,她正擦着,我突然向她大声喊着:"你别碰我的妈妈。"好几次夜里,我听见爸爸在和她商量:"把照片取下来吧!"而她总是说:"不碍事儿,挂着吧!"头一次我对她产生了一种说不出的好感,但我还是不愿叫她妈妈。

孩子没有一个是省油的灯,大人的心操不完。我们大院有块平坦、宽敞的水泥空场。那是我们孩子的乐园,我们没事便到那儿踢球、跳皮筋,或者漫无目的地疯跑。一天上午,我被一辆突如其来的自行车撞倒,重重地摔在水泥地上,大夫告诉我:"多亏了你妈呀! 她一直背着你跑来的,生怕你留下后遗症,长大了可得好好孝顺呀……"

她站在一边不说话,看我醒过来便伏下身摸摸我的后脑勺,又摸摸我的脸。我不知怎么搞的,第一次在她面前流泪了。"还疼?"她立刻紧张地问我。我摇摇头,眼泪却止不住。"不疼就好,没事就好!"

回家的时候,天已经全黑了。从医院到家的路很长,还要穿过一条漆黑的小胡同,我一直伏在她的背上。我知道刚才她就是这样背着我,跑了这么长的路往医院赶的。

没过几年,三年自然灾害就来了,只是为了省出家里一口人吃饭,她把自己的亲生闺女,那个老实、听话,像她一样善良的女儿嫁到了内蒙古。那年小姐姐才18岁,我记得特别清楚,那一天,天气很冷,爸爸看小姐姐穿得太单薄了,就把家里唯一一件粗线毛大衣给小姐姐穿上,她看见了,一把扯了下来:"别,还是留给她弟弟吧!"车站上,她一句话也没说,只是在火车开动的时候,向女儿挥了挥手。寒风中,我看见她那像枯枝一样的手臂在抖动,回来的路上她一边走一边叨叨:"好啊,好啊,闺女大了,早寻个人家好啊,好!"我实在是不知道人生的滋味儿,不知道她一路上叨叨的这几句话是在安抚她自己那流血的心。她也是母亲,她送走自己的亲生闺女,为的是两个并非亲生的孩子,世上竟有这样的后母?望着她那日趋弓起的背影,我的眼泪一个劲往外涌。"妈妈!"我第一次这样称呼了她,她站住了,回过头来,愣愣地看着我不敢相信是真的,我又叫一声"妈妈",她竟"呜"的一声哭了,哭得像个孩子。多少年的酸甜苦辣,多少年的委屈,全都在这一声"妈妈"中融解了。母亲啊,您对孩子的要求总是这么少……

　　这一年,爸爸因病去世了,妈妈先是帮人家看孩子,以后又在家里弹棉花,攥线头,妈妈就是用弹棉花攥线头挣来的钱供我和弟弟上学。望着妈妈每天满身、满脸、满头的棉花毛毛,我常想亲娘又怎么样?从那以后的许多年里,我们家的日子虽然过得很清苦,但是,有妈妈在,我们仍然觉得很甜美。无论多晚回家,那小屋里的灯总是亮的,橘黄色的灯光里是妈妈跳动的心脏。只要妈妈在,那小屋便充满温暖,充满了爱。

　　我总觉得妈妈的心脏会永远地跳动着,却从来没想到,我们刚大学毕业的时候,妈妈却突然倒下了,而且再也没有起来。妈妈,请您在天之灵能原谅我们儿时的不懂事,而我永远也不能原谅自己。我知道在这个世界上,我什么都可以忘记,却永远不能忘记您给予我们的一切……

　　世上有一部永远写不完的书,那便是母亲。

简评

　　作者肖复兴先生因为有了幼年痛失母亲的不幸,才有了后来不同寻常的"后妈"的生活,所以,也许是生活的馈赠,肖复兴写了多篇歌颂"母爱"的散文。

　　"世上有一部永远写不完的书,那便是母亲。"这句话像一块巨大的石头压在作者的心上,潜台词是厚重的,乃至不吐不快,说出来就成了一篇感人至深的文章。这是作者独特的感情经历,也是一次对生活的重新发现。继母,也就是"后妈",这是一个在社会的记忆中,在老百姓的口头上流传了多少年的遭人诟病不光彩的形象。作者用自己的难忘经历否定了一直以来几成定格的后妈的怨毒的形象。从误解到感念、到记在心中,这是作者想告诉我们千万别忽略了自己身边的爱,否则就将后悔莫及,因为我们身边发生的这样的故事永远不可能重演一次,如果我们真的这样对待有恩于我们的"后妈",那将是不可饶恕的。我们来听听肖复兴发自内心的忏悔吧:

　　"10年来,我写过许多篇有关普通人的报告文学。我自认与他们血脉相连,心不能不像磁针一样指向他们。可是,我却从来没有想我可以,也应该写写她老人家。为什么?为什么?"

　　"是的,她比我写的报告文学中那些普通人更普通、更平凡,就像一滴雨、一片雪、一粒灰尘，渗进泥土中，飘在空气中，看不见，不会引人注意。人啊，总容易把眼睛盯在别处，而忽视眼前的、身边的。于是，也最容易失去弥足珍贵的。"

"我常责备自己：为什么现在才想起来写写她老人家呢？前些日子，她那样突然地离开人世，竟没有留下一句话！人的一生中可以有爱、恨、金钱、地位与声名，但对比死来讲，一切都不足道。一生中可能有内疚、悔恨和种种闪失，都可以重新弥补，唯独死不能重来第二次。现在，再来写写对比生命来说苍白无力的文学，又有什么用呢？"

"她就是我的母亲。"

句句发自内心，字字饱含血泪。本文用椎心泣血的事实有力地颠覆了一种传统的偏见。"后妈"同样可以展现出母爱的伟大。从偏见到感念，这情感的巨大变化给读者的心灵带来了强烈的冲击。

作者的忏悔是真诚的，也是打动人的。很多人读了《忆母亲》之后，都觉得更理解肖复兴了。老作家孙犁在给作者的信中说：您的回忆文章，使我得以了解您的身世。这很重要，了解一个作家及其作品，是一回事，分不开。不了解作家的身世，贸然谈论他的作品，是不妥当的。好像在街上，看人的面孔，总不会认识他的。老作家孙犁如同走进了作者的家庭，更让人难忘的是对父亲的理解："您的生母逝世后，您的父亲'回了一趟老家'。这完全是为了您和弟弟。到了老家，经过亲友们的商议、物色，才找到一个既生过儿女、年岁又大的女人，这都是为了你们。……所以，令尊当时的心情是很痛苦的。""现在，有的作家，感受不多，而感想并不少，都是空话，虚假的情节，虚假的感情，所以我很少看作品了。"

本文之所以打动人，因为这是一次完整的情感经历，也是一次对生活的重新发现。养子生活凄惨的常言，在肖复兴如泣如诉的忏悔中被否定了，并有力地向人们证实了后妈也可以是善良的，甚至是伟大的，如果后妈被人不理解的话，也只是我们内心深处被传统的阴影所覆盖，抑或是我们对生母的不舍眷念，最终导致对后妈情感上天生的排斥。置后妈于传统的阴影之中，在肖复兴的心里是锥心的痛。

读肖复兴的散文一个突出的感受是，风格散淡中有人生的感悟。语言朴实无华，却又显得相当细腻生动。文章的结构虽然平铺直叙，但因为贯穿其中的感情波澜起伏，依然使文章看起来有曲折通幽之感，特别是贯穿其中的对人生的不懈探求，让文章的内涵随着阅读的深入最终形成一股打动人的力量。平实的文风在本文体现的淋漓尽致，主要表现有两点：一是描述上显得深沉，情感的表达却有水到渠成之妙；二是结构上，同样因为情感的前后落差极大，作者对后母的感情由开始的排斥厌恶，到悔悟自责，到忏悔，再到发自内心的真挚的爱。

作者在文章的结尾有一段痛心疾首的话，值得我们反复咀嚼："妈妈，请你的在天之灵能原谅我们儿时的不懂事，而我却永远也不能原谅自己……"。关于后妈的回忆，作者在其他文章中的表述却是让人欣慰的，我们似乎也找到了肖复兴可以原谅自己的理由。《窗前的母亲》就有这样的回忆：

在家里，母亲最爱呆的地方就是窗前。自从搬进楼房，母亲就很少下楼，我们都嘱咐她，她自己也格外注意：楼层高、楼梯陡，自己老了，如果磕着碰着就会给孩子添麻烦。每天，我们在家的时候，她和我们一起忙乎着做家务，手脚不拾闲儿；我们一上班，孩子一上学，家里只剩下她一个人时，大部分时间，她就呆在窗前……我们回家，只要走到楼前，抬头望一下那扇窗子，就能看见母亲的身影。窗子开着的时候，母亲花白的头发会迎风摆动，窗框就像恰到好处的画框。等我们爬上楼梯，还没掏出门钥匙，门已经开了，母亲站在门口。不用说，我们从楼下看见母亲时，母亲也看见我们了。那时候，我们出门永远不怕忘记带房门钥匙，有母亲在窗前守候着，门后面总会有一张温暖的脸庞。有时我们晚上很晚才回家,楼下已经黑乎乎一片了,窗前的母亲也能看见我们。其实,母亲早就老眼昏花,不过是凭感觉而已,可她的感觉从来都十拿九稳,她总是那样及时地出现在家门的后面,替我们早早地打开门。……母亲在这座新楼里一共住了五年。母亲去世以后,好长一段时间,我出门总是忘记带钥匙。而每一次回家走到楼下的时候,我也总是习惯地望望楼上的那扇窗,可那空荡荡的窗像是没有画幅的镜框,像是没有了牙齿的瘪嘴。这时,我才明白那五年里窗前母亲的身影对我们是多么的珍贵而温馨,才明白窗前有母亲的回忆,也有我们的回忆。当然,更明白了:只要母亲在,家里的窗前就会有母亲的身影。那是每个家庭里无声却最动人的一幅画。

让读者高兴的是,后妈晚年的家庭生活是幸福的,这令人安慰!一篇不长的文章,让我们窥见了著名作家肖复兴的内心世界。

离

家时候

◇ 叶广芩

本文选自朱自清等著《中国最美散文·世界最美的散文经典集：两卷版》（江苏美术出版社2014年版）。叶广芩，北京市人（现居西安），满族。当今中国文坛上最具有代表性的实力派女作家。主要作品有：长篇小说《乾清门内》《战争孤儿》《采桑子》等，中篇小说《祖坟》《黄连厚朴》等，作品被改编成电视剧的有：《红灯停

一九六八年的一个早晨，我要离家了。

黎明的光淡淡地笼罩着城东这座古老的院落，残旧的游廊带着大字报的印痕在晨光中显得黯淡沮丧，正如人的心境。老榆树在院中是一动不动的静，它是我儿时的伙伴，我在它的身上荡过秋千，捋过榆钱儿，那粗壮的枝干里收藏了我数不清的童趣和这个家族太多的故事。我抚摸着树干，默默地向它告别，老树枯干的枝，伞一样地伸张着，似乎在做着最后的努力，力图把我罩护在无叶的荫庇下。透过稀疏的枝，我看见清冷的天空和那弯即将落下的残月。

一想到这棵树，这个家，这座城市已不属于我，内心便涌起一阵悲哀和颤栗。户口是前天注销的，

派出所的民警将注销的蓝印平静而冷漠地朝我的名字盖下去的时候，我脑海里竟是一片空白，不知自己是否存在着了。盖这样的蓝章，在那个年代对于那个年轻的民警可能已司空见惯，在当时，居民死亡，地富遣返，知青上山下乡，用的都是同一个蓝章，没有丝毫区别，小小的章子决定了多少人的命运不得而知，这对上千万人的大城市来说实在太正常，太微不足道，然而对我则意味着怀揣着这张巴掌大的户口卡片要离开生活了十几年的故乡，只身奔向大西北，奔向那片陌生的土地，在那里扎根。这是命运的安排，除此以外，我别无选择。

启程便在今日。母亲还没有起床，她在自己的房里躺着，其实起与不起对她已无实际意义，重病在身的她已经双目失明，连白天和晚上也分不清了。我六岁丧父，母亲系一家庭妇女，除了一颗疼爱儿女的心别无所长。为了生计所难，早早白了头，更由于"文革"，亲戚们都断了往来，家中只有我和妹妹与母亲相依为命，艰难度日。还有一个在地质勘探队工作的哥哥，长年在外，也顾不上家。一九六七年的冬天，母亲忽感不适，我陪母亲去医院看病，医生放过母亲却拦住我，他们说我的母亲得了亚急性播散型红斑狼疮，生日已为数不多，一切需早做打算。巨大的打击令我喘不上气来，面色苍白地坐在医院的长椅上，说不出一句话。我努力使自己的眼圈不发红，那种令人窒息的忍耐超出了一个十几岁孩子的承受能力，但我一点办法也没有，在当时的家中，我是老

绿灯行》《全家福》等。

213

大,我没有任何人可以依赖,甚至于连倾诉的对象也找不到。我心里发颤,迈不动步子,我说:"妈,咱们歇一歇。"母亲说:"歇歇也好。"她便在我身边坐着,静静地攥着我的手,什么也没问。那情景整个儿颠倒了,好像我是病人,她是家属。

从医院回来的下午,我在胡同口堵住了下学回家的妹妹,把她拉到空旷地方,将实情相告,小孩子一下吓傻了,睁着惊恐的大眼睛,眼巴巴地望着我,竟没有一丝泪花。半天她才回过神来,哇一声哭起来,大声地问:"怎么办哪?姐,咱们怎么办哪?"我也哭了,憋了大半天的泪终于肆无忌惮地流下来……是的,怎么办呢?惟有隐瞒。我告诫妹妹,要哭,在外面哭够,回家再不许掉眼泪。一进家门,妹妹率先强装笑脸,哄着母亲说她得的是风湿,开春就会转好的。我佩服妹妹的干练与早熟,生活将这个十四岁的孩子推到了没有退路的地步,我这一走,更沉重的担子便由她承担了,那稚嫩的肩担得动么!

回到屋里,看见桌上的半杯残茶,一夜工夫,茶水变浓变酽,泛着深重的褐色。堂屋的地上堆放着昨天晚上打好的行李,行李卷和木箱都用粗绳结结实实地捆着,仿佛它们一路要承受多少摔打,经历多少劫难似的。行李是哥哥捆的,家里只有他一个男的,所以这活儿非他莫属。本来,他应随地质队出发去赣南,为了"捆行李",他特意晚走两天。行李捆得很地道,不愧出自地质队员之手,随着大绳子吃吃地勒紧,他那为兄为长的一颗心也勒得紧紧的了。妹妹已经起来了,她说今天要送我去车站。我让她别送,她说不。我心里一阵酸涩,想掉泪,脸上却平静地交代由火车站回家的路线,塞给她两毛钱嘱咐她回来一定要坐车,千万别走丢了。我还想让她照顾身患绝症的母亲,话到嘴边却说不出口。把重病的母亲交给一个未成年的孩子,实在太残酷了。

哥哥去推平板三轮车,那也是昨天晚上借好的。他和妹妹把行李一件件往门口的车上抬。我来到母亲床前,站了许久才说:"妈,我走了。"母亲动了一下,脸依旧朝墙躺着,没有说话,我想母亲会说点什么,哪怕一声轻轻的啜泣,对我也是莫大的安慰啊……我等着,等着,母亲一直没有声响,我迟迟迈不动脚步,心几乎碎了。听不到母亲最后嘱咐,我如何走出家门,如何迈开人生的第一步……

哥哥说:"走吧,时间来不及了。"被妹妹拖着,我向外走去,出门的时候我最后看了一眼古旧衰老的家,看了一眼母亲躺着的单薄背影,将这一切永远深深印在心底。

走出大门,妹妹悄悄对我说,她刚关门时,母亲让她告诉我:出门在外要好好儿的……我真想跑回去,跪在母亲床前大哭一场。

赶到火车站,天已大亮,哥哥将我的行李搬到车上就走了,说是三轮车的主人要赶着上班,不能耽搁了。下车时,他没拿一正眼看我,我看见他的眼圈有些红,大约是不愿让我看见的缘故。

捆行李的绳子由行李架上垂下来,妹妹站在椅子上把它们塞了塞,我看见了外套下面她破烂的小褂。我对她说:"你周三要带妈去医院验血,匣子底下我偷偷压了十块钱,是抓药用的。"妹妹说知道,又说那十块钱昨晚妈让哥哥打在我的行李里了,妈说出门在外,难保不遇上为难的事,总得有个支应才好。我怪她为什么不早说,她说妈不让。"妈还说,让你放心走,别老掂记家。你那不服软的脾气了得改一改,要不吃亏。在那边要多干活,少说话,千万别写什么诗啊的,写东西最容易出事儿,这点是妈最不放心的,让你一定要答应……"我说我记着了,她说这些是妈今天早晨我还没起时就让她告诉我的。我的嗓子哽咽发涩,像堵了一块棉花,半句话也说不出来。知女莫如其母,后来的事实证明了母亲担忧的正确,参加工作只有半年的我,终于因为"诗的问题"被抓了辫子。打入另册以后我才体味到母亲那颗亲子爱子的心,但为时已晚,无法补救了。我至今不写诗,一句也不写,怕的是触动那再不愿提及的伤痛。为此我愧对母亲。

那天,在火车里,由于不断上人,车厢内变得很拥挤,妹妹突然说该给我买两个烧饼,路上当午饭。没容我拦,她已挤出车厢跑上站台。我大声阻止她,她没听见。这时车开动了,妹妹抬起头,先是惊愕地朝着移动的车窗观望,继而大叫一声,举着烧饼向我这边狂奔。我听到了她的哭声,也看到了她满面的泪痕……我再也支撑不住,趴在小桌上放声大哭起来。火车载着我和我那毫无掩饰的哭声,驶过卢沟桥,驶过保定,离家越来越远了……

在我离家的当天下午,哥哥去了赣南。半年后,妹妹插队去了陕北。母亲去世了。家乡一别二十七年。

简 评

本文叙述了一个催人泪下、感人肺腑的"离家"故事,读后让人内心久久不能平静。

在那个特殊的年代,这样的家庭、亲人之间的悲剧故事是屡见不鲜的。

"一九六八年的一个早晨,我要离家了。"这对于当时的孤儿寡母的叶广芩一家来说,不啻是灭顶之灾,6岁时父亲过早地故去,母亲又卧病在床,双目失明又得了"亚急性播散型红斑狼疮",来日无多,还有一个年仅十四岁的妹妹,唯一一个能够支撑起家庭的哥哥又远在赣南地质队,长年在外又哪能顾得上家里。亲戚们也早都断绝了来往,只有老弱病残三个女人,相依为命。就是在这样的凄风苦雨的日子里——"我要离家了"。

离家,对叶广芩来说,是一种撕心裂肺的痛,那是与故土、与亲人、与熟悉生活的撕裂。据作家自己回忆,一直到现在,她不喜欢坐火车,也不喜欢在火车站的那种感觉。1968年,离开北京那个早晨,妹妹举着一个烧饼,追着火车哭喊的景象,是叶广芩心里永远的痛。在读者的眼前,这是一幅黯淡的20世纪60年代的水墨画,黯淡的画面蕴含着不能淡忘的警示。

到了陕西,叶广芩先在黄河滩上养猪和务农,后来被调进工厂,当了工人。这期间,因为特殊的家庭背景被打成现行反革命送往农场劳动,"文革"结束后又回到工厂当护士,1983 年,她被调到报社由护士变为记者、编辑。简历中短短几句话,她用了几十年去经历去体味,体味人生的坎坷、命运的蹂躏。

著名作家丛维熙说过:"生活和命运把谁蹂躏了一番之后,才会把文学给你"。"你不能跟命运较劲,不能跟周围的人较劲,你最好的办法就是跟自己较劲。韩非子说,'志不难也,不在胜人,在自胜'"。32 岁时,当护士的叶广芩用值夜班时间写出第一篇小说并得以发表。"我的第一篇小说编辑是路遥,那时他是《延河》编辑部小说组组长。他给我很郑重地写了封信,称赞了这篇小说。还在信里问我是个怎么样的人。后来,没见过面的路遥推荐我加入了省作协的读书班,脱产 3 个月,集中学习,专门研究文学创作。细想我能走上文学道路,从一个普通的护士到一个专业作家,跟路遥大有关联,他是我进入文学之门的领路人⋯⋯"

也许是因为太关注文学创作,在厂里看起来不务正业的她被推荐到报社,成了一名记者,"我在报社工作跑的是林业口,跑遍了秦岭的犄角旮旯,到处去基层了解,我结交了很多基层朋友,深山老林里总有清新和真实的东西传递来。"也是这样一段到处跑的历练,让她真正了解陕西,让她明白,宝贝并非像盗墓电影上演的那样光芒四射,真正有价值的东西往往并不引人注目,甚至可能是黯淡无光的,就像最初她看见的西安。

"在陕西,你走在路上,看见路边有一些倾斜的石碑,后边是荒冢。你走过去一看,碑额是大唐国长公主墓。长公主,唐玄宗的姐妹呀。碑额是唐玄宗写的,唐隶;碑文是驸马写的,写到武则天时代的一次宫廷宴会,武则天令子弟们演节目,唐玄宗男扮女装,吹奏一段乐曲,他当时 7 岁。公主的墓,写的是生活细节。它倾斜在麦田里,如果你不停下来,不去品味,你体会不到。在那里,很多时候,你不经意就走进了历史的皱褶里。"

这样的陕西生活给作者的是一种胸怀。

读叶广芩女士的文字，无论是幽默还是调侃，底色总感苍凉。只是近些年来，经过生活的磨练，人文俱老，会不知不觉中走进读者的心中。毫不夸张地说，我们读叶广芩的文章能够体会到历史的厚重感和人生的深度。尤其是，现今的文坛上在散文显示出相当浮华、贫血的时候，叶广芩的散文就显得更加有承载的分量，为散文坚守住了纯真的本性。有人赞誉叶广芩，称她的散文是历史细部的寻找，是时代深处的回音，可谓是实至名归。

幻

象

◇ [德]托马斯·曼

本文选自朱自清等著《中国最美散文·世界最美散文大全集》（华文出版社 2009 年版）。托马斯·曼（1875—1955），德国小说家和散文家，出生于德国北部卢卑克城一家望族。1924 年发表长篇小说《魔山》。1929 年度获得"诺贝尔文学奖"。第一次世界大战时曾一度为帝国主义参战辩护，但 30 年代即大力反对法西斯

我机械地重新卷上一支烟，漫不经意地将褐色的烟末布撒在淡黄色的书信纸上，那神态令我难以置信，自己是否真的还醒着。湿暖的晚风从窗外袭来，形态奇特的朵朵烟云游出了被遮成绿色的灯光区，向星光下的黑夜逸去，那景色倒是令我相信，自己已经坠入梦乡。

此情此景自然添人几分烦恼，因为它释开了缚在幻想脊背上的缰绳。椅背恶作剧般在我身后吱嘎作响，使我全身的神经蓦地掠过一阵寒战。它令人气恼地干扰了我对烟雾文字的潜心研究，这些稀奇古怪的烟雾字母正在我的身边消弥，而我早已确定了这串文字的主题思想。

如今这见鬼的寂静哟！所有感官都在躁动，狂热地、神经质地、歇斯底里地运动着。每一个声音都在大声诅咒。这一切不断地勾出已经遗忘的纷乱记忆——曾几何时，这些记忆通过视觉感官铭刻在心，极少得到更新，却不断充实着昔日的印象。

我察觉到，当我捕捉到黑暗中的那个亮点时，目光竟然贪婪地延伸开去。何等有趣哟！黑暗中，一组明亮的造型十分清晰地凸现出来。我的目光吸吮着它；尽管只是虚幻的它，但目视它却充满了极度快意。我的目光不断地迎接它，这就是说，它不断地存在，不断地再现，不断地变幻……不断地……

瞧，它又出现了，十分清晰，活脱脱像昔日那样，如同一幅图画，一件偶然生成的艺术品。遗忘了的重新浮现，再度塑造，现出幻觉赋予造型和色彩，宛若一位出色的、天才横溢的幻觉姑娘笔下的杰作。

不大，很小。原本也不是全貌，但是如同昔日那样完美无缺。然而，它在黑暗中渐渐地模糊起来，向四处化开去。浑然若浩渺宇宙，浑然若大千世界。——灯光在这方世界中颤抖，情绪随之黯淡。可是，没有一点儿声音。周遭那喧闹嬉笑声一点儿也没有侵入。也许那喧闹本不是来自今日，而是昔日。

下端的锦缎光彩耀人，交织着锯齿形、圆形的树叶和花朵，相映成辉。上方摆放着一支透明的、亭亭玉立的水晶玻璃高脚杯，半壁了无光泽的金色。杯子前方，梦幻般舒展着一只纤手，玉指轻捏高脚杯柱。手指间套着一枚了无光泽的银质戒指，戒指上

主义威胁，发表了中篇佳作《马里奥与魔术师》(1930)，对法西斯在意大利制造的恐怖气氛做了生动的描述。托马斯·曼是德国20世纪最著名的现实主义作家和人道主义者。代表作是被誉为德国资产阶级的"一部灵魂史"的长篇小说《布登勃洛克一家》(1901)，被看作德国19世纪后半期社会发展的艺术缩影。

的一颗红宝石红得滴血。整条胳膊的形状渐渐淡化，在纤柔的关节上方化为虚缈。它留下了一个甜蜜的谜。姑娘的纤手如在云里雾中，然则纹丝不动。在她那了无光泽的白色肌肤上，一条淡蓝色的动脉迤逦而卧，只有在这动脉内才流动着生命，缓慢而有力地跳动着激情。当她察觉到我的目光时，流动的速度越来越快，跳动的节奏越来越猛，直至全身抽搐着央求：别望着我……

然而，我的目光里带着残酷的快感，沉重地压迫着她，就像昔日那样。我的目光压迫着她的手，她的血脉里涌动着与爱情的搏斗，涌动着爱情胜利之火……如同昔日……如同昔日……

一粒汽珠从高脚杯的底托上缓缓地脱离，向上升腾。当它进入红宝石的光区时，闪烁出血红的光泽，尔后突然熄灭在上空。如同受到了干扰，一切幻影都在企图遁走，于是，我努力地用目光去重新填充那若隐若现的轮廓。

它现在离去了，消失在黑暗中。我深深地呼吸着，因为我察觉到，自己曾经把这一切都忘却了。也同昔日一样……

当我疲惫地靠向椅背时，感到一阵痛楚。但是，我像昔日那样坚信：你仍旧爱着我……正因为此，此刻我才想哭。

【王建政　译】

简评

托马斯·曼是德国20世纪最著名的现实主义作家和人道主义者。托马斯·曼是一个魔术师般地运用语言的艺术家。正如作家瓦尔特·延斯所说,这位语言艺术家最为令人信服的是用他写作的语言证实了这样一句话:"对于一位天才作家来说,即使是最复杂的事物,也能运用语言的手段,几乎毫不费力地加以文学再现。"为什么托马斯·曼常使用一些冷漠的、经过推敲的、表达缜密的、不带感情色彩的语句?而且这些语句还蕴含一种使人难以觉察的略寓讽刺的意味。托马斯·曼曾用一句寓意深刻的话,对他作品中讽刺手法的运用作过独特地解释:"发自内心深处的笑,是世上最美的享受。"作家弗里德利希·托尔贝克对托马斯·曼作品中的讽刺手法的运用有相同的评价,他认为,托马斯·曼可以说是德国文学所造就出的最伟大的幽默作家之一。

托马斯·曼是德国批判现实主义的主要代表,也可以说是欧洲批判现实主义文学的最后一个集大成者。他以三部长篇巨著(《布登勃洛克一家》(1901)、《魔山》(1924)、《约瑟夫和他的兄弟们》(1933—1943))奠定了他在西方文学中的崇高地位。他的小说以思想深邃、知识渊博、艺术功力深厚著称,同时,他很多的演讲、传记、杂评、政论等随笔散文均以观点鲜明、情感真实、文笔练达给人留下深刻印象。我们这里读到的《幻象》是他年轻时候的作品,也是他的散文代表作之一。

托马斯·曼在思想上继承了19世纪的人道主义传统,同时又深受叔本华和尼采的哲学思想以及弗洛伊德精神分析学的影响。他的世界观既是积极的,又是悲观的。前者表现为他对传统社会持严厉的批判态度;后者则表现为对"新世界"的出现始终持保留态度。阅读本文"幻象"标题就值得我们思考。从一般意义上说,"幻象"是想象出来的欲望满足场景。"幻象"一词在15世纪左右进入英语语汇,意指不着边际的幻念,脱离实际的幻想,以及因过度渴望而生的幻觉。幻象、幻影、幽灵频繁地出现在莎士比亚的戏剧中。"你在发抖,你的脸色这样惨白,这是不是幻想?""正眼望去,那不过是一些子虚乌有的影子。"19世纪以来,现代心理学将"幻象"定义为一种虚幻的表象,一种欺骗的臆想,一种感性知觉变形的心理过程。德国20世纪批判现实主义文学主要是长篇小说,而且名家辈出,名作纷呈,形成德国长篇小说创作的高峰,也成为德国文学史上的创作丰收时期。具有世界声誉的小说家托马斯·曼,他不仅有艺术,更有思想。托马斯·曼1901年也就是他26岁时发表的长篇小说《布登勃洛克一家》,副标题是"一个家庭的没落",小说使他获得世界声誉,这部小说也成为他1929年获诺贝尔文学奖的主打作品。他在小说叙事上颇为传统,但他并不着重用情节表达思想,而是擅长思想本身的"直白",重在撕开现实生活中重重虚幻的表象,探求一种认知的过程。能说明这个问题的还有1930年写就的名篇《马里奥和魔术师》,玩的不是魔术,而是催眠术,小说一发表,即被当时在意大利执政的法西斯头子墨索里尼列为禁书,因为这部中篇小说的象征色彩是非常明显的,是当时人一看就明白的:奇博拉代表法西斯分子,它用它的反动理论和手段麻痹了群众(使用催眠术),致使群众按他们的意志行动,失去了清醒的判断力。一旦清醒过来,就要被魔术师打死。30年代是托马斯·曼一生中变化最大的时期,也是他的创作从前期转向后期的过渡时期。当时,纳粹在国内进行大肆的战争宣传,他预感到法西斯主义的威胁,呼吁德国人民提高警惕,1930年他在柏林作了题为《德意志的致辞对理性的呼吁》的演讲,引起了纳粹的高度不满。到了1940—1945第二次世界大战期间,托马斯·曼直接参加了世界反法西斯主义宣传,在美国发表了55次《德国听众们!》的广播演讲。1942年他受聘于美国国会图书馆担任德国文学顾问。1944年加入美国籍。50年代初,美国推行麦卡锡主义,托马斯·曼受到攻击,1952年他愤然离开美国。第二次世界大战结束时,托马斯·曼发表文学评论集《精神的高贵》,论述了莱辛、冯塔诺、塞万提斯、陀思妥耶夫斯基、契诃夫、弗洛伊德等16位世界著名作家。托马斯·曼一生维护人道主义理想,在艺术创作上既有继承也有创新,从不拘泥于一种写法和技巧。所以,托马斯·曼在《我的人生信念》一文中反复提到:"对人类一切爱需留待未来,对艺术之爱也是如此。艺术就是希望……我并不断言人类未来的希望落在艺术家的肩膀上,而是说艺术是所有人类希望的表现,是幸福而平衡的人类的影像和模范,我喜欢常常想着:一个未来即将到来,那时一切非由智能控制的艺术,我们都将斥之为魔术,没有头脑不负责任的本能之产品。……未来的艺术家对其艺术将有更清晰、更恰当的见解;艺术是天使的魔术,它是生活和精神之间的有翅膀、有魔力、有幻影的调和者,因为一切调和之本身便是精神。"

所以,读托马斯·曼的文章,需要感受。字里行间,我们不能不为作者敏锐细致的洞察力、体察幽微的感悟力、优美细腻的文笔所震撼、折服。"形态奇特的朵朵烟云游出了被遮成绿色的灯光区,向星光下的黑夜逸去",文章一开头就营造了一种如梦如幻的意境。"释开了缚在幻想脊背上的缰绳",这个形象的比喻,把抽象的幻象写得惟妙惟肖。作者由此牵引我们走进了幻象的境界。但是在作者的笔下,那景象亦幻亦真,亦真亦幻,显示出了炉火纯青的艺术功力和极其敏锐的感悟力。由一个亮点的捕捉,凸显了一组明亮的造型。那梦幻中的锦缎一般的画面,竟也是光彩耀人;那玻璃杯,那纤纤玉手,竟也色泽明朗;透过那无光泽的肌肤,竟能看到迤逦而卧的蓝色动脉,这明显是眼前的画面,却又瞬地消失了。一句"此刻我才想哭",不仅结束了全文,似乎还使我们感受到批判现实主义作家笼罩在心里的"幻象",不仅仅是一种脆弱的感情的显露,更多的是:"当我疲惫地靠向椅背时,感到一阵痛楚。但是,我像昔日那样坚信:你仍旧爱着我……正因为此"。

"幻象",这是一种生活的感受,也是托马斯·曼的独特的生活感受。

夜莺

◇〔英〕劳伦斯

塔斯卡尼处处有夜莺。在春季和夏季,除了午夜和日中,它们终日歌唱。在树繁叶茂的小树林里,树木像铁线蕨垂挂在岩石上那样悬在山边,溪旁,大约清晨四点,你就能听到夜莺在那里,在苍白的晨曦中重新开始歌唱:"您好!您好!您好!"夜莺的歌声,是世界上最欢快的声音。因为这声音无比欢快,光辉灿烂,蕴藏着巨大的力量,所以每次听到它,都会感到惊奇,使人异常激动。

"夜莺开始歌唱了。"你会自言自语地说。它在拂晓前歌唱,那时星星好像正由矮小的灌木丛冲上广阔无垠的朦胧夜空之中,然后隐藏起来,随即消失了。但日出之后,歌声继续回响,而你每次重新惊异

本文选自朱自清等著《精美散文》(中国华侨出版社 2013 年版)。戴维·赫伯特·劳伦斯(1885—1930),20 世纪英国作家,主要成就包括小说、诗歌、戏剧、散文、游记和书信。他在第一次世界大战中发表长篇小说《虹》,因触犯当局战时利益而被禁毁。战争结束后他开始了流亡生涯。1928 年,私人出版了有争议的最后一

部长篇小说《查太莱夫人的情人》，但英美等国直到20世纪60年代初才解除对此书的禁令。

地侧耳倾听时，总是想不通。"为什么人们说它是一种悲伤的鸟类呢？"

它是整个鸟类王国里最吵闹、最不体谅别人、最任性和最活泼的鸟。对任何了解夜莺的歌唱的人来说，都无法弄清约翰·济慈为什么用"我的心儿痛，瞌睡麻木折磨"来开始他的《夜莺颂》。你听到夜莺银铃般地高叫："什么？什么？什么，济慈？心儿痛，瞌睡麻木折磨？特拉——拉——拉！特哩——哩——哩哩哩哩哩哩哩哩！"

而为什么希腊人说他，或她，是在树丛中为失去的爱偶伤心哭泣，我也不得而知中世纪的作家用"唧——唧——唧！"表示夜莺喉咙里迅如闪电似的滚动。这是一种野性的、饱满的声音，比孔雀尾巴上的翎斑更加鲜艳多彩：

那光鲜的褐色夜莺是那样多情，

为了伊堤罗斯而停了一半歌声。

他们用"唧！唧！唧！"来说明她正在啜泣。至于他们怎么会听到那种声音的，那简直是个谜。除非是耳朵倒长的人，否则人们什么时候会听到夜莺"啜泣"，真是莫名其妙。

不管怎样，它是一种雄性的叫声，一种十分强烈、没有掺杂的雄性叫声。是纯粹的断言。没有丝毫暗示的影子，也不是空虚的回声。根本不像空洞的、声音低沉的钟声。绝无什么孤寂可言。

也许，正因为如此，济慈才即刻感到了孤寂。

　　孤寂！这两字犹如一声晨钟把我敲回到
自己立脚的地方！

　　也许原因就在这儿：夜莺歌唱时，为什么每一个
忠于上帝、侧耳倾听的人听到的都是小天使们银铃
般的叫声，而他们却听到树丛中的啜泣？也许正是因
为人与人之间存在差异的缘故吧。

　　因为，事实上，夜莺的歌唱具有清脆、感人的活
泼，具有使人驻足伫立的质朴的自信。这是一种神
采洋溢的叫声，一种熠熠生辉的交织呼唤，恰如创造
世界的第一天，天使们突然发现自己被制造出来时
情不自禁地发出的叫喊声。之后，在天堂的灌木丛
里，天使们准有一番喧嚷："哈啰！哈啰！你瞧！你
瞧！你瞧！这就是我！这就是我！多么神——神
——神奇的事情！啊！"

　　为了享受"嗨！这就是我！"这歌唱似的断言的
纯洁美，你必须侧耳倾听夜莺的歌声。也许，为了在
视觉上完美地享受同样的断言，你会瞧一眼正在抖
动自己全部翎斑的孔雀。在所有创造完美的造物之
中，这两种也许是最完美的，一种是无形的、喜悦的
声音，另一种是无声却看得见的东西。虽然夜莺具
有内在的生气勃勃，使人感到一种亲切、跳跃的神秘
感，但如果你确实看到它，它不过是一只貌不惊人的
灰褐色小鸟。这好比孔雀，真要发出声音时，确实难

听至极，但它仍给人以深刻印象：从恐怖的热带丛林中传出的非常可怕的叫声。实际上你可以在锡兰看到孔雀在高高的树枝上叫嚷，接着展翅掠过猴群，飞进那沸腾的、黑暗的、深不可测的热带森林里。

也许由于这个缘故——喜爱天使或喜爱魔鬼的纯粹真实自我断言——夜莺使某些人感到悲伤。而孔雀往往使这些人愤怒。这是包含一半妒忌的悲伤。造物主把夜莺造得那么明确欢快，富有、光明的上帝之手赐予它永久的新意和完美。夜莺因自己的完美而啾啾欢唱。孔雀则满有把握地抬起它所有的青铜色和紫红色的翎斑。

这——这小小完美的造物之作的啾啾断言——这显示鸟类无瑕之美的绿色闪光——根据它在视觉或听觉上所给人的不同印象，使人感到愤怒或孤寂。

听觉远不如视觉狡诈。你可以对人说："我非常喜欢你，今天早晨你看上去真美。"虽然你的声带可能出自不共戴天的仇恨而在震动，但她会深信不疑。

听觉十分愚蠢，它会接受任何数量的语言假币。但是，若让一丝仇恨之光进入你的眼睛或掠过你的脸庞，它立刻就会被察觉。视觉既精明又迅如闪电。

由于这个缘故，我们马上会发觉孔雀一切炫人的、雄赳赳的自信；并且不无轻蔑地说："漂亮羽毛能打扮出个好外表。"但当我们听到夜莺的声音，我们不知道自己听到了什么，只知自己感到悲伤、孤寂。所以我们说悲伤的是夜莺。

让我们重复一遍,夜莺是世界上最不悲伤的东西;甚至比浑身发光的孔雀更不知悲的。它没有什么可悲伤的。它知足常乐。它并不自负。它只是感到生活美满,鸣啭表白——喊叫"唧唧"作响,吃吃发笑,颤声啾啾,发出长长的、嘲弄原告的呼叫,进行表白,断言和欢呼;但他从不叽呱学舌。他的声音是纯粹的音乐,只要你不往里填词的话。但夜莺的歌在我们心中激起的感情是可以用语言表达的。不,这也不是事实。听到夜莺歌唱时,一个人的感情是无法用语言形容的。这种感情远比语言纯洁得多,所有的语言都已被污染。然而我们可以说,它是一种人生美满的欢快之情。

> 这并非妒忌你的幸运,
> 而是你的幸福使我太欢欣——
> 因你呀,轻翼的树神,
> 在长满绿榉,
> 音韵悦耳、无数阴影的地方,
> 引吭高歌,赞颂美夏。

可怜的济慈,夜莺欢欣他只好"太欢欣",自己内心根本不快乐。所以他想要饮用使人害臊的灵泉,和夜莺一起归隐到阴郁的森林中。

> 远远地隐没,消散,
> 完全忘却你在树叶间从未知道的事情,

忘却疲倦，狂热和恼恨……

这是男性人类十分悲伤、美丽的诗句。不过下面一行却令我感到有点滑稽可笑。

人们坐在这里听着彼此的悲叹；
瘫痪的老人抖落几根愁切的仅存的白发……

这是济慈，根本不是夜莺。但这位悲伤的男性仍然试图离开人世，进入夜莺的世界。葡萄美酒不会把他带去。然而，他还是要去的。

去呀！去呀！我要飞往你处，
不乘酒神和他群豹所驾的仙车，
却靠诗神无形的翼翅……

不过，他没有成功。诗神无形的翼翅没把他带进夜莺的世界，只把他带进灌木丛里。他还留在外面。

我暗中倾听；唉，有好多次
我差点爱上了安闲的死神……

除非运用对比，夜莺从未使哪个人爱上安闲的死神。这是夜莺绝对纯洁的自我陶醉的明亮火焰与济慈渴望忘记自我，永远渴望超越自我的惶恐的思想火花之间的对比：

> 在半夜毫无痛苦地死去，
> 你却如此狂喜地尽情
> 倾吐你的肺腑之言！
> 你将唱下去，我的耳朵却不管用，
> 听不到你的安魂曲，像泥块一样。

　　如果能使夜莺明白诗人在怎样答复它的歌唱，夜莺会感到十分惊奇。它将会因惊讶而从枝头上跌下来。

　　因为当你回答夜莺时，它只会叫得更欢，唱得更响。假设在邻近的灌木丛里另有几只夜莺随声附和——它们总是如此——那么，这蓝白色的声音火花便会直冲云霄。假设你，一个凡夫俗子，碰巧坐在浓阴遮蔽的河岸上跟你心爱的女子热烈地争辩着，为首的那只夜莺会像第三幕中的卡鲁索那样越唱越响——简直是一阵卓越的、突然爆发的狂热音乐，把你压倒，直至你根本听不到自己说话、吵架的声音。

　　事实上，卡鲁索颇具夜莺的特征——唱歌时像鸟一样突然爆发出神奇的活力，表现出充实和悠然自得。

> 你并不是为死而生的，不朽的神鸟！
> 饥馑的年代不会糟蹋你；

不管怎样，在塔斯卡尼还不至于如此。夜莺们总是刺刺不休。而布谷鸟却显得遥远，声音低沉，低低地、半遮半掩地叫着拍翅而过。也许英格兰的情况真的与众不同。

> 我在今晚听见的歌声
> 古代的君王乡民也听到过：
> 也许就是打动露丝悲哀的心房
> 那一首歌，那会儿她怀念故乡，
> 站在异国的麦田中泪滴千行；

为什么哭泣？总是哭泣。我感到奇怪，在帝王之中，狄奥克力第安听到夜莺的鸣啭时眼泪汪汪了吗？乡民中的伊索也是这样吗？而露丝真的泪滴千行？作为我，我很怀疑是这位年轻的女士逗得夜莺开始歌唱的，就像卜伽丘的故事中手捧着活泼的小鸟睡觉的可爱姑娘那样——"你的女儿像夜莺般活泼，她捧着只鸟儿在手中。"

当母夜莺轻轻地坐在鸟蛋上，听到它的老爷们儿鸣啭歌唱时，它会怎么想呢？它大概很喜欢听，因为它照常洋洋得意地孵着它的蛋。它大概喜欢它的老爷们儿的高谈阔论甚于诗人谦卑的呻吟：

> 如今死亡要比以往更壮丽，
> 在半夜毫无痛苦地死去……

对母夜莺来说，这可没有什么用处。人们要为济慈的范妮感到惋惜，也理解她为什么一无所有。这般美妙的夜晚本应给她带来多少乐趣！

也许，说来说去，如果雄夜莺无论痛苦与否，半夜里不想停止歌唱，母鸟就可得到更多的生活乐趣。深夜的用处更大。一只让母鸟独自去抱蛋，自己只管尽情高歌的雄鸟，或许比一只悲叹呻吟的鸟更合母鸟的意，即使它的呻吟是表示对它的爱恋。

当然，夜莺歌唱时完全没有意识到小小的、无光泽的母鸟的存在。它也从来不提它的名字。但它清楚地知道，这歌的一半是它的；就像它知道那些蛋一半是它的一样。就像它不要它进来踩踏它的那窝蛋一样，它也不要它加入它的歌唱，唠唠叨叨，不成腔调。男人、女人，各司其职：

再会！再会！你凄切的颂歌

消失……

它从来不是凄切的颂歌——它是踌躇满志的卡鲁索。但何必跟一位诗人争辩呢。

【姚暨荣 译】

简评

戴维·赫伯特·劳伦斯是20世纪欧美文学中最重要的作家之一，也是最具争议性的作家之一。劳伦斯的作品过多地描写了色情，受到过猛烈的抨击和批评。但他在色情描写的背后，力求探索人的灵魂深处，并成功地运用了感人的艺术描写。因此，到今天，他的作品一直被世界文坛所重视。"夜莺"，是西方作家笔下常见的意象。中外读者熟知的《夜莺颂》，就是18世纪末，英国著名诗人济慈的传世名作。本文《夜莺》也是劳伦斯的散文名篇。而同是写"夜莺",劳伦斯和济慈的表现主题和艺术风格却迥然相异。如果说济慈是一个悲天悯人的诗人,那么劳伦斯就是一位开朗、达观的生活原型。在济慈眼中,夜莺是悲歌的挽唱者,它热烈、痛苦、孤寂。而劳伦斯的夜莺之歌,却是欢乐的、自由的、轻快的,个中意趣,有待读者在文中细细品味吧。相同的意象在不同人的眼中所见到的东西是有差异的。劳伦斯的欢乐轻快代表了资产阶级成熟时期的大胆、创新和热情。而济慈的悲悯,也自然蕴含了新兴资产阶级在痛苦中追求理想的时代烙印。劳伦斯一生坎坷,命运多舛。1912年以后一直贫病交加,苦苦追求的人生理想境界始终未实现。但他不甘屈服,把所追求的理想以及一生探索之所得都诉诸文学创作之中,为后人留下了宝贵的精神财富。

劳伦斯在散文创作中始终坚持自己的真实情感、不随波逐流,使自己的创作自成风格。《夜莺》是作者一篇十分有见地的散文,读《夜莺》可以让我们更好地解读这位20世纪上半期英国最有争议的作家及其作品。劳伦斯生活在20世纪初,西方工业文明不断强化的时期,对压抑扭曲的人性、机械文明的鞭挞与对自然人性复归的呼吁,成为他一生的追求。在艺术上,劳伦斯是一个兼有传统与现代因素的混合型作家。在这一风云变幻、动荡不安的时代,他感受到了一战以后西方社会不断加深的精神危机和社会危机,尤其使他不安和焦虑的是现代工业文明对人的严重摧残。他对违背自然人性的现代世界怀有不满,对社会、对世界,特别是对人自身进行了深刻的反思和执着的探索。他认为,资本主义工业革命的首要罪恶是它压抑和歪曲了人的自然本性,特别是性和性爱。因此他厌恶现代工业文明,崇尚原始的、生机盎然的大自然。他认为现代人的人性涅槃的最高境界和最终目的是与自然的彻底融合。他企求以两性关系在感情与肉体上的双重融合来恢复人的天性,恢复原始的、自然的、充满活力的生命个体,进而使被工业化摧残了生机的英国和人类社会获得再生。作者启示我们：同样的道理，就是在今天，高科技的无序发展，如同一柄"双刃剑"！

劳伦斯的散文随笔中文版面世后，一直受到出版界和读者的青睐。在过去几十年中不断再版，不断出新的译本，甚至，在汉语的中国受到的这种普遍礼遇，大大超出了在英语国家的接受程度。这种青睐在英国的劳伦斯学者看来，反倒是"奇特"的现象。但是，这正好说明中国读者对劳伦斯的接纳和认知是经历了一个"否定之否定"的过程。比方说，我们对他最后一部杰作《查太莱夫人的情人》大起大落的评价。由于书中大胆地、赤裸裸地描述了性爱，所以被当时的英国政府列为禁书。直到1960年才对该书解禁。其实，除了性爱描写之外，劳伦斯这部小说的主题是严肃的，是一部蕴意深刻的作品。作者以厌世的心情，刻画了英国贵族阶级的守旧、无为、空虚、腐朽。他们的工业使人变成机器的奴隶，他们在婚姻上极端自私；同时对中产阶级及劳动阶层，则表现出同情。这部小说的命运坎坷起伏也说明了劳伦斯的散文、小说都是宝贵的精神财富。

母亲的回忆

◇ [智利] 米斯特拉尔

本文选自《米斯特拉尔散文选》（百花文艺出版社1997年版）。加夫列拉·米斯特拉尔（1889-1957）智利女诗人。出生于智利首都圣地亚哥市北的维库那镇。1914年，在圣地亚哥的"花节诗歌比赛"中，她以悼念爱人的三首《死的十四行诗》获第一名。1922年，美国纽约哥伦比亚大学西班牙研究院出版了她的第一本诗集

母亲：在你的腹腔深处，我的眼睛、嘴和双手无声无息地生长。你用自己那丰富的血液滋润我，像溪流浇灌风信子那藏在地下的根。我的感观都是你的，并且凭借着这种从你的肌体上借来的东西在世界上流浪。大地所有的光辉——照射在我身上和交织在我心中的——都会把你赞颂。

母亲：在你的双膝上，我就像浓密枝头上的一颗果实，业已长大。你的双膝依然保留着我的体态；另一个儿子的到来，也没有让你将她抹去。你多么习惯摇晃我呀！当我在那数不清的道路上奔走时，你留在那儿，留在家的门廊里，似乎为感觉不到我的重量而忧伤。在《首席乐师》流传的近百首歌曲中，没

有一种旋律会比你的摇椅的旋律更柔和的呀！母亲,我心中那些愉快的事情总是与你的手臂和双膝联在一起。

而你一边摆晃着一边唱歌,那些歌词不过是一些俏皮话,一种为了表示你的溺爱的语言。

在这些歌谣里,你为我唱到大地上的那些事物的名称:山,果实,村庄,田野上的动物,仿佛是为了让你的女儿在世界上定居,仿佛是向我列数家庭里的那些东西,多么奇特的家庭呀！在这个家族里,人们已经接纳了她。

就这样,我渐渐熟悉了你那既严峻又温柔的世界:那些(造物主的)创造物的意味深长的名字,没有一个不是从你那里学来的。在你把那些美丽的名字教给我之后,老师们只有使用的份儿了。

母亲,你渐渐走近我,可以去采摘那些善意的东西而不致于伤害我;菜园里的一株薄荷,一块彩色的石子;而我就是在这些东西身上感受了(造物主的)那些创造物的情谊。你有时给我做、有时给我买一些玩具:一个眼睛像我一样大的洋娃娃,一个很容易拆掉的小房子……不过那些没有生命的玩具,我根本就不喜欢,你不会忘记:对于我来说,最完美的东西是你的身体。

我嬉弄你的头发,就像是嬉弄光滑的水丝;抚弄你那圆圆的下巴、你的手指,我把你的手指辫起又拆开。对于你的女儿来说,你俯下的面孔就是这个世界的全部风景。我好奇地注视你那频频眨动的眼睛和

《绝望》。《绝望》是米斯特拉尔的成名作,也是她的代表作,共有七章,其中五章是诗歌,另两章是散文诗和短篇小说。同年,她的第二本诗集《柔情》出版。1938年发表第三本诗集《有刺的树》。1954年,诗人的最后一本诗集《葡萄区榨机》出版。1957年1月10日,诗人病死于美国纽约。1945年,她获得了"诺贝尔文学奖"。

你那绿色瞳孔里闪烁着的变幻的目光。母亲,在你不高兴的时候,经常出现在你脸上的表情是那么怪!

的确,我的整个世界就是你的脸庞;你的双颊,宛似蜜样颜色的山岗,痛苦在你嘴角刻下的纹路,就像两道温柔的小山谷。注视着你的头,我便记住了那许多形态:在你的睫毛上,看到小草在颤抖;在你的脖子上,看到植物的根茎;当你向我弯下脖子时,便会皱出一道充满柔情的褶痕。

而当我学会牵着你的手走路时,紧贴着你,就像是你裙子上的一条摆动的裙皱;这时我去熟悉我们的谷地。

父亲总是非常希望带我们去走路或爬山。

我们更是你的儿女;我们继续厮缠着你,就像苦巴杏仁被密实的杏核包裹着一样。我们最喜欢的天空,不是闪烁着亮晶晶寒星的天空,而是另一个闪烁着你的眼睛的天空;它离得那么近,近得可以亲吻它的泪珠。

父亲陷入了生命那冒险的狂热;我们对他的白天所做的事情一无所知。我们只看见,傍晚,他回来了,经常在桌子上放下一堆水果;看见他交给你放在家里的衣柜里的那些麻布和法兰绒,你用这些布为我们做衣服。然而,剥开果皮喂到孩子的嘴里并在那炎热的中午榨出果汁的,都是你呀,母亲。画出一个个小图案,再根据这些图案把麻布和法兰绒裁开,做成孩子那怕冷的身体穿上正合身的、松软的衣服,也是你呀,温情的母亲,最亲爱的母亲。

孩子已学会了走路,同样也会说那像彩色玻璃球一样的多种多样的话了。在交谈中间,你对他加上一句轻轻的祈祷,从此便永远留在了我们的身边直至生命的最后一天。这句祈祷像百合中的宽叶香蒲一样质朴;当人们在这个世界上需要温柔而透明的生活的时候,我们就用如此简单的祈祷乞求:乞求每天的面包,说,人们都是我们的兄弟,也赞美上帝那顽强的意志。

你以这种方式为我们展示了一幅充满形态和色彩的油画般的大地,同样也让我们认识了隐匿起来的上帝。

母亲,我是一个忧郁的女孩,又是一个孤僻的女孩,就像是那些白天藏起来的蟋蟀,又像是酷爱阳光的绿蜥蜴。你为你的女儿不能像别的女孩一样玩耍而难受,当你在家里的葡萄架下找到她,看到她正在与卷曲的葡萄藤和一棵像一个漂亮的男孩子一样挺拔而清秀的苦巴杏树交谈时,你常常说,她发烧了。

此时此刻,我又对你这样说话,你并没有回答她;倘使你在她的身边,就会把手放在她的额头上,像那时一样对她说:"孩子,你发烧了。"

母亲,在你之后的所有的人,在教你所教给她的东西时,他们都要用许多话才能说明你用极少的话就能说明白的事情;他们让我听得厌倦,也让我们对听"讲故事"索然无味。你在她身上进行的教育,像亲昵的蜡烛的光辉一样;你不用强迫的态度去讲,也不是那样匆忙,而是需要对自己的女儿倾诉。你从不要求自己的女儿安安静静规规矩矩地坐在硬板凳上。她一边听你说话一边玩你的薄纱衫或者衣袖上的珠贝壳扣。母亲，这是我所熟悉的唯一的令人愉快的学习方式。

后来，我成了一个大姑娘，再后来，我成了一个女人。我独自行走，不再倚傍你的身体，并且知道，这种所谓的自由并不美。我的身影投射在原野上，身边没有你那小巧的身影，该是多么难看而忧伤。我说话也同样不需要你的帮助了；我还是渴望着，在我说的每一句话里，都有你的帮助，让我说出的话，成为我们两个人的一个花环。

此刻，我闭着眼睛对你诉说，忘却了自己身在何方，也勿须知道自己是在如此遥远的地方；闭紧双眼，以便看不到，横亘在你我中间的那片如此辽阔的海洋。我和你交谈，就像是摸到了你的衣衫；我微微张开双手，我觉得你的手被我握住了。

这一点，我已对你说过：我带着你身体的赐予，用你造就的双唇说话，用你的双眼去注视神奇的大地。你同样能用我的这双眼看见热带的水果——散发着甜味的菠萝和光闪闪的橙子。你用我的眼睛欣赏这异国的山峦的景色，它们与我们那光秃秃的山峦是多么不同啊！在那座山脚下，你养育了我。你通过我的耳朵听到这些人的谈话，你会理解他们，爱他们；当对家乡的思念像一块烧伤，双眼睁开，除了墨西哥的景色，什么也看不见的时候，你也会同样感到痛苦。

今天,直至永远,我都会感谢你赐予我的采撷大地之美的能力;像用双唇吸吮一滴露珠;也同样感激你给予我的那种痛苦的财富,这种痛苦在我的心灵深处可以承受,而不至于死去。

为了相信你在听我说话,我就垂下眼睑,把这儿的早晨从我的身边赶走,想象着,在你那儿,正是黄昏。而为了对您说一些其它不能用这些语言表达的东西,我渐渐地陷入了沉默......

【孙柏昌 译】

简评

1922年,美国纽约哥伦比亚大学西班牙研究院出版了米斯特拉尔的第一本诗集《绝望》。《绝望》是米斯特拉尔的成名作,也是她的代表作,共有七章,其中五章是诗歌,分别为《生活》《学校》《童年》《痛苦》《大自然》,另两章是散文诗和短篇小说。全书她以清丽的形式表现了深邃的内心世界,为抒情诗的发展开辟了新的道路。同年,她的第二本诗集《柔情》出版。这是一本歌唱母亲和儿童的诗集,格调清新,内容健康,语言质朴。1938年发表第三本诗集《有刺的树》后,米斯特拉尔诗歌的内容和情调有了显著的转变。智利女诗人加夫列拉·米斯特拉尔"她那由强烈感情孕育而成的抒情诗,已经使得她的名字成为整个拉丁美洲世界渴求理想的象征。"1945年,她获得了"诺贝尔文学奖",成为拉丁美洲第一位获得该奖的诗人。米斯特拉尔自幼生活清苦,未曾进过学校,靠做小学教员的同父异母姐姐辅导和自学获得文化知识。她九岁练习写诗,十四岁开始发表诗作。1905年,进短期训练班学习,毕业后成为正式教师。1911年转入中学任教。此后十余年间辗转各地,历任中学教务主任、校长等职。1918年至1921年,米斯特拉尔担任阿雷纳斯角女子中学校长。1921年调至首都圣地亚哥,主持圣地亚哥女子中学工作。1922年，由于教育工作上的成就，应邀到墨西哥参加教育改革工作。米斯特拉尔早期沉湎于个人爱情的悲欢，作品格调委婉凄恻，但感情细腻，文字清新。1938年后题材和情调有明显变化，面向更广阔的生活，反映了受压迫、被遗弃的人们的困苦，对资本主义社会不合理现象作了一定的揭露和抨击。晚年思想境界较高，艺术技巧更加臻于圆熟。诗人善于发现美，赞颂美，激发人们对美好事物的热爱和追求。此后她的诗歌创作有了明显的转变，从个人的忧伤转向人道主义的博爱。1954年，诗人的最后一本诗集《葡萄区榨机》出版。她的思想境界较前更为开阔，对祖国，对人民，对劳苦大众表达了深厚的情感，标志着她的创作达到了新的高度。

为母亲和儿童歌唱是女诗人的诗歌、散文的一个重要的主题。《绝望》和《柔情》的融合似乎构成了《母亲的回忆》的散文特征。文中作者似乎淡化了结构的存在，让行文只是沿着她的思绪飘荡伸展，完全彻底地倾泻出自己内心深处的情感，时间的跨度是少有的：从自己在母亲的腹中到名满文苑。更重要的是她的散文语言如诗如歌，没有复杂冗长的句子，很自然地吻合情感的表达需要，每一句都恰到好处随着情感变化的节奏，读起来朗朗上口、韵味无穷。总起来说，本文情感浓郁，温情脉脉，把对母亲的思念和对往事的感伤温馨完美地交织在一起，这种多层次多角度的复杂交错感就是作者为自己打造的精神家园。

作者和母亲的感情很不一般。米斯特拉尔写过不少关于母爱和女性的诗和散文。这里有她对自己母亲的热爱，因为她3岁时，父亲便抛弃了这个家，是母亲的爱陪伴她长大。这里也应该有自己想做母亲却一直不能实现夙愿的心结所在。她14岁开始发表诗作，自己生活中的亲身经历成为了写作的直接素材。比如，17岁时与一个铁路职员恋爱，对方由于不得志而自杀；对死者的怀念也成为她初期创作的题材，作品充满哀伤的情调。再比如，文中写自己怀孕时对母亲的理解和爱，十分真实而感人。再比如,她的父亲是一位小学教师,有着他生活的那个小村人中少见的耀眼的才华:能歌擅唱会写诗。这个颇具"波希米亚"风格的男子身上,散发着一股不羁的气质。在他组织的合唱队里,有位单身母亲,带着她十多岁的私生女。她的父亲不顾人们不理解的目光和善意的规劝,最终娶了这个比他大出好多的女子。这个女子,后来成为米斯特拉尔的母亲。米斯特拉尔的父亲酷爱自由和旅行,经常外出。"父亲在生活的疯狂中勇敢地闯荡,我们对他的生涯一无所知。"她三岁时,父亲弃家出走,不知去向。得知他的消息时,父亲已于1915年客死他乡。童年时代父亲和父爱的"缺席",是诗人成长岁月中影响重大的"事件",对今后的创作无疑产生了难以磨灭的影响。

作者是怀着崇敬的心情写下这篇《母亲的回忆》的,斯时虽然母亲已经故去,但是,对母亲的回忆有着让人难以割舍的温馨,行文中可以看出,作者仿佛忘记了自己是在回忆遥远的过去,逝去的母亲仿佛就在眼前。给米斯特拉尔苦涩童年以温暖滋养的,是祖母、母亲和同母异父的姐姐。随着自我生命篇章的展开,对于母亲"艰难而温柔的世界",米斯特拉尔渐渐有了理解。母亲面对生活磨砺时的坚强和柔情,在她这里得以延续和放大。如果说由于父爱的"缺席",米斯特拉尔对父亲的依恋中,流露着一丝酸楚,那么她在对母亲情感的缠绕里,则充盈着由衷的依恋和感恩。特殊的生活经历促使作者把自己当成了母亲的延续。创作,便成了她回忆母亲和表达母爱的直接通道,以致我们在阅读本文的过程中好像有一个错觉,她的母亲并没有离去,正在和自己的女儿叙述久别的思念呢。这大概是我们读米斯特拉尔散文独有的感受吧。

我的伊豆

◇ ［日］川端康成

本文选自苏福忠选编《外国散文经典100篇》（人民文学出版社2003年版）。川端康成（1899—1972），毕业于东京大学，日本新感觉派作家，著名小说家。一生创作小说100多篇，中短篇多于长篇。作品富抒情性，追求人生升华的美，并深受佛教思想和虚无主义影响。早期多以下层女性作为小说的主人公，写她们的纯洁和

伊豆是诗的故乡，世上的人这么说。

伊豆是日本历史的缩影，一个历史学家这么说。

伊豆是南国的楷模，我要再加上一句。

伊豆是所有的山色海景的画廊，还可以这么说。

整个伊豆半岛是一座大花园，一所大游乐场。就是说，伊豆半岛到处都具有大自然的惠赠，都富有美丽的变化。

如今，伊豆有三个入口：下田，三岛修善寺，热海。不管从哪里进去，首先迎迓你的，是堪称伊豆的乳汁和肌体的温泉。然而，由于选择的入口不同，你定会感到有三个各不相同的伊豆呢。

北面的修善寺和南面的下田这两条通道，在天

城山口相会合。山北称外伊豆,属田方郡,山南称内伊豆,属贺茂郡。南北两面不仅植物种类和花期各异,而且山南的天空和海色,都洋溢着南国的气息。天城火山脉东西约四十四公里,南北约二十四公里,占据着半岛的三分之一。海面的黑潮从三面包围着半岛。这山,这海,便是给伊豆增添光彩的两大要素。倘若把茶花当作海岸边的花,那么,石楠花就是天城山上的花。山谷幽邃,原生林木森严茂密,使你很难想象这原是个小小的半岛。天城山是闻名的狩鹿的场所,只有翻过这座山峦,才能尝到伊豆旅情的滋味。

开往热海的火车时髦得很,称为"罗曼车"。情死是热海的名产。热海是伊豆的都会,它是在关东温泉之乡中富有现代特征的城市。倘若把修善寺称为历史上的温泉,那么,热海便是地理上的温泉。修善寺附近,清静,幽寂;热海附近,热烈,俏丽。从伊豆山到伊东一带的海岸线,令人想起南欧来,这里显示着伊豆明朗的容颜。但同是南国风韵,内伊豆的海岸线多象一曲素朴的牧歌啊!

伊豆有热海、伊东、修善寺和长冈四大温泉,共有二三十个温泉浴场,仅伊东就有数百处泉流。这些都是玄岳火山,天城火山、猫越火山、达磨火山的遗迹。伊豆,是男性火山之国的代表。此外,热海的间歇泉,下贺茂峰的吹上温泉,拍击着半岛南端的石廊崎的巨涛,狩野川的洪水,海岸线的岩壁,茂盛的植物……所有这些,都带着男性的威力。

不幸。后期一些作品写了近亲之间、甚至老人的变态情爱心理,手法纯熟,浑然天成。代表作有《伊豆的舞女》《雪国》《千纸鹤》《古都》以及《睡美人》等。1968年"诺贝尔文学奖"得主。

然而,各处涌流的泉水,使人联想起女乳的温暖和丰足,这种女性般的温暖与丰足,正是伊豆的生命。尽管田地极少,但这里有合作村,有无税町,有山珍海味,有饱享黑潮和日光馈赠、呈现着麦青肤色的温淑的女子。

铁路只有热海线和修善寺线,而且只通到伊豆的入口,在丹那线和伊豆环行线建成之前,这里的交通很是不便。代之而起的是四通八达的公共汽车。走在伊豆的旅途上,随时可以听到马车的笛韵和江湖艺人的歌唱。

主干道随着海滨和河畔延伸。有的由热海通向伊东,有的由下田通向东海岸,有的沿西海岸绵延开去,有的顺着狩野川畔直上天城山,再沿着海津川和逆川南下……温泉就散缀在这些公路的两旁。此外,由箱根到热海的山道,翻过猫越山的松崎道,由修善寺通向伊东的山道,所有这些山道,也都把伊豆当成了旅途中的乐园和画廊。

伊豆半岛西起骏河湾,东至相模湾,南北约五十九公里,东西最宽处约三十六公里,面积约四百零六平方公里,占静冈县的五分之一。面积虽小,但海岸线比起骏河、远江两地的总和还长。火山重叠,地质复杂,致使伊豆的风物极富于变化。

现在,人们都这么说,伊豆的长津吕是全日本气候最宜人的地方,整个半岛就像一个大花园。然而在奈良时代,这里却是可怕的流放地。到源赖朝举兵时,才开始兴旺发达起来。幕府末期,曾一度有外国黑船侵入。这里的史迹不可胜数，其中有范赖、赖家遭受禁闭的修善寺，有堀越御所的遗址，有北条早云的韭山城等。

请不要忘记，自古以来，伊豆在日本造船史上，发挥着重大的作用，这正因为伊豆是大海和森林的故乡啊。

【陈德文 译】

简评

　　1899年6月14日下午9时，一位在母亲腹中不足7个月的婴儿，在大阪市一个医生家庭里降生了，他就是后来日本著名作家、诺贝尔文学奖得主川端康成。不幸的是，襁褓中的小川端康成就遭受了失去父母的不幸；祸不单行，7岁时祖母病逝，10岁时唯一的姐姐又死了；刚满14岁那年，他唯一的亲人、半盲并与其相依为命的祖父又溘然离世，川端康成失去了所有的至亲骨肉，成了一个孤儿。《十六岁的日记》既是他痛苦现实的写生，又洋溢着冷酷的现实生活中的诗情，也显露了他创作才华的端倪。1968年，川端康成以《雪国》《古都》《千只鹤》三部代表作，获得"诺贝尔文学奖"。瑞典皇家文学院常务理事、诺贝尔文学奖评选委员会主席安德斯·奥斯特林在授奖辞中，突出地强调两点："1、川端先生明显地受到欧洲近代现实主义的影响，但是，川端先生也明确地显示出这种倾向：他忠实地立足于日本的古典文学，维护并继承了纯粹的日本传统的文学模式。在川端先生的叙事技巧里，可以发现一种具有纤细韵味的诗意。2、川端康成先生的获奖，有两点重要意义。其一，川端先生以卓越的艺术手法，表现了道德性与伦理性的文化意识；其二，在架设东方与西方的精神桥梁上做出了贡献。"最后宣读的奖状题词是："这份奖状，旨在表彰您以卓越的感受性，并用您的小说技巧，表现了日本人心灵的精髓。"

是的,川端康成的小说技巧在散文领域里也同样得以体现。小说名篇《伊豆的舞女》让钟灵毓秀的伊豆世界闻名,散文《我的伊豆》更是直接描绘了它的旖旎风光。小说和散文两者结合起来阅读产生的效果一定是相得益彰的。1917年9月川端康成在茨木中学毕业后考取了第一高等学校英文专业,在校友会文艺部《校友会杂志》1919年6月号上发表了处女作《千代》。《伊豆的舞女》发表在1926年初,是自发表《千代》后,经过整整八个春秋的酝酿、构思,精雕细琢、不断加工提炼而成的。当时的日本文坛掀起了两股风潮,一是以《文艺战线》为代表,推动革命文学运动;一是以《文艺时代》为代表,为促进文学革命,掀起了新感觉派文学运动。川端康成参加了后者,虽然发表了著名的《新进作家的新倾向解说》,但在创作上并无多大建树,甚至被称为"新感觉派集团中的异端分子",这促使他后来决心走自己独特的文学道路。论及文学创作中的巨大成就,日本国内获得的各种荣誉不算,1957年西德政府为其颁发了"歌德金牌";1960年法国政府授予他"艺术文化勋章";直到1968年获得诺贝尔文学奖。这一系列的创作和获奖,可以视为作者文学成就的轨迹。

文学创作中,人们总是试图用最简洁的语言来概括对象,对迷人的伊豆更是如此。伊豆是什么?诗的故乡?日本历史的缩影?南国的楷模?画廊、花园、游乐场?伊豆是其中的任何一个,因为它们都从某个角度说出了真的伊豆;伊豆不是其中的任何一个,因为它是它们的总和。作者把对伊豆的这些不同感受,排比并列,互相映衬,突出了伊豆的美和非凡的气韵。这就是伊豆!它的山色海景美得让你惊叹,美得让你产生远离红尘的感觉。伊豆风光带你进入梦的境界!接下来,作者以轻盈飘逸的笔触,绘声绘色地描述了伊豆的质感。伊豆的美景很多,但作者也不是毫无重点地泛泛而谈。文章选取伊豆久负盛名的火山和温泉作为叙述的对象，用人们有共识的男性美来比喻火山，用女性美来比喻温泉；豪放与婉约相互映衬，引人入胜，显示了作者的大手笔。伊豆的山水在作者笔下被赋予了无限的魅力，伊豆是美丽的、诗意的，更是灵动的、鲜活的。

散文《我的伊豆》集中了南国的美，是自然的惠赠，富于个性和诗意。三个入口让我们感到的是三个各不相同的伊豆；伊豆的山、海、海岸线、火山、温泉都各臻其妙，变化多姿，这正是伊豆美丽的特色。伊豆的美丽在作者笔下又是人格化的，男性的威力和女性的温柔辉映成趣，这正是伊豆的风韵所在。如果说风景是散缀的珠子，那么道路则把珠子串成了华美的项链；作者写到了海滨、河畔、山间蜿蜒延伸如血脉般的道路，感觉上使景色顿时生辉。作者在写了伊豆的历史和造船的业绩后，行文戛然而止，但作者对伊豆的深深爱恋却如蚕丝般绵延开去。难怪有人说，作者描绘风景常常从内心的细微感觉出发捕捉自然之美，所以笔下的自然常带灵性。语言准确传神是此文的又一特色，遣词用语总能曲尽物态。文章结尾处的两段文字，回应前文，结构圆润，既使行文紧凑浑然，又突出了文章的主题："请不要忘记，自古以来，伊豆在日本造船史上，发挥着重大的作用，这正因为伊豆是大海和森林的故乡啊。"

情感真挚，笔触常在于"日本人心灵的精髓"，是川端康成散文的一贯风格，《我的伊豆》表现得更为突出。这不仅是因为作者具有深厚的文学素养和高尚的审美情操，更重要的是他对伊豆所寄予的炽热爱恋。情感融入笔墨，写下的文字自然会优美动人。

在

山阴道上

◇ 方令孺

本文选自方令孺著《方令孺散文选集》（上海文艺出版社1982年版）方令孺（1897—1976）安徽桐城人。散文作家和女诗人。方苞的后代。20世纪30年代初开始写新诗，与林徽因并称为"新月派"仅有的两位女诗人。方令孺一生经历了清末、民国、新中国三个不同的时期。她凭着倔强、正直、善良的性格，在社会进步思

撩起窗幕，看初升的红日，可把它五彩的光华撒在湖上了么？可是，湖水呈现着一片冷清清的铅色，天空也云气沉沉。难道今天的旅行又要被风雨来阻拦么？

好久以来"故乡"就在吸引着我；百草园和三味书屋，这些美妙的名称，象童话一样，时时在我思想上盘桓。我想看看咸亨酒店，土谷祠，还想看看祥林嫂放过菜篮子的小河边……在那浓雾弥漫的黑暗时代，鲁迅先生在那里开始磨砺他的剑锋，终生把持它，划破黑暗，露出曙光。今天我决定要去瞻仰磨剑的圣地。

湖水轻轻地拍岸，象是赞同我的决心，天空也对

我显出无可奈何的气色。七点钟我们就从北山下乘车前去。

车轮卷着灰尘，迅速的前进，这时云雾渐渐稀散，清风吹送着月桂的芳香，阳光从薄云后面透射出来，象放下轻轻的纱帐，爱护似的，笼罩着大地。

汽车一转弯，将要到钱塘江大桥了，我看见高大的六和塔，岿然坐在林木蓊郁的山岗上，背负着远山与高空，下临浩渺的白水，气象非常雄伟。

在高楼（钱塘江大桥有两层，底层走火车，上层走汽车，因此说像高楼一样的大桥。）一样的大桥上，俯看江水，象一条潇洒的阔带，从西面群山之下，一撇而来，越流越宽，向东长逝，到眼睛所能见到的尽头，水和云都融合成一片混沌。

山川的壮丽和我心里正在思想的巨人形象，也融合在一起。

车在奔驰，风在欢笑，将要成熟的晚稻，沉沉地压在整片大地上。远处是重重叠叠、连绵不断的山峰，山峰青得象透明的水晶，可又不那么沉静，我们的车子奔跑着，远山也象一起一伏的跟着赛跑；有时在群峰之上，又露出一座更秀隽的山峰，象忽地昂起头来，窥探一下，看谁跑得快。

近处，又看见碧油油的大地上，一条明亮的小河蜿蜒流过。河身不宽，可有时也象伸出双臂，抱住几个小绿洲。

萧山、河桥，刚刚落到眼前，却又远远退到车的后面。

潮影响下，终于从苦闷彷徨中走出来，走上革命的道路，成为进步作家、民主教授、共产党员，实践了自己"创造新世界、新人生"的夙愿。代表作品：《信》《方令孺散文选集》，译著文集《钟》等。

中午到了绍兴城。

我们走在青石铺成的古老的街道上，心情是这样严肃又欢愉，眼睛四处张望，处处都象有生动的故事在牵引人。

一片粉墙反映着白日的光辉。新台门的门口簇拥着一群红领巾。他们一看到新来的客人，便又簇拥过来，牵牵客人的衣袖，抚弄客人的围巾，亲密地交谈，并争先要领路。我就和这些孩子们一道拥进了黑漆的大门。

这是一座古老朴素的房屋，空阒无人，可是，这方桌，这条台，这窗前的一把椅子都告诉了我们许多故事，连那盆草叶茂密的建兰也不甘寂寞，唠叨地诉说着它是怎样被一双宽厚的手培养起来。

就是在这座房子里，鲁迅先生幼年和农民儿子结成朋友；在父亲的病中分担了母亲的忧愁；从这里他认识了封建社会的欺骗与毒辣；被侮辱与损害的究竟是哪一些人！十七岁的时候，在一个刮风下雨的早晨，带了一点简单的行装，辞别了母亲，走出这座黑漆大门，奔向他一生战斗的长途。

百草园是芳草萋萋的后院。这是幼年鲁迅的乐园。断墙、菜圃依然保留着。高大的榆树和皂荚树那边，新建了一座亭子，鲁迅先生的塑像端坐在亭中间。

孩子们在园里跑着，笑着，也跑到断墙下，在那儿寻觅，可还有象人形一样的何首乌？他们又围在亭子旁边，仰着头，望着塑像；孩子们的脸，象朝阳照耀下初开的百合花，眼睛象星星一样的明亮，亮着无限亲切爱慕的光。

一座曲折如画的小石桥把我和孩子们引到三味书屋。我们也是从那扇黑油竹门走进去的，并且大声的数到第三间。

书房里的陈设，正象鲁迅先生《从百草园到三味书屋》中写的一样，正中的书桌上，现在还放着寿老先生手抄的唐诗。好象这儿刚刚放学，老先生和学生们都吃饭去了。

我默默地站在鲁迅先生幼年读书的桌旁，很想看看他所描摹的《荡寇志》和《西游记》的绣像。

这房间不很大，只有前面一排窗户。后园也很小，墙也高，花坛上的老腊梅树还顽强的活着。

孩子们在唧唧哝哝的讲话。

是的，今天，我们的孩子，有了明亮的课室，有了大片的草地，还有细沙铺成的球场。他们有了自由广阔的天地。我这样想着。突然在脑中出现一座勇士的雕像：

背着因袭的重担，肩住黑暗的闸门，放他们到宽阔光明的地方去。

我抚摸着身边一个孩子的头发，心中油然生出感激的深情。

我正在默默地寻思，一只小手伸过来了，又一只，又一只。原来时间已经不早，他们要整队回去了。我们热情地握手,说着:我们还要见面。

回来的路上,我们让车在河边慢慢开行。在静静的黄昏里,发光的小河上,滑着一只乌篷船。船尾坐着一个农民,戴着毡帽,有节奏的划动一根大桨。河岸上,有时是稻田,有时又是开着红花、黄花的青草地,草地上有一群牧童在放牛,牛背平得象一块石板,牧童从牛角间爬上爬下,牛万般温存的驯服着。又是芦苇迎着河边来了,芦花轻轻飘拂,象老人银白的胡须。

我不知道这可就是著名的山阴道?

鲁迅先生在一篇《好的故事》中描写过:

我仿佛记得曾坐小船经过山阴道,两岸边的乌桕,新禾,野花,鸡,狗,丛树和枯树,茅屋,塔,伽蓝,农夫和村妇,村女,晒着的衣裳,和尚,蓑笠,天,云,竹……都倒影在澄碧的小河中,随着每一打桨,各各夹带了闪烁的日光,并水里的萍藻游鱼,一同荡漾。……凡是我所经过的河,都是如此。

生活本来应该是这样和平、美丽,而且光明,鲁迅先生所说《好的故事》,正是他所想望的好的生活。然而,在昏沉如夜的时代里,人们只能在朦胧的梦中见到,即使是梦,也被打碎!

今天,鲁迅先生在三十年前朦胧中看见的"许多美的人和美的事,错综起来象一天云锦,而且万颗奔星似的飞动着"的《好的故事》,不是在天上,也不是在水底,而在我们祖国大地上,到处出现了。并将"永是生动,永是展开,以至于无穷"。

在路上,车又经过这样一个地方:四山环绕,又高又黑,山下溪水潺潺。象在朝鲜的山中。记得当时我走在那些大山里,觉得象是走在坚强战斗英雄队伍的身边,今天我仍有这样的感觉,在我刚才到过的地方,和正要去的地方,以及走在祖国任何城市和乡村里,都有这样的感觉。

转过山路,就看见了反映出幕天幽蓝色的湖水。远处城市,电灯通明,烘托着天空,象一片光的海。

一九五六年十月,杭州

简评

有清一代300年,风行"天下文章出桐城"一说。安徽桐城的学者形成的"桐城派",以提倡古文为主,在古代文学史上享有崇高的地位并产生了巨大的影响。本文作者、现代著名女作家方令孺先生就出生在安徽桐城方氏(其祖上方苞为"桐城派"之祖)的书香世家,同时也是充满封建伦理观念的家庭里。3岁即遵父母之命许配与人,16岁完婚。但是,在"五四"运动大潮的影响下,方令孺冲出牢笼,远去美国留学,接受西方教育。回国后深爱新文学,写诗也写散文,她的诗作多发表于《新月》杂志,被称为"新月派"代表性女诗人。新月社新出版的杂志名为《诗刊》,1931年1月出的创刊号上,就刊载了方令孺的《诗一首》:"爱,只把我当一块石头,不要再献给我,百合花的温柔,香火的热,长河一道的泪流。"作家、学者陈梦家评价说:"这是一个清幽的生命河中的流响,她是有着如此样严肃的神采,这单纯的印象素描,是一首不经见的佳作。"

在封建大家庭里,充满三纲五常的伦理观念,男尊女卑的氛围压抑着方令孺,她对一切不平待遇极力抗争。她努力读书,争取有不亚于男性的成绩。她5岁就开始读书,坐在姐姐的膝盖上识字、背诵诗词。在家庭女儿排行里,她排第九,侄儿侄女很多,大家都尊敬她,共同称她"九姑"。在她苦涩的童年里,有两个爱好:一是读书;一是欣赏自然。方玮德同陈梦家都是闻一多的学生,1931年来青岛,与"九姑"方令孺、老师闻一多、学兄陈梦家相会,大家兴高采烈,那些天是方令孺罕有的快乐的时光。方玮德称方令孺"九姑",陈梦家自然也同样称呼,青岛大学的同仁也统称她"九姑"。巴金在《随想录·怀念方令孺大姐》一文中说:"一般熟人都称她'九姑'。靳以也这样称呼她。"巴金等都称她"九姑",梁实秋说:"大家都跟着叫她'九姑',这是官称,无关辈数。"

方令孺先生在青岛大学的两年,奠定了她在诗坛的地位。1932年,因重病缠身,又加上她视为知己的侄儿、著名诗人方玮德英年早逝,方令孺深受打击,情绪一度颇为消沉。但她常想起玮德鼓励她的话:"鼓起沉重的翅膀向上飞。"国家的兴亡、民族的灾难仍时时震撼着她,使她在消沉中奋起、挣扎。这时她和许多进步作家来往,大家常在她家聚会,她家几乎成了文化人的俱乐部。来的青年大多是男性,陈家婆婆知道她的人品与文品,对此毫无异议。著名作家丁玲也曾多次到她家去。1933年丁玲被国民党反动派软禁,方令孺还多次去看望。1936年,丁玲到了延安还曾给她写信,她也给丁玲寄书去。"四人帮"垮台后,巴金先生去北京参加茅盾先生的追悼会,后来他回忆说:"在人民大会堂新疆厅休息,我坐在丁玲同志旁边。她忽然对我说:'我忘不了一个人:方令孺。她在我困难的时候主动地来找我,表示愿意帮忙。我当时不敢相信她,她来过几次,还说:我实在同情你们,尊敬你们……她真是个好人。'我感谢丁玲同志讲了这样的话。九姑自己没有谈过三十年代的这件事"。(巴金《随想录·怀念方令孺大姐》)可惜,方令孺活过了八十,不算短寿。在靠边期间还下水田劳动,经受了考验,也终于得到了"解放"。

方令孺先生在青岛,执教之外,还从事创作,写诗,也写散文。她写的散文集命名《家》。新中国成立后,方令孺先生出任浙江省文联主席,也是全国唯一的女性省一级文联主席。我们知道,身上流淌着"安徽桐城派"血脉的方令孺先生视"绍兴"为故乡,虔诚地行走"在山阴道上"这是为什么? 当时的方令孺先生在复旦大学执教,据复旦大学吴中杰教授回忆:当她和同学们谈起在《人民文学》发表这篇文章的时候,她高兴地说:"《在山阴道上》我是花了很多心思写成的,而这首写卫星上天的诗,则是坐在摇椅里听到广播,一激动就写下来了。"当时,苏联第一颗人造地球卫星上天时,方令孺先生听到广播,很是激动,马上写了一首颂诗,报上发表,电台播送。学生们还是很喜欢她的散文。以前出版的散文集《信》在学生中很有影响。在课堂上她也是抒情多于分析而且往往讲得非常激动。(吴中杰《海上学人·复旦的新月——记余上沅和方令孺先生》)

因为,鲁迅曾走在山阴道上。南朝·宋刘义庆《世说新语》"言语"篇里有一句名言:"从山阴道上行,山川自相映发,使人应接不暇",从游人观赏的角度,高度概括了古城绍兴明山秀水之魅力。其实,走在山阴道上,使人应接不暇的又岂止是山川胜景? 历代名人留迹其间,最为人熟知的是现代文坛泰斗鲁迅。绍兴的自然景观和人文景观孕育了鲁迅,滋养了鲁迅,为鲁迅一生灿烂辉煌的文学创作提供了取之不尽、用之不竭的素材和灵感。也正因为如此,煌煌六百万言的《鲁迅全集》里,随处可见到绍兴的风景名胜、风情民俗或人物掌故的影子,比如鲁迅的散文诗名篇《好的故事》就是以从绍兴西南偏门出城,经鉴湖、娄宫而到兰亭那条路上的风光及历史为背景而写成的:

我仿佛记得曾坐小船经过山阴道,两岸边的乌桕,新禾,野花,鸡,狗,丛树和枯树,茅屋,塔,伽蓝,农夫和村妇,村女,晒着的衣裳,和尚,蓑笠,天,云,竹,……都倒影在澄碧的小河中,随着每一打桨,各各夹带了闪烁的日光,并水里的萍藻游鱼,一同荡漾。

方令孺先生接着写道:到了绍兴城,"我们走在青石铺成的古老的街道上,心情是这样严肃又欢愉,眼睛四处张望,处处都像有生动的故事在牵引人。"那是因为:"山川的壮丽和我心里正在思想的巨人形象,也融合在一起。"绍兴是故乡,本文流露了作者充沛的思想情感。

色彩的对比也是本文景物描写的特色之一。"初升的红日""湖水都呈现着一片冷清清的颜色",鲜明的颜色对比,使人眼前一亮,如同见到一幅旭日初升之时的山阴道一景。同时,作者也十分注意空间层次之美。写到桥之美景时,他先写"高大的六和塔",接着说"远山与高空",最后写"浩渺的白水"。这样远近、高低的交错描写,使景物"活"了起来,更富有立体感与层次感。细细读来,不禁为本文中作者的细腻描写而感动。作者之所以能恰到好处地表现出内心情感,与其出色的景物描写密不可分。

动静结合,也不失为本文景物描写的一大亮点。"静静的黄昏里",水上"滑着一只乌篷船",沉默的牛身旁,"牧童从牛角间爬上爬下"。这静谧而生动的美景中,无不透露着作者对美好生活的赞美,使人心情舒畅。通观全文,作者巧妙地将景物串在一起,将色彩,空间,动静等特点融为一体,实在令人叹服。

"转过山路,就看见了反映出暮天幽蓝色的湖水。远处城市,电灯通明,烘托着天空,像一片光的海。"这是文章的结尾,这"海"也是作者心中的海。

青

纱帐

◇ 王统照

稍稍熟悉北方情形的人，当然知道这三个字——青纱帐，帐子上加青纱二字，很容易令人想到那幽幽地、沉沉地、如烟如雾的趣味。其中大约是小簟轻衾吧？有个诗人在帐中低吟着"手倦抛书午梦凉"的句子，或者更宜于有个雪肤花貌的"玉人"，从淡淡地灯光下透露出横陈的丰腴的肉体美来。可是煞风景得很！现在在北方一提起青纱帐这个暗喻格的字眼，汗喘气力，光着身子的农夫，横飞的子弹，枪，杀，劫掳，火光，这一大串的人物与光景，便即刻联想得出来。

北方有的是遍野的高粱，亦即所谓秫秫，每到夏季，正是它们茂生的时季。身个儿高，叶子长大，不

本文选自《世界散文精华·中国卷》（江苏文艺出版社 1994 年版）。王统照（1897—1957），字剑三，笔名息庐、容庐。现代作家。山东诸城人。1934 年赴欧洲游历和考察，到英国剑桥大学研究文学，写有《欧游散记》。1935 年回国，在上海任《文学》月刊主编。这时期所写作品收入诗集《这时代》《夜行集》《放歌集》，短篇小说集

《号声》《银龙集》,散文集《青纱帐》《去来今》等;还出版了小说集《华亭鹤》,散文集《游痕》《繁辞集》,诗集《横吹集》《江南曲》,译诗集《题石集》等。建国后,历任山东省文联主席、山东大学中文系主任、山东省文化局局长。著有多部长篇小说。出版了诗集《鹊华小集》、论文随笔集《炉边文谈》《王统照文集》(6卷本)等。

到晒米的日子,早已在其中可以藏住人,不比麦子豆类隐蔽不住东西。这些年来北方,凡是有乡村的地方,这个严重的青纱帐季,便是一年中顶难过而要戒严的时候。

当初给遍野的高粱赠予这个美妙的别号的,够得上是位"幽雅"的诗人吧?本来如刀的长叶,连接起来恰像一个大的帐幔,微风过处,秆,叶摇拂,用青纱的色彩作比,谁能说是不对?然而高粱在北方的农产植物中是具有雄伟壮丽的姿态的。它不像黄云般的麦穗那么轻袅,也不是谷子穗垂头委琐的神气,高高独立,昂首在毒日的灼热之下,周身碧绿,满布着新鲜的生机。高粱米在东北几省中是一般家庭的普通食物,东北人在别的地方住久了,仍然还很欢喜吃高粱米煮饭。除那几省之外,在北方也是农民的主要食物,可以糊成饼子,摊作煎饼,而最大的用处是制造白干酒的原料,所以白干酒也叫做高粱酒。中国的酒类性烈易醉的莫过于高粱酒。可见这类农产物中所含精液之纯,与北方的土壤气候都有关系。但高粱的特性也由此可以看出。

为什么北方农家有地不全种能产小米的谷类,非种高粱不可?据农人讲起来自有他们的理由。不错,高粱的价值不要说不及麦、豆,连小米也不如。然而每亩的产量多,而尤其需要的是燃料。我们的都会地方现在是用煤,也有用电与瓦斯的,可是在北方的乡间因为交通不便与价值高贵的关系,主要的燃料是高粱秸。如果一年地里不种高粱,那末农民的燃料便自然发生恐慌。除去为作粗糙的食品外，这便是在北方夏季到处能看见一片片高秆红穗的高粱地的缘故。

高粱的收获期约在夏末秋初。从前有我的一位族侄，——他死去十几年了，一位旧典型的诗人，——他曾有过一首旧诗，是极好的一段高粱赞：

"高粱高似竹，遍地参差绿。粒粒珊瑚珠，节节琅玉。"

农人对于高粱的红米与长杆子的爱惜，的确也与珊瑚琅玕相等。或者因为这等农产物品格过于低下的缘故，自来少见诸诗人的歌咏，不如稻、麦、豆类常在中国的田园诗人的句子中读得到。

但这若干年来，高粱地是特别的为人所憎恶畏惧！常常可以听见说："青纱帐起来，如何，如何……""今年的青纱帐季怎么过法？"因为每年的这个时季，乡村中到处遍布着恐怖，隐藏着杀机。通常在黄河以北的土匪头目，叫做"秆子头"，望文思义，便可知道与青纱帐是有关系的。高粱杆子在热天中既遍地皆是，容易藏身，比起"占山为王"还要便利。

青纱帐，现今不复是诗人，色情狂者所想象的清幽与挑拨肉感的所在，而变成乡村间所恐怖的"魔帐"了！

多少年来帝国主义的压迫，与连年内战，捐税重重，官吏，地主的剥削，现在的农村已经成了一个待爆发的空壳。许多人想着回到纯洁的乡村,以及想尽方法要改造乡村,不能不说他们的"用心良苦",然而事实告诉我们,这样枝枝节节,一手一足的办法,何时才有成效!

青纱帐季的恐怖不过是一点表面上的情形,其所以有散布恐惶的原因多得很呢。

"青纱帐"这三个字徒然留下了极淡漠的,如烟如雾的一个表象在人人的心中,而内里面却藏有炸药的引子!

一九三三,六月四日。

简评

现代作家王统照先生,作为"文学研究会"的发起人之一,在创作上坚持"为人生"的现实主义的艺术追求,同时在创作方法上又兼收并蓄,更富于主观性。早在1933年就在散文《青纱帐》中通过对青纱帐的现实主义描写,体现了一个"文学研究会"作家的特色。但是,在那个年代里"青纱帐"不幸成为杀人越货的土匪和打家劫舍的江洋大盗藏身的地方。绿色的青纱帐里经常响起骇人听闻的枪声与喊杀声。可是,为了生活,千千万万的穷苦百姓不得不种植出寄予生活希望的"青色的家园",哪怕其中蕴藏着意想不到的灾难。无法化解的矛盾里隐藏着可怕的危机,作者所说的:"'青纱帐'这三个字徒然留下了极淡漠的,如烟如雾的一个表象在人人的心中,而内里面却藏有炸药的引子!"字里行间,深刻、生动地体现了作者敏锐的目光和忧国忧民的情怀。

我们读到王统照先生的《青纱帐》,发现幽幽的、沉沉的、如烟如雾的青纱帐,竟也蕴涵着一种生命的境界。"多少年来帝国主义的迫压,与连年内战,捐税重重,官吏,地主的剥削,现在的农村已经成了一个待爆发的空壳。许多人想着回到纯洁的乡村,以及想尽方法要改造乡村,不能不说他们的'用心良苦',然而事实告诉我们,这样枝枝节节、一手一足的办法,何时才有成效!"然而,青纱帐季的恐怖不过是一点表面上的情形,作者知道,在这恐怖的背后老百姓的灾难还不知道有多少呢,而造成这些苦难的原因又是路人皆知的。"青纱帐"这三个字徒然留下了淡漠的、如烟如雾的一个表象在人人的心中,而内里面却藏有炸药的引子! 曾经的青纱帐变成了"魔帐",作者用现实主义的笔调,真实而生动地描绘了1933年中国北方农村的现实状况,表达了作者对现实社会的深深忧虑。常常可以听见说:"青纱帐起来,如何,如何? ……""今年的青纱帐季怎么过法?"因为每年的这个时季,乡村中到处遍布着恐怖,隐藏着杀机。通常在黄河以北的土匪头目,叫做'秆子头',望文思义,便可知道与青纱帐是有关系的。高粱秆子在热天中既遍地皆是,容易藏身,比起'占山为王'还要便利。"北方漫山遍野黑土地上的"高粱",每到夏季,正是它们生长茂盛的时节。身个儿高,叶子长大,不到晒米的日子,早已在其中可以藏住人,不比麦子豆类隐蔽不住东西。这些年来,北方,凡是有乡村的地方,这个严重的青纱帐季,便是一年中顶难过而要戒严的时候。

散文《青纱帐》的创作风格很有独到之处。除了语言纤徐舒缓、摇曳多姿,感情跌宕起伏、爱恨交替之外,结构上的峰回路转、曲径通幽,都令本文收到了很好的艺术效果。在大量的泼墨于青纱帐之后,笔锋一转,直指现实背景,从而实现了以青纱帐为抒情参照来表达主题的意图。作者对现实社会的体悟与察觉、审视与揭露,正是在对青纱帐的遐想中彰显无遗,青纱帐也就在作者的笔下揭示了更多的社会内容,对于了解昨天北方农村特有的"青纱帐",对今天的读者有很多积极的意义。

后　记

　　散文，在中国文学史上是与诗、词鼎足而三的重要文体，有着崇高的地位。唐宋以来的古代散文已经被人们奉为经典自不待言，近代以来特别是自"五四"以来的近百年时间里，优秀的散文作品无论在内容构成或是思想情致方面，都可与古代经典比肩。近年来，写作散文的作家越来越多，喜爱阅读散文的读者也越来越多，应运而生的散文集也林林总总地呈现于读者面前。我总觉得散文的选本和阅读方式还存在一些不足之处，特别是对近百年来的散文作品没能很好地梳理和总结，尤其对年轻人来说，缺少必要的指导。于是，我产生了一个较为大胆的想法：梳理一下近百年来的散文精品，对作品及其作者做一些简单的介绍和分析，为读者更好地阅读现当代经典散文提供一个可供选择的读本，也希望通过这样的撷选和推广，能使一部分作品在历史长河的淘漉中留存下来，成为后来人的经典。而这，也是选文和出版的主要动机。

　　在撷选本丛书的作品时，我着眼于选择那些叙述内容真实、表现手法质朴、能真实地记录作者现实生活的思想和感情轨迹之作。所选散文的作者中，著名学者、知名教授、有成就有社会影响的作家占相当的比重，他们的散文，或含蕴深厚，意境优美深邃；或摇曳多姿，情思高蹈浩瀚，无论芸芸众生，峥嵘岁月，抑或江河湖海，大地山川，或灵动飘逸，或凝练深刻，或趣味灵动，或高雅蕴藉……本丛书所选入的散文大多无愧于这样的评价。因此，一册在手，与经典同行，就能与作者进行思想交流，就能以丰富的知识启迪智慧，以睿智的思想陶冶情操，从而在读者的心灵里打开一个情趣盎然而又诗意充沛的境界。在生活节奏日益加快、人们性情渐趋浮躁的今天，我们非常需要这样的阅读。

读书给社会和个人带来的影响都是不可估量的。"一个人的精神发育史，应该是一个人的阅读史。"同样的道理，一个民族的精神境界，在很大程度上取决于全民族的阅读水平；一个国家谁在看书，看什么样的书，决定了这个国家的未来。国际阅读学会曾在一份报告中指出：阅读能力的高低，直接影响到一个国家和民族的未来。具体说来，阅读经典，可以强化文化认同，凝聚国家民心，振奋民族精神；可以提高公民素质，淳化社会风气，建构核心价值观。阅读经典，是接受教育、发展智力、获得知识信息的最根本途径，是人类社会特有的文化传播活动。

基于上面的认识，我编写了《现当代经典散文品读》。本丛书的编纂和作品的入选，是编者这个特定的人在特定的时期对特定作品的看法和眼光，代表着个人的审美体验，不要求读者一定要认同编者的看法，更不能代表作者的原意。因此，对本丛书编写过程中产生的一些想法做一个简略的归纳，供读者朋友参阅。

一、鉴于丛书的容量，首先面临一个不容回避的问题，即是如何在浩瀚的散文中遴选出既恰当又是读者喜闻乐见的作品来？毫无疑问，作为旨在拓宽阅读领域和提升阅读效果的散文读本，唯一的标准，那就是作品本身。真正意义上的阅读，是读者和写作者的心灵对话，一如心仪的挚友，在山间道旁的谈文论道，读者需要的恰恰是不拘任何形式的"随意性"。我们尊重阅读是"很个人"的提法，更何况强调开卷有益的阅读本身，更无须过于条理化、理论化，阅读者的追求也并非一种文学

后记

样式的全部、一种文学流派的前世今生、一个作家创作上的成败得失。

二、丛书的编撰体例，每篇散文都附有"作者简介"和"简评"两个部分的内容。了解作者的相关资料，是阅读前的必要准备；简评部分的文字则尽可能地拓宽阅读的视野，是阅读的引申、提炼，两者结合起来，从而建构起一个有机统一且有益于阅读的抓手。比如，读梁思成先生的散文《千篇一律与千变万化——音乐、绘画、建筑之间的通感》，一般读者可能对作者笔下的建筑领域里一些专业问题不是十分了解，"作者简介"和"简评"则对梁思成先生作为古典建筑领域里的顶级专家和教育家所从事的工作大体上予以介绍，为阅读做了必要的铺垫。文本虽是梁思成先生写中国古典建筑的散文，但作者拳拳赤子之心在字里行间很自然地得以升华，也就很容易引起阅读过程中的强烈共鸣，作者笔下的中国建筑艺术给读者带来的心灵上的冲击是难以忘怀的。

三、丛书共分10册：（1）华丽的思维；（2）悠远的回响；（3）精彩的远方；（4）文化的清泉；（5）诗意的栖居；（6）理性的精神；（7）心灵的顾盼；（8）且观且珍惜；（9）现实浇灌理想；（10）岁月摇曳诗情。每个分册写在前面的一段文字，是编者阅读经典的心灵感悟和情感抒发，不能简单地等同于对入选散文的解读，更不能先入为主地影响读者的阅读。

四、选入的散文，内容上可能涉及一些至今尚无定论的思想学术、科学文化等方面的内容，有的尚在研究、探讨之中；有的虽有了比较统一的看法，但也不一定就是最终的结论；有的观点虽然在现实中影响比较广泛，但也不可避免地存在一定的分歧，等等。编者力争在简评文字中尽可能地向读者介绍有代表性、较为流行的观点。即便如此，也未必就可以视为最权威的看法，倒是衷心希望读者阅读时，在认真分析、品味的基础上有自己的比较、鉴别，尽可能地接近比较科学的解读。有兴趣的时候，读者不妨就文中反映出的某些问题，进行深入的研究性阅读,带着这种"问题意识",一定会使阅读欣赏的效果得以增强,阅读欣赏的水平得以提高。比如,读瑞士华裔作家许靖华先生的散文《达尔文的错误》。文中传达了一些不同于传统观点的信息而了解对"进化论"提出挑战的代表作品,无疑对阅读是有帮助的。

五、丛书所选入的近三百篇散文中,绝大部分篇目,由于作者观察生活的特殊视角和独到的眼光,加之作者渊博的知识和雅致的文笔,将读者在现实生活中熟悉的或不熟悉的、遇到的或未曾遇到的人和事,叙述得饶有情致,有巨大的吸引力。但是,世易时移,不要说20世纪早期的作家,即使是与我们同时代的作者,文中所持的看法也并不见得百分之百地为今天的读者所接受。见仁见智,读者在品读之后有不同于作者的看法是很自然的事。比如,读李欧梵先生的《美丽的"中国城"——唐人街随笔》,不可避免地会对作者的观点产生不同看法。再比如,读毕飞宇先生的散文《人类的动物园》。从根本上说,工业文明的社会发展,为满足自己的需要,人类修建了动物园,但是,动物园的出现不是简单地把动物关起来了事,还折射出种种社会问题、人与自然的关系问题等。

六、每一个作家都生活在特定的社会环境中,每一个作家的作品和现实生活都有着千丝万缕的联系,我们能够从每一个作家的作品中读出他们现实的生活记录,感受他们跳动的思想脉搏,尤其是那些在现当代文学史上有一定地位、影响的作家,我们通过他们的作品,不仅能够读出作者其人,还能够从他们充满生命力的文字中,去瞻仰他们在文学史上留给后人的那渐行渐远的背影。比如,读季羡林先生的《赋得永久的悔》。我们看到的是作者用大量的篇幅,回忆了孩提时代吃的东西。为什么一想起母亲就讲起吃的东西呢?原因很简单,民以食为天,穷人家一直过着吃不饱的日子,因此对吃过的东西特别是好吃的东西,留下的记忆当然最难忘。再比如,读五四时期著名女作家石评梅的散文《墓畔哀歌》。面对这个在人生的凄风苦雨中痴守残梦的柔弱女子，谁能说清楚她那样泣血坟茔、奉献了全部的青春年华，且沉浸在对死者的哀悼之中难以自拔是一种幸福，抑或是一种不幸？今天的读者聆听到作者"墓畔哀歌"的时候，自然会联想到民国时期的"才女"形象以及她那逼人的才华。

七、文学源于生活，反过来文学又是对现实生活的阐述和暗示。

所以，阅读一个作家的作品，不能脱离其特定的生活环境。通过阅读，读者可以从不同的侧面感知不同时代作者笔下的现实生活，从而达到了解社会、体悟人生、历练品格、升华灵魂的阅读效果。比如，我们读钟敬文《西湖的雪景——献给许多不能与我共欣赏的朋友》、胡适《九年的家乡教育》、蒙田《与书本交往》、杰克·伦敦《热爱生命》、叶广芩《离家的时候》、宗璞《哭小弟》、刘小枫《苦难的记忆——为奥斯维辛集中营解放45周年而作》，等等。只要我们潜下心来，一定会有多方面的感知和启迪。

每一本书的问世都有一定的机缘。本丛书之编撰要追溯到20年前，当时，编者在一所高中教语文，由于教学的需要，为学生奉献了校本教材《诗文鉴赏》。之后，随工作辗转，当年的校本教材也屡次修订增补，才有了今天的《现当代经典散文品读》。其间，安徽师范大学出版社曾为作者提供诸多帮助；时任社长的汪鹏生先生，从策划到出版，均做了大量的工作。北京大学哲学系教授朱良志先生拨冗赐序，为本书增色添彩。在此，一并向上述帮助过我的人致以最真挚的谢忱！

徐宏杰

于淮南八公山下　2018年5月